부론강

부론강

이인휘
장편소설

차례

1부 꿈을 찾는 사람들　　7

2부 거돈사지　　81

3부 부론강 연가　　185

4부 노을 바다　　269

작가의 말　　328

1부
꿈을 찾는 사람들

1.

 욕망에 찌든 창백한 불빛들이 사라지고 있었다. 읍을 관통해 국도를 달리던 차량도 멀어져갔다. 작열하는 햇빛보다도 맹렬하게 정수리를 쪼아대던 뉴스와 광고 소리, 그리고 형형색색의 간판들도 달아났다. 상가지대를 벗어나 드문드문 서 있던 건물들마저 자취를 감춰버렸다. 꺼져가는 불빛 아래서 사람들의 그림자도 지워지고 있었다.
 어둠 속으로 고요가 흘러 다녔다. 저녁 아홉 시가 되어가면서 면으로 이어지는 지방도로에는 차들이 보이지 않았다. 읍에 있는 아파트에서 십 분을 달렸을 뿐인데 주변이 온통 어둠에 묻혀 낯선 세계 같았다. 가로등 하나가 면으로 넘어가는 산길 초입에 파수꾼처럼 경계를 서고 있었다.

원우는 산길로 올라가는 입구에서 상향등을 켰다. 어둠이 짙어지면서 식어가던 열대야가 산길로 들어서자 흔적조차 느껴지지 않았다. 바람이 비릿한 풀냄새를 싣고 열린 차창으로 넘나들었다. 좁은 도로 위로 몸을 내뻗은 나뭇가지들이 간헐적으로 불어오는 바람에 흔들거렸다. 불빛 사이로 너울거리는 나뭇가지들이 스산한 기운을 불러일으키며 아파트 관리소장의 유리 파편 같은 목소리를 끌고 왔다.

"어이, 이 기사. 부론면 흥호리 좀 얼른 갔다 와. 내가 잘 아는 사람이 술집을 하고 있는데, 갑자기 전기가 나가서 장사를 못 하겠다는 겨. 이십 분이면 갈 수 있으니까 잠깐 가서 손 좀 봐주고 오라고. 주소는 문자로 찍어줄 테니까 말여."

문막 아파트 관리사무소에서 이십여 일 일하는 동안 소장은 사적으로 원우를 세 번째 부리는 중이었다. 첫 번째는 자신의 집 일로, 두 번째는 친구 집 일로, 그리고 오늘 저녁 8시 30분쯤에 느닷없이 전화해서 당연히 해야 할 일처럼 흥호리에 있는 술집 전기 문제까지 해결하라고 했다.

'또 어디로 가야 하나.'

전기기사로 일한 지 오랜 세월이 흘렀다. 기사 자격증을 따고 처음 직장에서 일 년 반 동안 경험을 쌓은 뒤부터 한곳에 정착하지 못하고 떠돌아다녔다. 사람들과 쉽게 어울리지 못하는 자신의 성격 때문이기도 했지만 부당한 대우를 받거나 모욕적인 언사를 듣게 되면 임금을 챙겨 다른 곳을 찾아 무작정 떠났다.

"급커브입니다, 안전운전하세요."

구불구불한 산길을 따라서 내비게이션 목소리가 정상에 다다를 때까지 계속 이어졌다. 원우는 정상에 도착해서 차를 세우고 담배 한 개비를 꺼내 불을 붙였다. 도착지까지 1.5 킬로미터가 남았다고 내비게이션이 가리키고 있었다. 담배 연기를 내뿜으면서 산 아래를 내려다봤지만 자동차 불빛 이외에는 온통 새까만 어둠뿐이었다. 홍호리. 이름도 처음 들어본 동네. 불빛도 없고 사람의 인기척도 느껴지지 않는 곳에 술집이 있다는 게 의아스러웠으나 다시 산 아래로 차를 몰았다.

낯선 길, 특히 시골길은 늘 조심스러웠다. 경고등도 없는 경운기나 술에 취해 걷는 노인을 보지 못할 수가 있었다. 터널처럼 이어진 구렁이 속 같은 내리막길 가장자리의 나뭇가지들이 출렁거릴 때마다 무엇인가가 불쑥 튀어나올 것 같은 경계심을 일으켰다. 천천히 신경을 곤두세우고 차를 몰던 어느 순간, 고라니 두 마리가 불빛 속에 포착됐다. 어미와 새끼인 듯, 한 놈은 크고 또 다른 한 놈은 아주 작고 어렸다. 새끼가 불빛에 갇혀 허둥거리자 어미가 트럭을 향해 고개를 돌렸다. 원우는 겁에 잔뜩 질린 어미의 새까만 동공을 보며 라이트를 껐다.

불빛이 사라지니 사방이 칠흑처럼 어두웠다. 익숙하지 않은 상황이 서늘한 불안감을 몰고 왔다. 걱정과 두려움에 휩싸인 고라니 어미의 새까만 눈동자가 떠올리는 것조차 두려운 어머니의 모습을 불러와 일순간 가슴이 먹먹해졌다. 바람이 지나가는 소리처럼 숲이 바스락거리자 다시 라이트를 켰다. 불빛으로 안도감을 찾은 도로 위에 고라니는 사라지고 없었다.

산 밑으로 내려서서 옹기종기 불빛들이 모여 있는 마을 한두 곳을 지나쳤다. 도로 옆으로 불이 꺼져 있는 건물 서너 채가 나타나기도 했다. 가끔 그런 건물들을 보호하듯 도로 옆 전봇대에 전등 하나가 옹색하게 매달려 있었지만 창백한 낮달처럼 을씨년스러웠다.

평지를 달려 두 번의 좌회전을 하자 내비게이션이 도착지 근처라고 알렸다. 원우는 지방도로에서 마을 들어가는 길로 핸들을 꺾었다. 내비게이션이 알림을 종료하자 시동을 끄고 트럭 밖으로 나왔다. 마을 안 서너 곳에 세워놓은 가로등이 시골집 지붕들 위에서 삐죽 고개를 내밀고 있었다. 담장을 넘는 밤손님의 두리번거리는 눈빛처럼 마을 입구에 서 있는 밝은 가로등 불빛이 주변을 살피고 있었다.

엔진 소리가 멈추자 사방이 유령마을처럼 침묵으로 가라앉았다. 여름 한가운데로 들어선 날씨인데도 을씨년스러운 기운이 어둠에 묻어 있었다. 조금 떨어진 곳에서 직사각형 건물이 불빛에 스며들어 희미한 윤곽을 드러냈다. 원우는 스마트폰 손전등을 켰다. 초입에 나무로 세운 간판이 장승처럼 딱 버티고 서 있었다.

'꿈을 찾는 사람들'

이 미터 됨직한 통나무를 반으로 갈라서 나무속을 파내 글자가 볼록 튀어나오게 만들었는데, 초록색으로 칠해진 글씨가 뚜렷했다. 풍요를 기원하고 액운을 쫓아낸다는 솟대 위에 나 있는 오리가 간판 꼭대기에 얹혀 있었다.

뜻밖의 풍경을 보자 호기심이 일어났다. 원우는 손전등을 비춰가며 건물을 향해 걸었다. 마을길에서 삼십여 미터 떨어져 있는 건물로 들어가는 길 위에는 콩자갈이 깔려 있어서 걸을 때마다 잘그락잘그락 자갈 구르는 소리를 냈다. 길 양옆으로 붉은 칸나가 검붉게 피어 있었다. 건물 가까이 다가가자 쇠 문고리가 달린 나무 출입문이 굳게 닫혀 있었다. 문 위에는 나뭇조각을 파서 붙여놓은, '반갑습니다'라는 또 초록 글씨가 보였다.

문고리를 조심스럽게 잡아당겼다. 문이 열리자 여덟 개의 식탁 위에서 촛불이 넘실거렸다. 구석 식탁 위에서 술추렴을 하던 다섯 사람이 입구를 향해 일제히 고개를 돌렸다. 그들 중에서 여성 한 명이 일어나 원우에게 다가왔다.

"어떻게 오셨는데요?"

"전기 고치러 왔습니다."

"아, 들어오세요. 찬미 언니, 전기기사 아저씨 오셨어!"

"어, 그래? 와주셔서 고맙습니다. 제가 지금 음식을 하는 중이라 인사는 나중에 드려야겠네요. 복실 씨가 안내 좀 해 드려."

경쾌하게 흐르는 산 개울 같은 목소리가 주방에서 흘러 왔다. 음식을 만들던 찬미가 주방 턱에 몸을 기댄 채 얼굴을 내밀었다. 오른손을 밖으로 내밀어 흔드는 그녀의 얼굴에 환한 미소가 번져 있었다. 주방 입구에서 타고 있던 촛불이 그녀가 일으킨 바람으로 화르르 일렁거렸다. 원우는 우두커니 선 채 자신의 눈으로 쏜살같이 달려온 그녀의 눈빛을 향해 고개를 까닥거려 인사를 건넸다.

"뭐를 도와드려야 하죠?"

개량 한복을 입고 머리에 회색 두건을 쓴 복실이 원우의 곁에 다가섰다.

"차단기가 있는 곳이 어딥니까?"

"입구 쪽에 있어요."

복실은 통통하고 키가 작았다. 그녀는 일 미터 팔십의 장신인 원우를 올려다보다 문으로 향했다.

"건물이 꽤 넓네요."

"마을창고로 썼던 건물이에요."

옛날 인형처럼 복실의 얼굴은 동글동글하고 복스러웠다. 술기운으로 발그스레한 양볼에 웃음이 돌자 보조개가 꽃을 피웠다. 원우가 입구 옆에 있는 차단기 뚜껑을 열고 스위치를 올려봤지만 곧장 다시 떨어져 내렸다.

"어디서 합선이 됐거나 누전이 됐을 겁니다. 여기 콘센트가 어디에 있습니까?"

"계산대 있는 곳과 벽에 몇 개 있을 거예요. 아, 주방에도 있고요."

누전은 십중팔구 전선 피복이 벗겨지거나 콘센트 같은 곳에 습기가 찼을 때 일어났다. 원우는 누전시험버튼을 눌러서 차단기가 고장 나지 않은 것을 확인한 뒤 손전등을 켜고 전선들을 둘러보았다. 오래전에 설치해놓은 본선은 낡아 보였지만 등을 매단 선들은 상태가 좋았다.

"저 좀 도와주시겠습니까? 여기 서서 제가 손을 들면 차단기 스위치를 올려주십시오."

원우는 콘센트에 꽂혀 있는 플러그를 하나씩 뽑았다. 플러

그가 뽑혀서 전체 불이 들어온다면 그곳 플러그나 콘센트에 문제가 있다는 방증이기 때문이었다. 벽을 따라서 눈에 보이는 플러그를 다 뽑아가며 차단기 스위치를 올리게 했으나 스위치는 계속 떨어지고 불은 들어오지 않았다.

"기사님, 이쪽으로 좀 와 보세요."

주방에서 나온 찬미가 원우를 불렀다. 마른 몸매에 청바지와 파란 체크무늬 반팔 남방을 입고 있던 원우가 눈 밑까지 내려온 더벅머리 머리카락을 쓸어넘기며 그녀를 향해 돌아섰다. 찬미가 팔을 내뻗어 손가락을 팔랑거리며 오라는 손짓을 보냈다.

"이것 좀 드시고 하세요."

식탁 위에 녹두전과 냉커피가 올려 있었다.

"저녁 늦게 귀찮게 해드려서 미안해요. 부론면에도 전기 보시는 분이 계시는데 할아버지세요. 근데 이 할아버지가 술을 좋아하셔서 저녁에는 안 움직이거든요. 할 수 없이 주막에 가끔 오시는 관리소장님한테 부탁했는데……. 하루 종일 일하시고, 피곤하시죠?"

"괜찮습니다. 저녁은 먹었으니 커피만 마시겠습니다."

원우는 커피잔만 들고 돌아섰다.

"어, 녹두전은 우리 주막 대표 음식인데 안 드시네. 이것도 드셔보세요. 이거 드셔본 분들은 맛이 기막히다며 한방에 다

쓰러지셨거든요."

원우가 힐끗 뒤돌아봤다. 찬미가 녹두전이 담긴 접시를 들어 보이며 턱을 슬쩍 치켜들고 그래도 안 먹을 거냐는 듯 미소를 던졌다. 원우는 손사래를 치며 거절하고 주방으로 향했다. 주방 안은 전을 부쳤던 기름 냄새가 고소하게 번져 있었다. 찬미가 원우를 따라서 주방으로 들어갔다.

"여기 보이는 콘센트가 전부입니까?"

"아마 그럴 거예요. 이제까지 여기 있는 것만 썼으니까요."

원우는 플러그를 하나하나 뽑으며 점검해 들어갔다. 여전히 스위치는 올릴 때마다 툭툭 떨어졌다. 마지막 한 개의 콘센트를 남겨놓았을 때 찬미가 이마에 주름을 잡으며 걱정스럽게 말했다.

"전기야, 니들 왜 그러는 건데? 어디 아프면 빨리 알려줘야지. 그래야 전기 아저씨가 고쳐줄 거란다."

원우는 찬미의 말투가 재미있어 슬쩍 쳐다봤다.

"이번이 처음 누전된 겁니까?"

"아뇨. 애들은 여름만 되면 몇 번씩 짜증을 부리더라구요."

"그럼 어디선가 계속 누전이 되고 있다는 건데……."

마지막 콘센트까지 이상이 없자 원우가 난감해했다. 틀림없이 주방 어딘가에 콘센트가 더 있을 것 같다는 생각이 들어 주방을 샅샅이 살피기 시작했다. 그러다가 개수대 밑에 있는 싱크대 문을 열고 손전등을 켰다. 겹겹이 쌓여 있는 냄비들 뒤로 하얀 콘센트 하나가 벽에 착 달라붙어 있는 게 눈에 쑥 들어왔다. 코드가 꽂혀 있지 않은 그곳의 전압을 측정하던 원우의 안색이 밝아졌다.

"이거군요. 개수대 밑이고 수도 호스가 이어진 곳이라 습한 곳이죠. 특히 여름철이면 더 습해서 콘센트 내부에 결로현상이 생겨 누전이 된 겁니다. 이 콘센트는 안 쓰시는 거죠?"

"네. 쟤는 오늘 처음 본 아이네요."

원우가 앉은 자세로 고개를 돌려 찬미를 쳐다보며 씩 웃었다. 단발 머리카락을 뒤로 넘겨 고무줄로 촘촘히 묶은 찬미가 옆에 쭈그려 앉아 콘센트를 응시하고 있었다. 원우는 드라이버로 콘센트를 떼어낸 뒤 전선을 분리하고 피복이 벗겨진 부분을 전기 테이프로 칭칭 감아 두 선을 벌려 놨다.

"차단기로 가서 스위치를 올려보세요."

"오, 고치신 거예요?"

"올려보면 알게 될 겁니다."

찬미가 후다닥 차단기 쪽으로 뛰어가 스위치를 올렸다. 그 순간 술집에 있는 모든 등에서 환하게 불이 켜졌다. 여덟 개의 탁자 위에서 노란색 한지로 감싼 여덟 개의 등들이 보름달같이 허공에 떠서 은은한 불빛으로 퍼졌다. 꺼져가던 생명에 온기를 불어넣은 것처럼 실내에 생기가 돌았다. 천장 양쪽 가장자리에 설치돼 있는 조명까지 벽을 비춰 실내가 아늑하면서도 환했다.

술자리에 있던 사람들이 모두 고개를 젖혀 박수를 치며 환호성을 질렀다. 꽁지머리를 한 건장한 체구의 지관이가 벌떡 일어나 발을 구르고 손을 흔들며 덩실덩실 춤을 췄다.

"얼씨구나 지화자 좋다! 어둠아 썩 물러가라!"

"얼쑤! 전기기사님 만세!"

옆자리에 있던 등산모를 쓴 양 박사도 추임새를 넣으며 슬금슬금 일어섰다. 그는 막걸리를 노란 양재기에 채운 뒤 원우에게 오라는 손짓을 했다. 원우는 운전 때문에 안 된다며 고개를 저었다.

"정말 고마워요, 기사님!"

양옆에 건빵 주머니가 달린 파란 반바지와 헐렁한 회색 반팔 티를 입은 찬미가 빨간 끈이 달린 조리 슬리퍼를 끌고 다가왔다. 호리호리한 몸매에 다리가 긴 그녀의 얼굴이 구릿빛으로 윤이 났다.

"덕분에 술집이 살아났네요. 얼마 드리면 되죠?"

"안 주셔도 됩니다."

쌍꺼풀이 움푹 파인 큰 눈에 쑥스러운 눈빛을 담고 원우는 두 손을 흔들어 거절을 표시했다.

"안 돼요. 일을 부탁했으면 대가를 치러야죠. 일 시키고 돈

떼먹으면 저 선생님에게 혼나요."

원우는 찬미가 가리키는 손가락을 따라서 한 남자를 쳐다봤다. 은백색의 머리카락으로 뒤덮인 사내가 사람들을 향해 말하고 있었다.

"그래도 받을 수 없네요. 소장님의 부탁을 받고 온 거라 수고비를 받으면 제가 혼날 겁니다."

"저도 안 돼요. 일하는 시간도 아닌데 오시라고 했는데, 이건 아니죠."

"그럼 이렇게 하면 어떨까요? 사실 여기 전선들은 교체해 줘야 할 곳이 많습니다. 제가 시간을 내서 전선을 교체해 드릴 테니 그 비용을 주시면 어떻겠습니까?"

"아, 좋아요! 그럼 정말 고맙죠."

"낮에도 문을 엽니까?"

"그럼요, 여긴 늘 문이 열려 있어요. 우리는 여기를 해방구라고 부르고 누구나 자유롭게 드나들 수 있도록 하고 있거든요. 새벽부터 나와 있으니까 아무 때나 오셔도 돼요."

또랑또랑 빛나는 찬미의 눈빛같이 그녀의 목소리가 활기찼다. 바람의 세기에 따라 나부끼는 광목의 자태처럼 표정도 손짓도 다채로웠다.

"시간 될 때 다시 오겠습니다."

원우는 연장 가방을 챙겨 문으로 향했다. 찬미와 복실이

문 앞까지 배웅했다.

"다음에 오시면 녹두전 드셔야 합니다."

"그러죠, 꼭 먹어보겠습니다. 그럼 나중에 뵙겠습니다."

현관 앞에도 불빛이 들어와 환했다. 원우는 문밖으로 나와 주변을 둘러보았다. 전기를 고치느라고 다른 신경을 쓸 수 없었으나 주점에서 본 여러 가지 모습들이 예사롭지 않았다. 술집 내벽에 사람 눈높이에 맞춰 노인들의 초상화를 띠처럼 걸어놓은 것도 이상했고, 한쪽 구석에 스튜디오까지 설치한 것도 이해하기 어려웠다. 술집 안에 있던 사람들이 나누던 대화 속 언어들도 심상치 않았고 그들의 행색 또한 전형적인 시골 사람들의 모습이 아니었다. 원우는 전선을 교체해 주겠다고 말한 자신의 난데없는 제안도 새삼 멋쩍어 머리카락을 긁적이다 쓸어넘겼다.

풀벌레 소리가 어둠을 그어가며 물수제비를 뜨듯 번져왔다. 그는 불빛에서 비켜나 하늘을 올려다보았다. 누군가가 어둠 속으로 다이아몬드를 확 뿌려놓은 것처럼 하늘이 별들로 가득했다. 반짝반짝 빛나는 별들이 심연 같은 어둠의 바다를 뚫고 나와 영혼을 맑게 씻어주는 듯했다.

멀리서 비행기 한 대가 빨간불 초록불을 깜빡거리며 어둠을 가르고 날아왔다. 점점 머리 위로 가까이 오는 그 소리를 쫓아서 한 여자가 걸어왔다. 파란 바탕에 하얀 물방울무니 원피스를 입었던 여자. 그 여자의 치맛자락이 나풀거리며 가느다란 하얀 종아리가 드러났다. 바람 한 줄기가 잊어버린 기억을 끌고 눈앞으로 흘러갔다.

2.

여명으로 산이 꿈틀거렸다. 산등성이를 따라 서 있던 나무의 우듬지들이 어둠을 찌르며 고개를 삐죽삐죽 쳐들었다. 먼 수평선에서 치솟은 태양 빛이 높은 산들을 굽이굽이 힘차게 넘어와 부론면 하늘을 시퍼렇게 물들였다. 나무들이 그 빛을 몸에 휘감으며 눈을 떴다. 곤줄박이와 박새, 꾀꼬리와 홀딱새들도 잠에서 깨어나 넝쿨 숲과 허공을 흔들며 날아다녔다.

어둠이 밀려가면서 사물들이 모습을 드러냈다. 마을창고를 개조해서 만든 주점도 뚜렷하게 윤곽을 나타냈다. 주점 왼쪽으로 이십여 채의 집들이 횡렬로 들어서서 남쪽을 바라보고 있었다. 술집 오른쪽으로는 활처럼 휘어져 있는 지방도로를 따라서 흘러온 개울이 마을 앞으로 흐르고 개울 너머 앞쪽엔 논이 넓게 펼쳐져 있었다.

개울 끝은 제방으로 이어져 있었다. 제방 밑에는 충주에서 흘러온 남한강과 횡성에서 흘러오는 섬강이 만나 북쪽으로 흘렀다. 마을 뒤로 백 미터 높이쯤 되는 산이 노적가리처럼 앉아 강물을 내려다보고 있고, 산 위쪽에 모여 있는 소나무들은 강을 향해 늠름하게 가슴을 열고 있었다.

아아, 아! 산꼭대기에서 가슴이 터지도록 내지르는 이지관의 함성이 강과 들과 주변에 펼쳐져 있는 산으로 날아가 메아리로 퍼져나갔다. 새벽이 눈뜰 때마다 하루를 시작하는 그의 의식이었다. 하늘과 땅과 강에게 또 하루를 잘 살아내겠다는 다짐을 하는 그만의 경건한 마음의 표현이었다.

산 위쪽에 있는 전원주택 세 채 중에서 제일 왼쪽 강변에 있는 집 문을 열고 찬미가 나왔다. 산 밑 마을로 내려가는 길목까지 은행나무들이 양쪽에 가로수처럼 서 있었다. 그녀는 자전거를 타고 쏜살같이 마을로 내려와 제방으로 올라섰다.

제방 위는 자전거도로였다. 1.5 킬로미터 달리면 도착하는 남한강 다리를 향해 찬미가 페달을 밟았다. 파란 반바지에 운동화를 신은 그녀의 두 발이 힘차게 구르자 자전거는 남한강을 거슬러 힘차게 나아갔다. 제방 왼쪽에 있는 면사무소와 상가들이 모여 있는 부론면 중심가를 지나쳐 다리에 도착했다. 그녀는 자전거를 교각에 기대놓고 다리 위로 걸어가다 어느 지점에서 멈춰 섰다.

강 왼쪽으로 산과 산이 물길을 따라 병풍처럼 이어졌다. 수많은 세월의 풍파를 겪어온 산의 굴곡을 쓰다듬듯이 새벽

강이 파랗게 구불거리며 고요히 흐르고 있었다. 강의 오른쪽으로 개여울을 쫓아서 펼쳐져 있는 물푸레나무와 버드나무, 갈대밭이 어둠을 걷어내며 초록 정원을 만들어놓고 있었다. 가을이면 안개가 구름처럼 일어나는 남한강. 찬미는 다리 밑 강물을 내려다보다가 두 손을 가슴에 얹으며 상념에 젖어 있던 눈을 지그시 감았다. 그녀의 입술이 나직하게 강물을 향해 속삭였다.

쉼 없이 달려온 태양 빛으로 아침은 빠르게 밝아왔다. 사람들은 햇살이 뜨거워지기 전에 작물들을 돌보려고 밭으로 나갔다. 부지런한 경운기 소리가 마을 골목을 울리고 사람들의 발걸음 소리를 쫓아서 개들이 컹컹 짖어댔다.

주점으로 들어가는 길옆에서 칸나가 빨강 노랑 빛깔의 꽃대를 올려놓고 열정적인 자태를 뽐내고 있었다. 찬미는 주점 안에서 바구니를 들고나오다 꽃들을 향해 활짝 웃었다. 가을이 깊어지면 알뿌리를 캐서 보관했다가 봄이면 다시 심어 칸나의 꽃을 만나는 건 빼놓을 수 없는 기쁨이었다. 머리카락을 쓸어넘겨 고무줄로 묶은 뒤 칸나 뒤에 있는 텃밭으로 향했다.

"반갑다, 얘들아!"

초록 잎 사이로 열매들이 각양각색의 빛깔을 발산하고 있었다. 찬미는 그들을 향해 손가락을 나풀거리며 흐뭇해했다.

빨갛게 완숙된 토마토와 짙은 보라색 윤기를 흘리는 가지, 그리고 오이와 상추와 쑥갓들이 어우러져 있었다. 그녀는 무르익고 병들지 않은 것들을 따서 바구니에 담았다. 텃밭과 붙어 있는 넓은 고추밭엔 고추들이 와글와글 달려 있었는데 그 뒤로 옥수수밭이 산 밑까지 울창하게 뻗어 있었다.

주점 안에서는 아침을 준비하느라고 복실이 분주하게 움직였다. 찬미는 바구니 두 개에 열매들을 꽉 채워 식탁에 올려놓고 밖으로 나갔다. 태양이 부론면을 둘러싸고 있는 산 사이로 고개를 내밀더니 순식간에 산 위로 올라섰다. 그녀는 현관 옆 야외의자 위에 접혀 있던 파란 파라솔을 펼쳤다.

지방도로 건너편 열 가구가 모여 있는 마을에서 한 남자가 도로를 건너왔다. 그는 도로를 따라 흐르는 개울 위에 놓인 다리를 넘어와 마을 입구에 수호신처럼 서 있는 아름드리 느티나무 밑을 지나고 있었다.

찬미는 파라솔 아래 앉아 담배를 태우며 그를 지켜봤다. 상고머리에 러닝셔츠와 반바지 차림을 하고 하얀 고무신을 끌고 있는 사십 초반의 사내. 그는 검은 털들이 억센 돼지털처럼 고불거리며 얽혀 있는 종아리를 드러내고 일정한 보폭을 유지하면서 파라솔 앞으로 성큼성큼 걸어왔다. 쌍심지를 세운 눈썹 위로 이마에 굵은 주름까지 잡혀 있어서 몹시 화가 난 듯했다.

"워워, 워워."

사내가 찬미를 노려보며 담배를 쥔 모양새로 손가락을 모아 자신의 입술에 대고 툭툭 쳤다.

"현태 씨, 안녕? 아침 먹었어?"

"워워, 워워."

"어, 인상 쓰면 안 돼. 담배 얻으러 와서 인상 쓰면 안 되는 거잖아. 안 줄 거야!"

찬미가 담배 한 개비를 꺼내 들었다가 다시 갑 속으로 넣으려고 하자 현태의 눈썹이 순식간에 팔자 눈썹으로 바뀌고 이마의 주름살도 펴졌다. 현태가 큼직한 손을 공손하게 내밀자 찬미는 깔깔거리며 웃었다.

"거봐, 인상 푸니까 잘생겼잖아."

찬미가 현태의 손바닥 위에 담배 한 개비를 올려놓자 그는 냉큼 입에 물고 돌아섰다.

"무뚝뚝하기는. 이따가 또 와!"

자폐아로 태어났다는 현태는 대꾸도 없이 담배에 불을 붙이며 자기 마을로 향했다. 굵은 칡뿌리처럼 종아리 근육이 꿈틀거리는 그의 뒷모습을 찬미가 안쓰럽게 쳐다봤다. 그가 언제부터 담배를 배웠는지 알 수 없었지만 주점이 생긴 뒤부터 하루에 다섯 번 정확히 같은 시각에 담배 추렴을 하러 주점에 나타났다. 한꺼번에 다섯 개의 담배를 줄 수도 있었으나 담배만 있으면 줄담배를 태워 하나씩만 주고 있었다. 처음 주점에 불쑥 나타났을 땐 무서워 피했는데 시간이 지나면서 오히려 찬미가 현태를 기다리는 모양새로 바뀌었다.

현태의 모습이 사라지자 찬미가 수도꼭지에 호스를 연결했다. 비가 오 일째 오지 않아 농민들이 애를 태우고 있었다. 바싹 마른 흙들은 하루만 지나도 푸석푸석한 먼지로 날아다녀 꽃들과 텃밭의 작물들도 힘겨워했다. 그녀는 물을 틀고 분사기를 들어 칸나를 향해 물을 뿜었다. 햇살에 반짝이는 물줄기가 칸나의 꽃과 잎사귀에 시원하게 떨어지자 콧노래가 저절로 나왔다.

그 사이 명아주 지팡이를 든 할아버지가 마을에서 나와 주점 뒤로 걸어 들어갔다. 밀짚모자를 쓰고 헐렁한 바지 끝단을 오므려 양말 속에 꼼꼼히 집어넣어 갈무리한 할아버지는 지팡이를 앞세워 조작걸음으로 옥수수밭을 지나갔다. 주점 오른쪽 끝 산 밑에 있는 커다란 감나무 앞으로 다가서더니 감나무 옆에 친구처럼 앉아 있는 나무 의자 위에 모자를 벗어 지팡이와 함께 올려놨다. 팔십 년 이상 살아온 감나무의 몸에서 뻗어 나온 굵직한 나뭇가지들이 무성하게 이파리를 매달고 있었다. 감나무 밑으로 깊은 우물 속 같은 그림자가 드리워져 있었다.

"나무야, 미안해. 나무야, 미안하구나."

할아버지는 나무를 보듬고 쓰다듬었다. 눈부신 아침 햇살이 감나무 잎에 반질반질한 기름을 칠하고 있는 동안 할아버지는 나무의 몸에 뺨을 대며 눈을 감았다. 감나무 가지 위에선 곤줄박이가 재잘거리며 귀엽게 꽁지를 갸웃거리고 있었다.

나무 아래 모여 있던 시원한 그림자 속으로 훈풍이 불어오자 할아버지는 다시 모자를 쓰고 지팡이도 집어 들었다. 세월의 옹이처럼 불쑥 튀어나와 있는 허리를 치켜세우며 의자에 앉아 감나무를 대견스럽게 올려다보았다. 술래잡기를 하듯 나뭇잎 사이를 들락거리며 햇살이 뛰어놀고 있을 때, 주점 쪽에서 징소리가 울려왔다.

지관은 현관 앞에서 서너 번 징을 울린 뒤 주점 안으로 들어갔다. 꽃밭에서 잡초를 뽑고 있던 찬미가 감나무 쪽으로 뛰어갔다. 검정 고무신을 신은 할아버지가 감나무 그늘에서 나와 신발코로 햇살을 조곤조곤 차올리며 주점으로 걸어오고 있었다.

"할아버지, 오늘은 할머니한테 어떤 꽃 선물했어요?"
"대문 옆에 망초가 보여서 오늘은 그놈을 갖다 줬다네."
"할머니가 좋아하셨겠네요?"
"그럼, 망초처럼 환하게 웃었지."

생기가 넘치는 감나무 잎처럼 할아버지의 눈빛도 따뜻하

게 빛났다. 치매로 여러 해를 힘들게 보내던 할머니가 오 년 전 주무시다가 세상 모든 시름을 누운 자리에 내려놓고 말없이 떠났다. 그 이후 할아버지는 하루도 빼놓지 않고 뒷산 할머니 묘소를 찾았다. 할머니에게 꽃 한 송이를 안기고 감나무를 껴안으며 하루를 시작하는 할아버지의 삶은 정화수처럼 맑았다. 찬미는 할아버지와 팔짱을 끼고 걸을 때마다 엄마의 품에 안긴 것처럼 포근해졌다.

주점 안에서 상쾌한 바람처럼 웃음소리가 흘러 다녔다. 도로 건너편 마을 위 숲속에 있는 돼지농장에서 아침을 먹으러 온 외국인 노동자 세 명이 복실이와 이야기를 나누며 즐거워했다.

"할아버지, 쟤네들 눈에는 복실 씨만 보인다니까요? 얘들아, 내가 이쁘니, 복실 씨가 이쁘니?"

찬미는 할아버지를 의자에 앉혀드리고 쭉 편 허리에 오른손을 얹은 채 고개를 살짝 쳐들었다. 외국인 노동자 세 명이 일제히 복실을 향해 손을 내밀었다.

"너넨 너무 치사해. 밥해준다고 아양이나 떨면 남자라고 할 수 없지, 안 그래? 니네들 고거 떼 버려!"

"고게 뭔데요?"

부탄에서 온 노동자들이 복실을 쳐다봤다. 그러자 지관과 복실, 할아버지와 찬미가 깔깔거리며 웃었다.

"그거 있잖아, 남자만 있는 거."

"남자? 뭔데요?"

"그거 있잖아, 고추밭에 대롱대롱 매달려 있는 거."

복실이 보조개에 웃음을 담으며 부연 설명을 하자 한 노동자가 눈치를 챈 듯 눈빛이 초롱거렸다. 그가 다른 친구들에게 부탁 말로 소곤거리자 다른 두 명의 얼굴이 홍고추처럼 붉어졌다. 그들은 수줍어하며 고개를 숙인 채 킥킥거리며 웃어댔다.

돼지농장은 사십 대 중반의 임 사장이 운영하는 곳이었다. 모든 시설이 자동으로 돼 있고 친환경으로 돼지를 키워 냄새가 거의 나지 않았다. 일 년 전 주점에 자주 들락거리던 임 사장이 숙소에서 지내는 외국인 노동자 세 명의 식사를 복실에게 부탁했었다.

복실은 대학까지 나와 돈 벌겠다는 일념 하나로 한국에 나온 그들이 딱해 보였다. 그들은 휴일만 빼고 하루 종일 돼지농장에서 갇혀 지냈다. 다행스러운 것은 악덕 기업주들처럼 임 사장이 외국인 노동자들을 함부로 대하지 않는다는 거였다. 그는 노동시간과 최저임금을 외국인 노동자들에게도 한국인들과 동일하게 적용하고 한국인 노동자들에게 외국인들을 홀대하면 즉각 해고하겠다는 엄포까지 놓았다.

돼지농장에 온 외국인 노동자들은 다른 곳으로 떠날 생각을 하지 않았다. 그들은 삼 년 기한을 채우고 고국으로 돌아가면 다시 또 심사를 거쳐 돼지농장으로 되돌아올 거라고 했다. 그들이 돼지농장을 좋게 여기고 그곳에서 일하는 것을 흡족해했지만 자국 내에서 더 나은 삶을 찾지 못해 타국까지 흘러온 젊음을 복실은 늘 안쓰러워했다. 그런 애잔한 마음 때문에 그녀는 부탄 음식까지 배워가며 매일 아침 그들이 좋아하는 음식 한 가지를 식탁에 올렸다. 할아버지 경우도 주점이 생긴 이후부터 찬미와 복실이가 친할아버지처럼 모시며 할아버지의 집 청소와 식사를 챙기고 있었다.

"자, 오늘 일정을 체크해 보죠."

식사가 끝나고 할아버지와 노동자들이 돌아갔다. 찬미와 복실은 설거지를 끝내고 커피를 내려 식탁에 앉았다. 지관은 컴퓨터로 음악을 틀어놓고 식탁에 앉으며 말을 꺼냈다.

"일단 저는 두부를 마트에 배달하고 올 겁니다. 그리고 옥수수를 따서 배송해야 하기 때문에 아주 바쁩니다. 즉, 다른 일을 할 겨를이 없다는 것이죠."

주점은 복실이 지관 부부와 찬미, 세 사람이 운영했다. 주점을 둘러싼 밭은 대략 천여 평 되는데 지관이 할아버지에게 도지를 드리며 사용하고 있었다. 그는 주점 뒤에 간이 움막을 만들어 두부도 직접 만들어 마트에 내다 팔았다.

"찬미 선생님, 오늘 막걸리 한 말 예약 받으신 거 아시죠?"

찬미가 고개를 끄덕였다. 몇 년 전 진도까지 가서 전통 막걸리 만드는 법을 이수하고 온 그녀는 주점 뒤꼍에 간이 창고를 지어 항아리를 땅에 묻고 그 속에 막걸리를 담아 팔았다.

"녹두전 이십 장도 가져간다고 다시 연락 왔어요."

"오, 잘됐네요."

찬미의 말에 지관이 반색을 했다.

"아무래도 오늘은 언니가 녹아나겠다. 나도 옥수수 따는 거 도와야 해서 점심 손님 받기가 버거워."

복실이 걱정스럽게 찬미를 바라봤다.

"별꼴이셔. 어제도 그랬잖아? 옥수수 딸 때와 절임 배추 할 때는 어쩔 수 없는 거 다 알면서 웬 겸손? 내가 다 알아서 할 테니까, 신경 끄시고 일 보세요. 남는 게 힘밖에 없다니까!"

반바지에 하늘색 민소매 티를 걸친 찬미가 오른팔을 들어 알통을 만들어 보이며 왼손으로 툭툭 쳤다.

"언니, 팔 자꾸 들어 올리지 말라니까. 털 다 보여."

"보이면 어때서? 복실 씨는 털 없어?"

"좌우당간 못 말려. 일이나 하러 갑시다. 당신은 두부 배달하고 와. 난 옥수수 따고 있을 테니까."

부부가 주점 밖으로 나가자 찬미는 창밖을 내다보며 커피를 마셨다. 주점 양옆 가로 벽을 뚫어 대형 창문을 맞바람 치게 만들어놓아 창밖의 풍경이 시원하게 들어왔다. 초록빛 고추밭 너머로 마을이 보이고 마을 끝에 자전거도로가 보였다. 찬미는 컴퓨터 음악을 끄고 비틀스의 LP판을 꺼내 턴테이블에 올렸다.

>내게 문제가 많던 시절에
>엄마가 다가와서 지혜로운 말을 해주셨어요
>순리대로 흘러가게 그대로 두렴
>내가 암흑 속에 있을 때
>그녀는 내 앞에 서서 지혜로운 말을 해주었지요
>흘러가는 것은 흘러가는 대로 두세요

「Let It Be」 노래의 선율에 젖어 찬미는 눈을 감았다. 하루의 일을 시작하기 전에 갖는 평온한 시간이었다. 커피 향처럼 아련하게 떠다니는 노래. 발장단을 맞추고 손가락을 까닥거리다 보면 몸이 출렁출렁 흐느적거린다. 햇살이 물장구치는 강물의 수면 위에 발가벗고 가만히 몸을 눕혀본다. 물결 따라서 어디론가 영혼이 평온하게 흘러가는 기분에 젖어든다.

노래가 끝나도 찬미는 눈을 뜨고 싶지 않았다. 하지만 녹두전을 미리 부쳐놓아야 그나마 점심 손님을 여유 있게 받을 수 있을 것 같았다. 그녀는 남은 커피를 훌쩍 들이켜고 두 손으로 얼굴을 쓱쓱 문지르며 정신을 차린 뒤 주방으로 성큼성큼 걸어갔다.

녹두전은 이 년 전 주점을 시작할 때 찬미가 야심 차게 기획한 음식이었다. 그녀는 녹두전 맛을 알리기 위해 오전 9시만 되면 도로변 다리 위로 나갔다. 리어카에 가스와 솥뚜껑까지 싣고 나가서 녹두전을 부치며 고소한 냄새를 사방에 풍겼다. 도로 양옆으로 숯대를 튼실하게 세워 플래카드까지 매달아 사람들의 시선을 유혹했었다.

'다섯이 먹다가 넷이 죽어도 모른다!'
'전통방식으로 부친 녹두전과 수제 막걸리!'

녹두는 새벽마다 지관이 맷돌로 갈아놓았다. 찬미는 숙주와 고사리를 데쳐서 준비하고 곱게 간 돼지고기를 양념해 뒀다가 김치와 다른 재료들을 섞어 소금과 후추로 간을 맞춘 뒤 솥뚜껑 안쪽에 돼지기름을 둘러서 부쳐냈다.

부론면 손곡리 끝에 채석장이 있었다. 찬미는 트럭운전사들을 상대로 녹두전과 막걸리를 팔아보고 싶었다. 하지만 첫날부터 승용차 서너 대만 호기심을 보이며 녹두전을 사 갔을 뿐 트럭 기사들은 관심조차 보이지 않았다. 그들은 물량을 갖다 주는 횟수에 따라 벌이가 늘어나기 때문에 좀처럼 차를 세우거나 다른 짓을 하려고 들지 않았다.

트럭들은 빨리 달렸다. 그러나 마을이 있는 곳에서는 속력을 줄일 수밖에 없었다. 더욱이 다리가 있는 도로 삼십 미터 전후로 과속방지턱이 있어서 찬미가 있는 자리에선 아주 천천히 서행할 수밖에 없었다.

"아무래도 미인계를 써야겠어!"

"언니, 그러다 납치당해."

"그 말은 납치당할 만큼 예쁘다는 뜻이겠지?"

찬미가 두 손으로 자신의 얼굴을 쓰다듬더니 엉덩이까지 툭툭 두들겨대며 몸매 자랑을 했다. 복실이 어이없다는 듯 코웃음을 쳤다.

"그래, 돈 좀 벌게 화끈하게 꼬셔보셔!"

찬미는 녹두전을 가위로 잘라 접시에 담아놓고 이쑤시개를 하나씩 꽂아놓았다. 그리고 부침개를 부치다가 멀리서 트럭이 나타나면 접시를 들고 트럭이 다가오기를 기다렸다. 운전석에 기사 얼굴이 보이면 그녀는 허리를 쭉 펴고 손을 들어 특유의 손가락 춤을 추면서 그들의 눈길을 끌었다. 처음엔 기사들이 신경질을 내며 휙 지나쳐버리기도 했으나 개의치 않고 더욱 적극적으로 손짓을 했다.

사흘째 되던 날 처음으로 5톤짜리 볼보트럭 한 대가 찬미 앞에서 멈춰 서더니 기사가 아예 차에서 내려왔다. 사십 대 중반쯤으로 보이는 건장한 사내가 히죽히죽 웃으며 다가왔다. 여름철이라 사내는 헐렁한 반바지에 무쇠 같은 장딴지를 씰룩거리며 슬리퍼를 끌고 다가왔다.

"언니야, 점심시간 전에 이러시면 안 되지? 우린 시간이 돈이야. 한 번이라도 더 돌덩이를 날라야 먹고 사는데 사람을 이렇게 홀려대서야 쓰겠소? 아무튼 냄새는 근사한데 어디 맛이나 봅시다."

사내는 이쑤시개를 집고 녹두전을 입속에 넣었다.

"와우, 이쁜 언니 솜씨가 왔따네!"

그는 전 조각 세 개를 연달아 입안에 넣고 씹어대며 찬미를 능글맞게 쳐다보았다.

"맷돌로 직접 갈아서 만든 건데 안 맛있을 수가 없죠. 이거 먹어 본 사람들은 다 쓰러진다니까요. 한 장 드릴까요? 가격도 완전 싸다니까요."

"녹두전 먹으려면 막걸리도 한잔해야 하는데, 음주운전으로 신세 조질 수도 없고. 환장하겠다, 언니야."

"막걸리도 있으니까, 싸 갖고 갔다가 일 끝나면 드세요."

"거참, 몰라도 한참 모르시는 말씀. 술꾼이 술 옆에 두고 가만있으면 술꾼이 아니지. 근데 아줌씨는 시골 아주매처럼 안 생기고 분위기 있네. 여기 출신은 아닌 것 같고 어디서 왔소?"

"서울이요."

"어쩐지 야시시한 모습이 서울 출신 같드만."

사내가 위아래로 훑어보자 찬미가 눈꼬리를 치켜세웠다. 그녀는 오른손으로 허리를 짚고 노골적으로 사내의 구석구석을 살펴보며 옆으로 돌았다. 사내가 무슨 일인가 싶어 찬미를 따라서 몸을 돌렸다.

"요상스럽게 왜 그러시나?"

"아저씨, 조금 전까지 아저씨가 요상스럽게 굴었거든요?"

"내가요?"

"아저씨 눈빛이 수시로 내 몸을 스캔 떴잖아요?"

"스캔? 그게 뭔 말이요?"

사내는 황당해진 표정으로 눈동자를 크게 굴리며 물었다.

"그렇게 눈을 크게 뜨고 돋보기처럼 나를 훑어봤잖아요. 그거 기분 엄청 나쁘거든요. 안 사셔도 괜찮으니까 그냥 가셔도 된답니다."

찬바람을 일으키며 찬미가 돌아서자 사내가 껄껄거리며 웃었다.

"와, 아줌씨, 가오 있네. 거참, 예뻐서 쳐다본 것도 죄요? 삽시다, 산다고요. 녹두전 다섯 장하고 막걸리 다섯 병 주시오. 저녁에 동료들과 한잔하면서 무서운 아줌씨 때문에 할 수 없이 샀다고 해야겠소."

사내 이름은 석태였고 문막에 살았다. 그날 이후 그는 일주일에 두세 번씩 차를 세워 찬미를 누님으로 부르며 친분을 쌓아갔다. 젊은 날 원주에서 주먹 좀 썼다는 그는 문막은 물론 원주 시내까지 주점을 알리는 일등 홍보대사를 자처하며 사람들을 끌고 왔다. 오늘의 예약도 친구 생일을 축하하는 자리라며 그가 맞춰놓은 것이었다. 당시 찬미는 거리 선전을 삼 개월 정도 했었는데 효과는 의외로 커서 전화 예약 주문이 여전히 이어지고 있었다.

주점은 식당을 겸했다. 여름철엔 직접 수확한 콩으로 만든 콩국수를 전문으로 팔았고, 겨울엔 돼지고기를 듬뿍 넣고 끓인 김치찌개 백반을 주로 팔았다. 찬미가 예약받은 녹두전을 다 부치고 한숨을 돌리고 있을 때 부론면에서 노인 세 분이 문을 열고 들어왔다.

"어서 오세요, 어르신들."

찬미가 쪼르륵 노인들에게 달려갔다.

"이것 봐라, 이것 봐. 나이가 오십이 넘은 사람이 또 채신머리없이 뛰어다니네. 그러다 다쳐, 이 사람아."

"장 씨 아저씨. 여자 나이 자꾸 밝히는 거 아니라고 했죠?"

노인 두 사람의 나이는 칠십이 조금 넘었다. 처음엔 찬미가 아저씨라고 불렀을 때 늙은이를 희롱한다며 짐짓 화를 내더니 이제는 그 호칭을 기분 좋게 받아들이고 있었다.

"그려, 여자 나이는 함부로 떠벌려선 안 되는 겨. 내가 볼 때 찬미 양은 마흔도 안 돼 보이는구먼."

"아, 정말 이장님까지 왜 그러세요! 찬미 양이라고 부르지 말라고 했잖아요."

"그럼, 찬미 씨라고 불러야 하는 겨?"

"너무 그러지들 마요. 찬미 선생이 부끄러워하잖아요."

세 명 중에 가장 나이가 어린 옆 동네 최성주 이장이었다.

"어이, 최 이장. 그냥 '나는 찬미 선생님을 사랑합니다'라고 혀. 여기 말리는 사람 없거든."

"아, 왜 나까지 걸고넘어져요?"

"응큼스럽기는. 야, 이 사람아. 자네가 찬미 선생에게 미쳐 있는 거 부론면 사람들이라면 다 알아."

노인들이 일제히 웃음을 터트리자 주점 안이 눈부시게 밝아졌다. 찬미가 두 발을 구르며 뾰로통하게 입술을 내밀고 돌아섰다. 콩국수에 소금을 잔뜩 뿌려놓을 거라고 발을 쿵쿵거리며 주방으로 걸어갔지만 그녀의 입가에도 박하사탕을 문 것처럼 화사한 향기가 번져 나왔다.

3.

날개가 꺾인 바람은 해가 서편으로 넘어가도록 움직일 줄 몰랐다. 태양의 열기에 포획된 숲도 나뭇잎 하나 흔들지 못

하고 진땀을 흘렸다. 허공에 찐득찐득하게 붙어 있는 불로 달군 바늘 끝 같은 더위도 여전히 남아 있었다.

원우는 골짜기 정상에 차를 세우고 담배를 태웠다. 끊임없이 밀려오는 파도처럼 산들이 넘실넘실 이어져 있었다. 숲으로 둘러싸인 대지 위에서 생명의 빛을 얻고 있는 다른 짐승들처럼 사람들도 이곳저곳에다가 마을을 만들어 모여 살고 있었다.

'어쩌자고 나는 그런 약속을 했던 것일까.'

찬미에게 전선을 갈아주겠다고 했던 자신의 말에 마음이 불편해졌다. 원우는 후끈거리는 열기를 몰아내듯 담배 연기를 길게 내뱉었다. 그러자 며칠 전 별빛 속으로 나타났던 옛날 여자가 또다시 떠올랐다. 특별한 일도 없었는데 첫사랑처럼 깊이 각인돼있는 그녀의 모습. 그녀를 처음 본 뒤 다시 보고 싶다는 마음을 억누르지 못해 몇 번이나 다시 찾아갔던 합정동 그 골목.

어쩌다가 그런 일이 일어났고 이 시점에서 왜 그녀를 다시 떠올리고 있는 것일까. 원우는 꼬리를 무는 생각들을 떨쳐내려는 듯 담뱃불을 손으로 끊어내고 차에 올라탔다.

에어컨 바람이 싫어 창문을 연 채 고갯길을 내려갔다. 이상하게도 고개를 사이에 두고 문막과 부론면의 공기는 사뭇 달랐다. 산에 둘러싸여 공기가 맑은 것은 당연했으나 온도 차이까지 느껴졌다. 주변도 어두운 밤에 올 때와는 달리 평화롭고 아름다웠다.

주점이 있는 홍호리로 다가갈수록 풍광에 눈이 사로잡힐 정도로 마을이 아름다웠다. 마을 앞 다리를 건너자 느티나무 그늘 밑에서 할머니 세 분이 평상에 앉아 두런두런 얘기를 나누고 있었다. 원우는 나무 옆에 차를 세우고 주점 입구로 걸어갔다. 지난번 손전등으로 봤던 검붉은 칸나가 열정적인 빨간 모자를 쓴 초록 병정들처럼 멋지게 도열해 있었다.

을씨년스럽게까지 보였던 건물도 고추밭과 옥수수밭의 초록 물결 한가운데에 앉아 있어서 생기발랄해 보였다. 건물 외벽에 초록빛과 연둣빛이 무성한 잎을 단 노란 해바라기 꽃들이 벽 아래서부터 위쪽으로 층층이 그려져 있어서 소피아 로렌이 나오는 『해바라기』 영화 한 장면을 연상케 했다. 해바라기 꽃 사이로 형형색색의 나비들이 팔랑거리고 있어서 생동감이 더욱 넘쳐났다. 원우는 생각지 못한 풍경을 찬찬히 둘러보다가 현관문을 열었다.

"와, 기사님이다!"

찬미가 복실이와 함께 은빛 머리카락의 사내와 앉아 있다가 벌떡 일어섰다. 그녀는 손을 들어 손가락을 흔들면서 원우에게 다가갔다.

"드디어 녹두전 드시러 오셨군요. 정말 고맙고 반갑습니다!"

원우는 머리카락을 쓸어넘기며 찬미에게 고개를 숙여 인사를 했다. 쑥스럽거나 낯선 상황을 마주하면 늘 눈자위부터 붉어졌다. 그는 눈을 깜빡거리며 쭈뼛거렸다.

"여기 잠깐 앉아 계세요."

찬미는 입구 쪽에 있는 식탁 위를 손바닥으로 툭툭 치며 돌아섰다. 원우가 손을 내밀며 무슨 말을 하려다가 멈췄다. 이미 찬미는 버들치처럼 휙 방향을 바꿔 주방으로 미끄러지듯 나아갔다.

넓은 주점에는 테이블 두 자리에만 사람들이 있었다. 한 테이블에서는 은빛 머리카락의 사내가 복실을 향해 손짓까지 곁들이며 열변을 토하고 있었고, 다른 자리에서는 세 사내가 웃음을 나누며 술잔을 주고받고 있었다. 저녁 햇살이 창턱에 앉아 시들어가고 여덟 개의 식탁 위에 매달려 있는 풍등 같은 전등에선 따뜻한 빛이 점점 짙게 번지고 있었다. 원우는 주점 안을 찬찬히 살펴봤다. 누전을 고쳐주고 허겁지겁 주점을 나오느라 보지 못했던 풍경들이 눈에 들어왔다. 그는 칠십여 평이나 되는 주점 안을 서성거렸다.

주점 바닥은 검은 정원석을 바둑판처럼 깔고 모르타르로 붙여놓았다. 길쭉한 가로 창이 있는 벽 밑에는 연둣빛 벼들이 이삭을 달고 바람에 술렁거리는 그림이 그려져 있었다. 그 위로 하얀 바탕 위에 초상화를 담은 액자들이 천장에 설치한 조명 빛을 받으며 띠처럼 걸려 있었다.

도시의 북카페처럼 자전거도로가 보이는 창문이 있는 쪽으로는 장서들로 꽉 차 있는 책장 세 개가 있었다. 현관과 마주 보이는 안쪽 벽 앞으로 제법 넓은 나무마루가 놓여 있었는데 그 위에 장구와 북, 징과 같은 사물놀이 기구들이 장식처럼 세워져 있었다.

마루 왼쪽에 있는 뮤직 박스에선 한대수의 노래 「물 좀 주소」가 말라가는 햇살의 비명처럼 조명들 사이를 애타게 흘러다니고 있었다. 원우는 창밖을 무심히 내다보며 귓전을 갉아대는 노랫소리에 귀 기울이다가 돌아섰다. 마루 오른쪽에 사진기가 올려 있는 삼각 다리와 우산처럼 생긴 조명기구가 보였다. 누전을 고치던 날도 이상하게 여겨졌던 작은 스튜디오였다.

"이쪽으로 오세요."

찬미가 녹두전과 막걸리를 쟁반에 담아 주방에서 나왔다.

"앉아서 드셔보세요. 이거 먹으면 기분이 좋아지거든요. 드셔본 사람들이 한 방에 쓰러지셨다니까요."

산들바람처럼 찬미의 목소리가 귓바퀴를 쓰다듬으며 시원하게 들려왔다. 원우는 지켜보겠다는 듯이 팔짱을 낀 채 의자에 등을 기대고 있는 찬미를 슬쩍 쳐다보다 젓가락을 들었다. 고소한 냄새를 풍기는 녹두전이 입속으로 들어가자마자 아삭거리며 사르르 녹았다.

"정말 맛있군요."

"그렇다니까요!"

찬미는 그런 반응이 나올 걸 알고 있었다는 듯이 박수를 치며 엉덩이를 들썩였다.

"그러니까, 왜 그날 안 드시고 가신 거냐고요. 그때 자랑하지 못해서 지금까지 입이 근질근질했잖아요."

비눗방울을 터트리는 아이들 환호성처럼 찬미의 음성에 흥이 올라 있었다.

"근데 드시는 폼이 영 개운치 않네요. 뭘 먹을 때 깨작거리면 복 달아나요. 개갈 안 나게 드시지 말고 막걸리도 한잔하면서 꽉꽉 드셔보라니까요."

"술 마시고 전선 교체 일 하면 안 됩니다. 운전도 해야 되고요."

"오늘 하시려고요? 이따가 두 팀이 예약돼 있는데 내일 하면 안 될까요? 환한 아침에 하면 좋잖아요. 아 참, 출근해야 되는구나."

"아니, 출근은 안 해도 됩니다."

"왜요?"

"오늘부로 거기 그만뒀습니다."

"왜요?"

식탁에 두 손을 얹은 채 원우를 뚫어지게 바라보고 있는 찬미의 눈동자가 점점 커졌다. 찬미가 재차 고개를 들이밀며 물었다.

"싸우셨구나? 혹시 우리 전기 고치다가 화나신 거 아니에요?"

원우가 손사래를 치며 씩 웃었다.

"그럼 내일부터 다른 곳으로 출근하나요?"

"아닙니다. 아직 갈 곳을 정하진 않았습니다."

"축하주를 드려야 하는지, 위로주를 권해야 되는지는 알 수 없지만 아무튼 한잔하시고 여기서 주무세요. 주무실 곳도 마련해 드릴 테니까요."

"고맙긴 한데 신세 끼치고 싶진 않습니다."

"아, 정말. 너무 겸손 떠시네. 신세는 우리가 지는 거잖아요. 그러고 보니 통성명도 안 했네요. 전 임찬미에요."

찬미가 원우를 향해 식탁 위로 손을 쭉 내뻗었다. 길쭉하고 가느다란 찬미의 흰 손을 바라보며 원우가 머뭇거렸다. 그는 조심스럽게 손을 내밀어 그녀의 손가락 끝을 살짝 잡았다 놓았다.

"성격이 내성적이어서 그러신가, 아니면 부끄러움을 많이 타셔서 그런가? 그것도 아니면 위험한 전기를 다루셔서 그런가? 대부분 전기기사님들이 그렇게 신중한가요? 드시는 것도 그러시더니 악수도 다람쥐 세수하는 것처럼 완전 개갈 안 나게 하시네요."

"아, 그렇습니까?"

"네, 그렇답니다."

찬미가 눈알을 굴리며 재미있다는 듯이 소리 내서 웃었다.

"근데 어디서 오셨어요?"

"그냥 여기저기 떠돌아다니다 왔습니다."

"음, 사연이 많으신 분이시구나. 한마디로 정체불명의 기사님!"

찬미가 하얀 이를 드러내고 활짝 웃으며 원우를 향해 손가락을 내뻗었다. 어금니 쪽에 삐죽이 튀어나온 그녀의 덧니가 장난기 많은 어린아이의 웃음처럼 반짝거렸다. 그녀는 옆구리가 찌그러져 있는 막걸리 주전자를 들어 원우의 잔에 술을 따랐다. 누런 양재기에 막걸리가 다 찰 때쯤 현관문이 열리며 여성들의 목소리가 들려왔다. 찬미가 주전자를 내려놓고 부리나케 현관으로 향했다.

"어서 오세요, 언니들!"

"야야, 잘 있었나? 하는 일도 없으면서 자주 몬와서 미안타. 장산 잘 되나?"

"늘 잘 되고 있답니다. 손님 없으면 우리가 손님처럼 마구 마셔대니까요!"

"아이고, 몬말린다. 아무튼 니 긍정 마인드는 대한민국 최고다. 아니, 박 선생님도 오셨네. 아이고, 반가워라. 얘들아, 내가 말한 소설가 박 선생님이시다!"

문막에서 온 나이 육십이 된 아줌마였다. 경상도 출신인 그녀는 목소리가 천둥소리처럼 크고 하고 싶은 말을 거침없이 내뱉는 성격이었다. 하얀 운동화를 신고 날을 바짝 세워 주름을 잡은 파란 반바지에 빨간 티를 입은 그녀가 소설가를 향해 허겁지겁 다가갔다.

"반갑십니데이. 이번에 내신 소설 잘 읽어심니더. 참말로 우찌 어린아이들 세계를 그리도 잘 쓰셨는지 감동적으로 읽었서예. 얘들아, 뭐하노? 이리 와서 인사드리라! 야는 김명신이라고 하는데 작가님 사진을 보더니 홀딱 반했다 아닙니꺼."

"미칬나? 내가 언제 그랬노?"

소설가는 아줌마들에게 둘러싸여 인사를 나누면서 웃고 있었으나 곤혹스러워하는 표정이 역력했다. 원우가 양재기를 입에 댄 채 막걸리를 야금야금 들이켜면서 소설가를 응시하다 밖으로 나갔다. 어느새 강 건너 산 밑으로 어둠이 내려앉고 있었다. 그는 담배 한 개비를 태우며 제 빛깔을 잃어가고 있는 도로 건너편 산을 쳐다보다 주점으로 다시 들어갔다.

"저 언니 목소리 엄청 크죠? 기차 화통을 서너 개는 삶아 드신 목소리라니까요. 말도 한번 했다 하면 다른 사람이 할 기회를 안 줘요. 그래서 저 언니를 천둥수다쟁이라고 부르죠. 근데 아이처럼 마음이 맑고 순수해서 좋아한답니다."

찬미는 여성들이 앉아 있는 식탁에 한 상 차려놓고 원우에게로 왔다. 그 사이 원우는 막걸리 한 통을 다 비우고 있었다.

"저분은 소설가인가 보죠?"

"소설가이기도 하고 호떡 아저씨이기도 해요."

"호떡?"

"식품 공장에서 호떡 만드는 일을 오랫동안 했거든요. 뜨거운 호떡을 집게로 한 번에 세 개씩 집는 사람은 저 선생님뿐이 없었대요. 그리고 일 초에 호떡 다섯 개를 뒤집는 호떡 뒤집기 달인이었다네요. 삼 년 전에 그만뒀는데 호떡 공장에서 가끔 불러요. 생산량이 많아지면 아쉬우니까 일당을 세게 쳐주고 알바를 시키는 거죠. 요즘 일주일째 다니시고 있고요."

찬미가 손으로 호떡 뒤집기 흉내를 내며 미소를 담았다.

"성함이 어떻게 되는데요?"

"박해운이라고 문단에선 노동소설가라고 부르나 본데 본인은 별로 좋아하지 않아요."

"왜요?"

원우가 깊은 관심을 내비치며 찬미의 두 눈을 정면으로 마주 봤다.

"혹시 저분 아세요?"

"아니, 잘 모릅니다."

"급 관심을 보여서 아는 줄 알았네요."

"그냥, 소설가라고 해서……."

원우는 막걸리 양재기를 들어 술기운으로 붉어진 눈빛을 감췄다. 그는 잔을 비우며 말을 이었다.

"어디서 자면 되나요? 피곤한데 먼저 쉴 수 없을까요?"

"당연히 쉴 수 있죠. 조금만 기다리세요."

찬미는 복실에게 주점 관리를 부탁하고 계산대 있는 곳으로 가서 손전등을 들었다. 그녀는 원우에게 나가자는 손짓을 하며 현관문을 열었다. 원우는 갖고 왔던 연장 가방을 들고 뒤따라 나갔다. 초록빛으로 뒤덮여 있던 논도 강 건너 산도 어둠에 묻혀 윤곽조차 없었다.

"지금 가시는 곳은 주점을 할 수 있게 도와주신 할아버지 댁이에요. 마을창고에서 주점을 하겠다고 했더니 그냥 쓰게 허락해주신 분이죠. 연세가 무려 구십넷인데 여전히 총명하세요. 나무를 많이 사랑해서 사람들이 나무할아버지라고 부르죠. 주점에 손님이 오면 늘 할아버지네 사랑방을 쓰니까 부담 갖지 않으셔도 돼요. 인사는 내일 아침 식사시간에 드리면 되니까 일곱 시 반, 식사시간을 꼭 엄수해야 합니다. 여긴 늦으면 밥 안 주거든요."

맛있게 밥을 꼭꼭 씹어 먹는 듯한 명랑한 찬미의 목소리를 들으며 원우가 미소를 머금었다. 그녀는 손전등을 흔들며 마을 골목길을 걷다가 멈추더니 철문을 열었다. 마당 저편에서 유리창을 환하게 밝혀놓은 불빛이 보였다. 그녀는 신발을 벗고 툇마루로 올라서서 유리로 된 미닫이문을 톡톡 두들겼다.

"할아버지, 오늘 손님 한 명 치릅니당."

애교 섞인 찬미의 목소리가 끝나자 방 안에서 탁탁 두들기는 소리가 났다.

"할아버지가 '알겠다, 이놈아' 하면서 지팡이로 방바닥을 두들기는 소리예요. 자, 이 방에서 주무시면 됩니다. 저기 서랍장 위에 있는 이불 사용하면 되고요. 그럼 저는 이만 물러갑니다."

사랑방 문을 열고 스위치를 올려 형광등을 밝힌 뒤 찬미는 마루에서 내려갔다.

"고맙습니다, 내일 아침에 뵙겠습니다."

찬미가 대문으로 향하자 원우는 방으로 들어갔다. 방에는 서랍장 위에 놓여 있는 이불과 선풍기 한 대만 달랑 있었다. 길쭉한 직사각형 방 끝에 창호지를 입힌 옛날 여닫이문이 쇠고리에 걸린 채 마루와 연결된 미닫이문과 마주하고 있었다.

원우는 선풍기를 틀고 이불을 깔았다. 창문을 열고 여닫이문도 열었다. 방안에 답답하게 갇혀 있던 열기들이 빠져나가자 이불 위에 누웠다. 옛날식 갓을 단 형광등의 희멀건 불빛을 받으며 창문 옆에 붙박여 있는 검정 플라스틱 일자형 옷걸이가 외롭게 자신을 쳐다보고 있었다. 오랫동안 누군가의 옷을 걸어줬을 옷걸이가 세월의 상처처럼 군데군데 하얗게 벗겨져 상념을 끌고 왔다. 원우는 생각하기 싫어 불을 끄고 누웠으나 머릿속은 전등을 밝혀놓은 듯 환했다. 그는 뒤척거리다가 일어나 쪽문 밖으로 나갔다. 휑하니 마당 위로 뚫린 하늘 위에 총총히 별들이 반짝이고 있었다.

간간이 불어오는 미지근한 바람을 타고 은빛 머리카락의 사내 박해운의 얼굴이 흐릿하게 스치자 오래전에 읽었던 그의 소설이 떠올랐다. 광부들의 힘겨운 삶과 투쟁을 그린 소설.

그가 어떻게 이곳에 와 있는 것일까.

낯선 집 마당 위에 서 있는 자신의 모습이 불안해 원우는 서성거렸다. 지난번에 주점에 와서 남다르게 느꼈던 모습들이 실체를 드러내고 있었다. 잊고 있었던 한대수의 노래를 비롯한 팔구십 년 대의 노래들. 소설가 박해운. 기억 속에서 사라져버린 줄만 알았던 파란 원피스를 입은 그녀. 찬미를 볼 때마다 주변이 환해지면서 자신도 모르게 그 빛으로 들어가 밝아지게 되는 야릇한 감정.

일과 관계된 사람 말고는 특별히 다른 사람과의 만남을 피해왔던 원우는 무엇인가가 자신을 끌어당기고 있다는 느낌이 들었다. 그는 내일 아침 부지런히 전선을 교체해 주고 떠나고 싶었다. 자꾸만 옛 기억을 떠올리게 하고 감정의 기복을 심하게 일으키게 하는 사람들과 풍경 속에서 벗어나고 싶었다.

4.

삶의 길은 알 수 없었다. 전혀 예측할 수 없는 일이 살아가는 길목 곳곳에서 불쑥 튀어나올 때 더욱 그랬다. 대체로 그런 일들은 반가운 손님처럼 찾아오기도 하지만 살기를 품고 덤벼들 때도 많았다.

원우는 아침을 먹자마자 서둘러 전선을 살폈다. 교체할 전선의 길이를 재고 전선을 고정하는 부품의 개수를 종이에 적고 나서 차를 몰았다. 대형철물점이 많이 있고 전기용품 전문 판매점도 있는 문막으로 향했다.

부론에서 문막으로 나가는 도로는 두 군데였다. 산업단지가 조성되고 있는 노림리를 거쳐 가는 길은 도로 확장공사 중이었다. 원우는 경치가 좋고 한가한 손곡리 쪽으로 차를 몰았다. 아침부터 햇볕에 달궈진 미열 같은 바람이 열린 차창으로 넘실거렸다. 구불구불한 고개를 오를 때마다 어떤 경계처럼 느껴지는 부문재를 내려가니 노림리로 이어지는 도로와 만났다. 도로 옆으로 경동대학교가 있어서 맞은편 산 아래는 온통 학생들의 숙소로 임대해 놓은 빌라 천지였다.

 해가 뜨거워졌다. 원우는 필요한 것들을 사서 트렁크에 넣고 왔던 길로 되돌아갔다. 다시 부문재 고개를 넘기 위해 산길로 접어들자 사람과 차들로 복잡했던 소리가 사라지고 고요했다. 차 한 대 보이지 않는 부문재 내리막길은 마음을 평온하게 만들었다. 그는 느긋하게 차를 몰며 시디를 틀었다. 신해철의 노래였다. 「나에게 쓰는 편지」라는 노래가 흘러나왔다.

 난 잃어버린 나를 만나고 싶어
 모두 잠든 후에
 나에게 편지를 쓰네

 노래 가사가 맹렬하게 대지를 파고드는 햇살 사이로 퍼져나갔다. 숲과 밭, 그리고 알곡이 들어찬 벼이삭 위로 쏟아져 내린 햇살이 뜨거워 나뭇잎과 작물들이 축축 늘어지고 있었다. 마을이 모여 있는 곳을 지나가자 도로가 활처럼 휘어진 곳이 나타났다. 곡선을 따라 차를 돌리니 멀리서 하얀 승용차가 달려오고 있었다.

노래 속의 주인공이 자신의 인생을 점점 찾아가고 있을 때, 갑자기 이십여 미터 앞에서 마주 오던 차가 원우를 향해 바퀴를 틀었다.

"어어, 어!"

원우는 앞차가 자신을 향해 돌진하자 핸들을 꽉 움켜잡았다. 눈이 크게 떠지고 입까지 벌어지며 다급한 신음까지 흘러나왔지만 경적을 울릴 정신도 없었다. 그는 앞차가 눈앞에까지 달려오는 것을 보며 본능적으로 눈을 질끈 감고 핸들을 우측으로 돌리며 브레이크를 밟았다. 그 순간 굉음과 함께 에어백이 터졌다.

차 안이 매캐했다. 원우는 코를 찌르는 냄새에 눈을 떴다. 찢어진 에어백에서 가스가 짙은 안개처럼 번지고 있었다. 눈알이 쓰라렸고 숨쉬기조차 어려워 헉헉거렸다. 질식해 죽을지도 모른다는 공포가 엄습해 허둥거리며 있는 힘껏 운전석 문을 밀쳤다. 아무리 용을 써도 문이 찌그러졌는지 열리지 않아 엉금엉금 기어서 조수석 문을 밀었다. 문이 열리자 문 밖으로 고개를 내밀고 두 손으로 땅을 짚어가며 간신히 몸을 빼냈다.

컥컥거리며 콧물 눈물을 한바탕 쏟아내자 숨이 터졌다. 원우는 아린 눈을 깜빡거리며 주변을 둘러봤다. 상대방 차가 도로 옆 논에 처박혀 있었다. 차 안에서 한 남자가 열리지 않는 문을 흔들고 있었다. 원우는 다급한 마음에 허겁지겁 논으로 뛰어들었다. 무릎 위까지 자란 벼들을 헤치고 찰박찰박 논물을 밟아가며 차에 다가가니 칠십도 넘어 보이는 노인이 창문도 못 연 채 맥없이 문만 흔들고 있었다.

"괜찮으세요?"

원우는 벼를 뽑아내고 진흙을 손으로 걷어낸 뒤 문을 잡아당겼다. 문이 반쯤 열리자 다시 소리쳤다. 노인은 정신이 나간 사람처럼 고개를 떨군 채 대답이 없었다.

"다친 데는 없으세요?"

안전띠를 두르고 있는 노인을 살폈다. 얼굴이나 몸에 상처가 보이지는 않았다. 원우는 다행스럽게 여기며 조심스럽게 노인의 안전띠를 풀고 두 팔로 상대방의 가슴을 감싸 안아서 끌어당겼다. 노인 역시 본능적으로 차 안에서 나오려고 기를 썼다. 원우는 노인을 밖으로 끌어내 논둑까지 안고 와 앉혔다.

"어디 사세요? 조셨나요?"

노인은 여전히 초점 잃은 흐리멍덩한 눈으로 먼 곳만 바라보며 입을 꽉 물고 있었다.

"잠깐만 기다리세요."

차로 뛰어가 보험회사에 전화를 걸고 주점에 전화를 걸었다. 그 사이에 손곡리 사람들 서너 명이 달려와 노인을 도로 위에 올려 눕혔다. 원우는 그제야 목과 어깨가 결려 손으로 주무르다가 바닥에 털썩 주저앉았다. 온몸이 땀으로 흥건히 젖었고 머리카락에서도 땀이 줄줄 떨어져 내렸다. 긴장이 풀어지자 어지럽게 현기증이 일어나면서 맥이 하나도 없었다.

마을 사람들 연락을 받은 경찰차가 나타났다. 노인은 부론면 사람이어서 가족들도 달려왔다. 경찰과 가족들이 수군거리더니 경찰 한 명이 원우에게 다가왔다. 그는 사고 경위를 물으며 술 마시지 않았냐고 물었다. 그리고 음주 측정기를 원우에게 내밀었다. 원우는 어이가 없었지만 앉은 채로 음주 측정기를 불고 노인이 졸음운전을 한 것 같다고 말했다.

사람들이 우왕좌왕하는 사이에 견인차와 병원차가 나타났다. 주점에서 찬미와 지관도 차를 몰고 왔다. 견인차 기사가 사고 현장을 사진으로 담고 있었다. 앞차가 원우의 차를 치고 튕겨 나가 반원을 그리며 논바닥으로 처박힌 정황이 바퀴 자국으로 고스란히 남아 있었다. 지관이 혀를 내두르며 원우에게 다가갔다.

"일단 엑스레이를 다 찍어 봐야 됩니다."

"차를 어떡하죠?"

"견인차가 정비소로 끌어다 놓으면 정비소에서 어떻게 할

건지 연락 줄 겁니다."

"차에 있는 물건 좀 챙겨주세요."

"걱정 말고 일단 병원으로 가세요. 차에 있는 물건을 찬미 선생님 차에 다 옮겨놓고 병원으로 찾아갈게요."

견인차가 원우의 차를 가져가려고 했다. 지관은 견인차를 기다리게 하고 사고 지점은 물론 차량까지 모두 사진을 찍었다. 범퍼가 깨지고 왼쪽 차체가 폭탄을 맞은 듯 움푹 찌그러져 있었다. 운전석 쪽의 앞바퀴가 너덜거릴 정도로 찢겨 있었다.

"천만다행이었네요. 정면으로 부딪쳤거나 문 쪽에 받혔으면 갈비뼈가 남아나지 못했을 것 같아요. 와, 정말 큰일 날 뻔했네요."

지관이 견인 기사와 떠들고 있는 동안 찬미는 차 내부를 살폈다. 뒷좌석에 있는 큰 가방을 내리고 조수석 보관함을 열었다. 보관함 안에는 보험증서와 종이 한 장이 끼여 삐죽 튀어나와 있는 두툼한 노트 한 권이 있었다. 지관이 트렁크를 열고 전선을 비롯한 연장들을 찬미의 트렁크로 옮겼다. 견인차가 떠나자 찬미도 차를 몰고 주점으로 향했다.

찬미의 마음이 뒤숭숭했다. 공사를 부탁하지 않았으면 사고가 일어나지 않았을 거라는 생각이 들어 문득문득 자책감이 느껴졌다. 그녀는 주점 앞에 차를 세워놓고 그의 가방과 노트를 들고 차에서 내렸다. 지관은 옥수수를 따고 있는 복실이한테 가고 찬미는 파라솔 위에 가방과 노트를 올려놓은 뒤 담배를 꺼내 불을 붙였다. 어느새 머리 위로 바짝 올라온 태양이 파라솔 그늘 아래까지 후끈하게 달궈놓았다.

 비가 왔으면……. 열흘이 넘도록 오지 않는 비가 그리웠다. 찬미는 회색 구름이 점점 새까맣게 변하면서 거센 바람과 함께 휘몰아치는 빗줄기를 보고 싶었다. 눈앞에 보이는 작물들의 힘겨운 모습 때문이나 원우의 사고로 답답해진 마음도 자꾸 비를 불렀다. 찬미는 맥없이 담뱃재를 털다가 문득 노트 갈피에 꽂혀 있는 종이를 보고 잡아당겼다. 반으로 접혀 있는 종이를 펼치자 눈을 확 잡아끄는 글이 보였다.

전봇대에게

 우리를 잇는 줄을 타고
 문명은 불을 밝히는데
 우리를 찌릿찌릿하게 만드는 건 통증뿐

 이렇게 서서 말라가는구나

 가만히 네게 귀를 대면

우리의 언어는 울음뿐

시간을 버티는 건 힘든 일이다

더듬더듬 수맥을 찾아 뻗을
날개 같은 푸른 잎을 돋울
생장점 하나를 찾아다오

우리가 숲이었었다더라

시를 읽어 내리던 찬미의 눈빛이 푸르게 시린 가을 하늘빛처럼 깊어졌다. 찬미는 시를 쭉 읽고 나서 다시 한번 찬찬히 시의 표현들을 음미해가며 읽었다. 전봇대를 의인화시켜 쓴 시였다. 문명의 전선을 이어주는 전봇대처럼 살아왔으나 찌릿찌릿한 통증을 겪으며 울음뿐인 언어로 살아가는 사람들의 고통을 노래한 시처럼 읽혔다. 찬미는 자신도 모르게 노트를 집어 들고 첫 페이지를 펼쳤다.

동태

동태는 강자였다 콘크리트 바닥에 메다꽂아도

눈 하나 꿈쩍하지 않았다
동태를 다루려면 도끼 같은 칼이어야만 했다
아름드리나무 밑둥을 통째로 자른 도마여야 했다
실패하면 손가락 하나 정도는 각오해야 했다
얼음 배긴 것들은 힘이 세다
물렁물렁하게 다뤄지지 않는다
한때 명태였을지라도,
몰려다니지 않으면 살지 못하던 겁쟁이였더라도
뜬 눈 감지 못하는 동태가 된 지금은
다르다
길바닥에 놓여진 어머니의 삶을
단속반원이 걷어차는 순간
그놈 머리통을 시원하게 후려갈긴 건
단연 동태였다

  동태에 얻어맞은 사람처럼 찬미의 정신이 얼얼했다. 반들반들하게 날을 세운 두툼하고 넓적한 칼이 바람을 휙휙 그으며 동태를 토막 내고 도마에 깊은 칼자국을 새겨놓는 소리가 머릿속에서 계속 울려댔다. 그녀는 노트를 닫고 파라솔 테이블 위에 올려놓았다.
  언어에 감전된 듯 발끝에서 머리끝까지 모든 신경이 들끓었다. 그녀는 한가득 시가 들어 있는 노트를 응시했다. 보지 말아야 할 것을 본 것처럼 찬미의 격앙된 눈동자엔 오만가지 생각들이 뒤죽박죽 모여들었다.

'이 사람 뭐지?' '도대체 이 사람 뭐야?' 찬미는 원우의 얼굴을 떠올리며 세세히 되새김질했다. 순진하고 착하게만 보였던 사람. 요목조목 원우를 다시 뜯어봐도 그의 시와 그의 얼굴은 전혀 닮지 않았다. 찬미는 노트를 집어 들려고 손을 내밀다가 멈췄다. 타인에게 마음 저편에 있는 얼굴을 보이지 않는 것처럼 그 사람은 자신의 글을 누가 보는 것도 용납하지 않을 것 같았다. 찬미는 노트에 종이를 꺼놓고 가방 속에 넣었다. 햇볕의 열기에 온몸이 달아올랐다. 그녀는 주점으로 들어가 찬물을 벌컥벌컥 들이켰다.

마지막 옥수수를 따기 위해 예술인 모임을 같이 하는 친구 두 사람이 왔다. 한때 신문기자였다는 양 박사라고 불리는 철학자와, 젊은 날 보컬 활동을 하면서 록밴드 들국화와도 어울렸다는 서길노였다. 양 박사는 대머리를 감추려는 듯 모자를 쓰고 있었고 서길노는 머리카락을 묶어 댕기머리처럼 길게 늘어뜨렸다.

그들이 지관을 도와 옥수수를 따는 동안 찬미는 손님을 받고 음식을 만들었다. 원우에 대한 생각이 좀처럼 사그라지지 않았다. 바쁘게 몸을 움직이는 사이사이에도 깊은 밤 요란스럽게 대문을 두들겨대는 소리처럼 달려온 시의 구절들이 마음을 흔들어댔다. '우리의 언어는 울음뿐'과 '단연 동태였다'라는 두 구절이 파편처럼 머릿속에 박혀 자꾸 되뇌도록 만들었다.

각별하게 시를 좋아해서 찾아 읽지는 않았으나 찬미는 최승자 같은 시인의 시를 좋아했다. 개인적인 고뇌를 시인만의 독특한 어법으로 강렬하게 표현하는 시. 그런데 원우의 시는 이제까지 자신이 읽어본 부류의 시가 아니었다. 그의 시는 구체적인 삶을 통해서 나온 격렬한 외침 같은 것이었다. 어떤 과녁을 향해 날아가는 화살처럼 순식간에 두 눈을 찔러대는 그의 시에는 마음을 움직이는 강한 힘이 담겨 있었다. 찬미는 마지막 남은 점심 손님을 다 보내고 핸드폰을 열었다. 원우로부터 두 번에 걸쳐 문자가 와 있었다.

'차 안에 있는 노트를 챙겨주세요.'

'혹시 병원에 오시게 되면 노트를 꼭 갖다주세요.'

찬미는 입을 삐죽거리며 웃었다. 문자의 행간에는 누구도 노트를 펼쳐보지 않기를 바라는 걱정이 잔뜩 묻어 있었다. 노트에 있는 시들이 원우가 쓴 게 분명하다는 확신이 들자 주점 안에 걸려 있는 초상화를 둘러봤다. 불현듯 오랫동안 마음에 담고 있던 일들을 해보고 싶다는 충동이 밀려들었다.

찬미는 곱게 갈아놓은 콩물을 꺼내 원우에게 갖다 줄 콩

죽을 만들었다. 보온병에 콩죽을 담은 뒤 복실이에게 주방을 맡기고 집으로 갔다. 욕실에서 음식 기름 냄새와 땀으로 범벅된 몸을 비누로 씻어냈다. 지하수의 차가운 물이 후텁지근했던 몸을 깨우자 그녀는 머리카락을 뒤로 쓸어넘기며 거울을 봤다.

옛날 어머니들이 쓰던 손거울처럼 갸름한 얼굴이 자신을 쳐다봤다. 미간 사이로 대나무 잎을 붓으로 쳐놓은 것처럼 검은 눈썹이 삐죽삐죽 튀어나와 있었다. 그 뒤를 이어서 짙은 눈썹이 눈꼬리까지 완만하게 뻗어 있었다. 반달이 채 되지 못한 쌍꺼풀이 없는 눈을 깜빡거릴 때마다 새까만 눈동자를 보호하듯 우산살 같은 속눈썹이 길게 드리워졌다.

뚜렷한 윤곽을 드러내고 있는 눈 주위와는 달리 코와 입은 조그마했다. 유난히 낮은 콧등 끝에 뾰족하게 올라와 있는 콧망울과 기름한 인중 밑에 버들잎을 닮은 불그레한 입도 작아서 양 볼이 시원한 여백처럼 열려 있었다.

햇볕에 그을린 얼굴과 팔다리는 옅은 구릿빛으로 감돌았다. 옷으로 감춰져 있던 몸은 곱게 익어가는 살구 빛깔이어서 구릿빛과 대조돼 뽀얀 빛으로 도드라졌다. 일 미터 육십도 채 되지 않은 작은 신장이나 팔과 다리가 길어서 키 큰 사람처럼 보였다. 주름살 두 줄이 희미하게 이마에 잡혀 있고 눈초리 끝에는 잔주름 서너 개가 꼬물거렸다.

찬미는 거울 속에 있는 자신을 쳐다보다가 젊은 날 발가벗었던 몸을 떠올렸다. 빛의 세기를 조절해 자신의 몸을 흐릿하게 누드로 찍어 사람들에게 호평을 들었던 사진들이 다시 한번 사진을 찍어보라는 충동을 불러일으켰다. 그녀는 상기된 얼굴로 발가벗은 채 욕실에서 나가 거실에 있는 디지털카메라를 들고 왔다.

거울 속의 모습을 보면서 셔터를 누르기 시작했다. 한때 모델들에게 온갖 자세와 표정을 요구하면서 숨 쉴 틈 없이 셔터를 누르듯 그렇게 눌러댔다. 그러다가 어느 한순간 사진기를 내려놓고 거울 속의 자신을 향해 손가락질하며 깔깔거렸다.

누군가에게 머리통을 쿡 쥐어박힌 기분이 들었다. 조금 전까지 정신 나간 사람처럼 난리를 쳤던 자신의 행동이 우스꽝스러웠다. 사진기를 거실에 갖다 놓고 담배를 찾았다. 몸에 반들반들 남아 있던 물기가 거실 바닥에 뿌려졌지만 상관하지 않았다. 사진을 찍고 싶다는 충동에 사로잡혔던 순간이 희열처럼 남아 담배 연기가 꿀맛 같았다. 그녀는 아련한 기억의 뜰을 거닐다가 집을 나섰다.

차가 노림리를 지날 때쯤 복실에게서 전화가 왔다. 뜻밖에도 원우가 주점에 왔다는 것이었다. 찬미는 황당해하며 주점으로 되돌아왔다.

"기사님, 지금 병원에 있어야 하는 거 아니에요?"

찬미는 원우를 향해 어이없다는 표정을 지었다.

"엑스레이까지 다 찍었는데 특별한 이상은 없다고 하면서 이 주 진단을 내리더군요. 링거와 항생제만 몸에 넣는 게 싫어 퇴원했습니다. 막걸리 한 병 갖다 주시겠습니까?"

"술을 달라고요?"

"괜찮습니다. 어디 부러진 것도 아니고 몸이 놀란 것뿐입니다."

원우는 상대방이 중앙선을 침범해서 난 사고라 백 프로 상대방의 과실이라고 했다. 보험사와 합의 보는 것도 후유증 상태를 보면서 하면 된다고 했다. 게다가 근육이나 신경이 놀란 치료는 오히려 침이나 뜸, 부황으로 하는 게 더 효과적이라고 믿으면서 걱정할 게 없다는 투로 말했다.

"부론에 침 잘 놓기로 유명한 한의원이 있긴 하지만 이건 아닌 거 같은데……."

"다행이군요. 그럼 자동차가 수리될 때까지 전기를 봐 드리면서 할아버님댁에 신세를 져도 되겠습니까?"

"당연히 되죠. 근데 정말 술을 마셔야겠어요?"

원우는 가만히 웃으면서 고개를 끄덕였다. 찬미가 걱정스러운 눈초리로 곁에 있던 복실을 쳐다봤다.

"찬미 선생님 술 드리세요. 에, 한 번 사는 인생 뭐 있습니까? 사고 나도 멀쩡한 사람 많아요. 얼쑤, 축하할 일이니 술 드리세요."

한쪽에서 지관과 식사를 하던 양 박사가 끼어들었다. 그의 말소리는 늘 구불구불한 산등성이를 걷는 발걸음처럼 느릿느릿했다.

"양 박사님, 남의 일이라고 그렇게 말씀하시면 안 되죠."

"언니, 저 인간들 신경 쓰지 마. 지관 씨 생각 안 나? 이빨 빼고 나서 마취도 풀리지 않은 금붕어 같은 입으로 술 마셨던 거?"

"지관 씬 워낙 체력이 좋고 튼튼하잖아."

"얼레? 이건 또 뭔 수상한 논리래?"

복실이가 의혹의 눈빛으로 찬미의 얼굴을 훑어보자 그녀가 웃으면서 복실의 어깨를 툭 쳤다.

"복실 씨가 사고 난 기사님 차 못 봐서 그래. 폐차 수준으로 와장창 부서졌다니까."

"뭔 상관이래? 멀쩡하게만 보이는데. 아, 난 몰라. 나도 밥 먹어야 하니까 언니가 알아서 해."

복실이 사내들이 식사하는 곳으로 가자 찬미는 쭈뼛거리면서 원우를 내려다보다가 주방으로 갔다. 그 사이에 원우도 식탁에서 일어나 냉장고로 가서 막걸리 한 병과 잔을 찾아 들고 왔다. 그는 막걸리 병뚜껑을 따서 술 한 잔을 단숨에 들이켰다. 막걸리의 톡 쏘는 맛이 답답하게 막혀 있던 목을 틔우자 하루 동안에 벌어진 일들이 꿈결 같이 밀려왔다. 원우는 머리카락을 쓸어넘기며 허리를 젖혔다. 양 어깻죽지에서 찌릿한 통증이 일자 날벼락처럼 일어난 자동차 사고가 눈앞에서 재현됐다.

분명히 노인네가 졸았던 거야. 그런데 왜 하필 그 순간에 노인은 졸았던 걸까. 사람도 없고 차도 없었던 그 한가한 백주대로에서!

원우는 술잔을 입에 댄 채 열린 창밖을 내다보았다. 물기 많은 먹물처럼 희미하게 사물을 감추고 있던 어둠이 짙어지고 있었다. 캔자스의 노래 「Dust In The Wind」가 주점의 노란 불빛들을 사막의 모래언덕처럼 바꿔놓고 있었다. 원우는 모래바람이 몰아치는 사막을 걷다가 끝내 먼지처럼 사라지고 말 허망한 인간의 삶을 떠올렸다. 삶과 죽음의 경계 위에서 덧없이 걸어가는 삶. 어쩌면 오늘 죽었을 수도 있었구나 싶은 생각이 일자 삶이 가소로워 실소를 흘리다 노트가 떠올라 주방으로 갔다.

"혹시 노트 챙겨놓으셨습니까?"

"아, 내 차에 있어요. 이거 하고 갖다 드릴게요."

찬미는 부침개를 부치다가 고개를 돌렸다. 원우는 손을 들어 고맙다는 표시를 하고 식탁으로 돌아갔다. 찬미가 부침개를 접시에 담아서 주방으로 나설 때 손님들이 들이닥쳤다.

"어머, 관장님! 어서 오세요."

찬미는 원우에게 부침개와 콩죽을 갖다 주고 원주시 역사 박물관 관장인 박종수에게로 다가갔다.

"어두워졌는데 오셨네요."

"네, 꼭 마무리 지어야 할 일 때문에 늦게 끝났습니다. 일하시는 분들 고생이 많으셔서 저녁 식사 대접하려고 왔네요. 장사, 잘되시죠?"

"관장님이 신경 써주시는데 안될 수가 있나요? 아저씨들, 늦게까지 일하셨으니까 관장님에게 맛있는 거 좀 사달라고 하세요. 매상 좀 팍팍 올리는 걸로요."

찬미가 일꾼들에게 환하게 웃으며 물병을 가지러 냉장고로 향했다. 가는 도중 원우 앞에서 멈춰 서서 안쓰러운 표정을 지었다.

"같이 대작해주려 했는데 손님이 왔네요. 주변 사람들 신경 쓰지 마시고 편히 드세요."

찬미는 계산대 서랍에 뒀던 노트를 원우에게 전해주고 부지런히 움직였다. 관장과 함께 늦은 저녁까지 일하다 온 사람들이 시장할 것 같았다. 그들은 몇 년 동안 발굴해온 법천사 터를 석축을 쌓아 재정비하는 작업자들이었다. 게다가 박 관장은 부론면은 물론 원주의 역사를 복원해 내는 주역으로 평소에도 찬미가 존경하는 사람이었다. 그의 선구적인 노력 때문에 경복궁으로 옮겨졌던 국보 제101호 지광국사 현묘탑이 법천사로 돌아올 예정이었다.

찬미는 복실이와 함께 음식을 만들어 나르면서도 원우를 잠깐씩 쳐다보았다. 막걸리 한 병을 비우고 또 한 병이 식탁 위에 올려 있었다. 눈썹까지 가린 더벅머리에 쌍꺼풀진 순해 보이는 큰 눈이 어둠에 묻히고 있는 창밖을 향해 있었다. 움직임이 많지 않은 그의 머리 위로 묵직한 외로움이 맴돌았다. 높은 콧등과 두툼한 입술, 그리고 광대뼈가 살짝 튀어나온 기름한 얼굴에는 사람 발 길이 끊겨 폐허로 변해가는 시골집처럼 음울한 기운이 서려 있었다.

"복실 씨, 나 먼저 가도 되지?"

"그래 언니. 바쁜 거 다 끝났으니까 괜찮아. 근데 왜?"

"아무래도 기사님 좀 챙겨야겠어. 우리 때문에 여기까지 왔다가 사고 난 거잖아."

"언니야, 그렇게 생각할 필요는 없다고 봐. 물론 일어나지 않았으면 좋았겠지만 사람 일이 어디에서 어떻게 일어날지 누가 알아. 아무튼 언니의 사해동포주의를 누가 말리겠어. 에고, 꼭 끌어 안아주셔."

"복실 씨, 놀리지 마. 난 정말 미안해서 그런단 말이야."

"장난친 거다, 언니야. 여긴 신경 쓰지 않아도 되니까, 언니

하고 싶은 대로 해라."

찬미는 깍두기를 반찬 그릇에 담고 멸치와 고추장을 준비해서 바구니에 넣었다. 그리고 주방에서 나와 막걸리 두 병을 바구니에 채우고 술잔과 젓가락도 챙겼다. 계산대 아래 선반에 두었던 모기향도 한 통 꺼내서 바구니에 담아 원우에게로 갔다.

"기사님, 노트 들고 따라오세요."

"어디 가시는데요?"

멍하니 창밖을 내다보다가 원우는 찬미의 손이 어깨를 툭툭 건드리자 흠칫했다.

"소풍 가는 거니까 따라오세요."

찬미는 바구니를 들고 씩씩하게 현관으로 향했다. 원우는 얼떨결에 일어나 뒤를 따라갔다. 밖으로 나온 찬미가 자신의 차에 시동을 걸었다. 원우가 주춤거리자 찬미는 창문을 열고 타라는 손짓을 보냈다. 영문도 모른 채 원우는 조수석에 올라탔다. 찬미는 라이트 불을 켜고 마을길을 따라 미끄러지듯 차를 몰았다.

"정말 몸 괜찮으신 거죠?"

"네. 걱정 안 하셔도 됩니다."

"어제 내가 붙잡는 바람에 사고당한 것 같아서 많이 미안했어요."

"아, 그런 생각을 하셨군요. 그렇게 생각하지 않으셔도 됩니다. 오히려 번거롭게 해드린 것 같아서 제가 미안합니다."

찬미는 머리카락을 쓸어넘기는 원우의 모습을 보며 픽 웃었다.

"가만히 보니까, 쑥스러우면 머리카락을 넘기시더라."

"아, 네. 버릇입니다."

또다시 원우가 머리카락을 쓸어넘기자 찬미가 깔깔거렸다. 자동차는 일 분도 안 돼서 강변 자전거도로로 올라가는 길 끝에 멈췄다.

"내리세요, 목적지에 다 왔답니다."

찬미는 바구니를 들고 자전거도로 위로 올라섰다. 라이트 불빛이 도로를 지나쳐 허공으로 뿌옇게 뻗쳐나갔다. 그녀는 바구니에 있는 물건들을 아스콘으로 포장된 도로 위에 꺼내놓고 모기향을 사방에 피웠다.

"여기 앉으세요. 낮 동안 햇볕을 받아서 도로 위가 아직 땃땃하네요."

원우가 자리에 앉자 찬미는 차로 걸어가 문을 열었다. 그녀는 원우를 한번 돌아다보고 나서 라이트 스위치를 미등 불빛으로 돌렸다. 그 순간 사방이 짙은 어둠으로 잠겨 들었다. 뿌옇게 허공에 퍼져 있던 희미한 빛 가운데에 서 있던 원우의 눈이 휘둥그레졌다.

세상이 온통 별천지로 변해버렸다. 강을 삼키고 산을 뒤덮은 어둠의 바다에서 수많은 별이 또 다른 세상을 만들며 빼곡히 들어차 있었다. 원우는 목을 젖히며 천천히 몸을 돌렸다. 별들이 금방이라도 뚝뚝 떨어져 내릴 것처럼 머리 위로 가깝게 내려와 있었다.

"내가 궁상떨고 싶을 때 가끔 와서 하는 짓이에요. 근사하죠?"

"네. 정말 아름답군요. 이렇게 많은 별 아주 오랜만에 봅니다."

"그러다가 목 부러지니까, 앉으세요."

찬미는 원우의 잔에 막걸리를 붓고 자신의 잔에도 부었다.

"별들아, 안녕? 너희들도 한잔해. 비록 사고가 났으나 몸이 크게 다치지 않은 것을 고마워하며 건배해요."

찬미는 원우의 잔에 자신의 잔을 부딪치며 말을 이었다.

"막걸리 안주엔 멸치와 고추장이 최곤데, 괜찮으세요?"

"네. 저도 좋아합니다."

"근데 말씀하실 때 보면 꼭 네, 를 먼저 하시더라?"

"네? 제가 그렇게 말하나요?"

"아, 뭐예요. 지금도 네, 했잖아요."

찬미가 소리 내어 웃자 원우는 머리카락을 쓸어넘겼다. 풀벌레가 노래하고 간헐적으로 바람이 춤을 추며 지나갔다. 병아리들이 하늘 한 번 올려다보고 물을 먹듯이 원우는 하늘을 올려다보다가 목이 뻐근해지면 잔을 들었다. 우울하게 머릿속을 떠다니는 생각들은 어디론가 사라지고 아름다운 별들의 잔치만 눈에 가득했다.

"궁상떨던 게 가라앉죠? 신기해요. 왜 별들은 강 위에서 놀기를 좋아하는지, 마을 가운데로만 나가도 그 많던 애들이 깜놀해서 사라져버린다니까요."

"별들도 사람들이 싫은가 보죠."

"사람이 싫으세요?"

"꼭 그런 건 아니지만, 글쎄요……."

원우는 말꼬리를 흐리며 하늘을 올려다봤다. 찬미가 그의 모습을 지켜보며 입을 다물었다. 두 사람 사이로 침묵이 흘렀다. 찬미는 스마트폰을 열어 시간을 보다가 조심스럽게 말을 꺼냈다.

"기사님께 사과할 일이 있는데……."

원우는 무슨 말인가 싶어 찬미를 쳐다보았다. 찬미가 고개를 숙인 채 깍지 낀 손을 비벼댔다. 그녀는 '아, 정말!' 하면서 답답한 속내를 드러내더니 뒷머리를 마구 긁적거리면서 난감한 표정을 지었다.

"제 노트를 보셨군요."

"그러니까요. 왜 그게 나를 보게 했을까요?"

원우가 다시 먼 하늘을 쳐다봤다.

"내 잘못이 아니라 노트에 숨어 있던 그 종이 때문이라니까요. 걔가 노트 갈피에서 고개를 쑥 내밀고 자기를 보라고 하는데 모른 척할 수가 없더라고요. 기사님이라면 안 그랬을 것 같아요?"

"궁금했을 것 같기는 합니다."

"그렇죠? 그렇다니까요……."

허공에 시선을 박은 채 원우가 무덤덤하게 말하자 찬미의 목소리가 자꾸 기어들어 갔다.

"미안해요, 근데 딱 두 편만 봤어요. 용서해주실 거죠?"

"용서라뇨? 별스럽지도 않은 글, 마음 쓰지 않으셔도 됩니다."

"그건 아니죠. 왜 자기를 그렇게 비하하세요. 저도 한때 사진 좀 찍은 사람이라 글도 좀 안답니다. 너무 무시하는 것 같아서 기분이 나빠지려고 하네요."

"네? 그게 아닙니다. 제가 잘못 말한 거 같습니다."

원우는 자신의 시가 시인 흉내를 낸 시에 불과하다고 하면서 쑥스러워했다. 오히려 창피해서 그렇게 말한 거라며 설명까지 덧붙였다. 오래전 시인이 되고 싶었던 때가 있었으나 자질이 없어 혼자만의 즐거움으로 시도 못 되는 시를 쓰고 있다고 장황하게 늘어놓았다.

찬미는 원우의 당황해하는 표정을 보며 속으로 웃었다. 그의 모습이 무겁고 답답하게 보이기는 했으나 허세를 부리기 좋아하는 사람들에게서 볼 수 없는 순수함이 묻어 있었다.

"제가 이렇게 말을 잘 못합니다. 정말 죄송합니다."

"정말 죄송한 거 맞죠? 그럼 우리 쌤쌤입니다."

"네. 좋습니다."

원우가 붉어진 눈에 웃음을 담자 찬미는 술을 잔에 채우고 그에게 내밀었다.

"주점에 있는 초상화들 보셨죠? 어땠어요?"

"노인들의 살아온 세월이 보이더군요."

"모두 제가 찍은 거예요."

찬미는 십여 년 전에 부론으로 왔다며 말을 이었다. 도시에서 사진을 찍다가 그만두고 어머니와 함께 내려왔다고 했다. 사진을 찍던 시절, 풍경이 아름다운 부론을 마음에 품었다가 도시를 떠나자고 결정했을 때 제일 먼저 떠올라 무작정 온 곳이라고 했다.

찬미는 부론에서 많은 어려움을 겪었다고 했다. 그때 자매처럼 여기고 힘이 돼 준 사람이 복실이고 감당하기 어려운 일을 겪었을 때 감싸준 사람들이 부론면 사람들이었다고 했다. 그런 고마움에 조금이라도 답하고 싶어 술집에 스튜디오를 만들어 동네 어른들을 모셔다가 영정 사진을 찍어드린 것이라고 했다.

"이젠 여기가 고향 같아요. 죽음도 여기서 맞이할 거고요. 부탁이 있는데 들어주실래요? 이게 다 기사님 때문에 시작된 생각이니까 꼭 들어주셨으면 해요."

"저 때문에요?"

"그렇다니까요!"

"무슨 부탁인지 말씀해 보세요. 할 수 있는 일이라면 해보도록 하겠습니다."

"정말요?"

찬미는 원우가 고개를 끄덕거리는 걸 보며 그를 향해 얼굴을 삐죽 내밀며 기뻐했다.

"조금 전에 제가 부론면 분들에게 큰 도움을 받았다고 했잖아요. 전 정말 이곳이 너무 좋아요. 부론은 아름답기도 하지만 역사적 의미도 깊은 곳이랍니다. 천년고찰 폐사지가 두 곳이나 있고 역사적 인물들의 흔적이 많이 남아 있는 곳이죠. 그래서 오래전부터 부론면을 사진으로 기록해 보고 싶었어요. 근데 사진과 어울리는 글을 쓸 자신이 없는 거예요. 근데 기사님이 척 나타난 거잖아요."

"아, 그런 작업은 해본 적이 없어 못 합니다."

"안 돼요. 꼭 하셔야 해요. 그냥 해달라는 게 아니에요. 수고비도 드릴 거니 꼭 해주셔야 해요."

"돈이 문제가 아닙니다. 그런 글은 정말 못 씁니다."

"글이 맘에 안 들어도 좋으니까 해주세요. 꼭 해주셔야 된다니까요!"

찬미가 목소리 톤을 높이며 일어나서 자동차로 갔다. 그녀는 열린 차창으로 고개를 들이밀고 라이트 스위치를 올렸다. 눈이 부시도록 신경질적인 불빛이 별빛들을 흩트리며 어둠 속으로 퍼졌다. 원우의 난감한 얼굴이 불빛에 환하게 드러났다. 찬미가 원우 맞은편으로 가서 앉으며 붉어진 얼굴로 씩씩거리다가 긴 숨을 몰아쉬고 말했다.

"그거 아세요? 기사님 시를 읽고 지금까지 내가 그 시의 감흥에 젖어서 빠져나오지 못하고 있다는 걸. 고작 두 편의 시밖에 못 봤는데도 그 시들이 기사님이 상상할 수 없을 정도의 감동을 저에게 줬다니까요. 그렇게 사진이 찍고 싶어 견딜 수 없는 충동에 빠질 만큼 감동을 받아서 오늘 내가 미친 짓까지 했다니까요. 부탁드릴게요. 차 수리될 때까지 전기 봐주면서 있겠다고 했잖아요? 어디 갈 곳이 정해진 것도 아니잖아요? 제가 부론면 분들에게 은혜를 갚을 수 있게 도와줄 수 없을까요? 지나친 겸손은 오히려 무례한 게 아닐까요?"

찬미는 일어나서 서성거리며 어둠 속에 퍼져 있는 뿌연 불빛을 바라보았다. 하루 종일 몸을 달구던 충동이 다시 몰아쳤다. 오래전 이태리 3대 호수 중의 하나인 꼬모호수에서 겪었던 격동의 시간이 그랬었다. 산으로 둘러싸인 호수에 정박해 있던 요트들. 호수를 가로지르던 다리. 어둠을 밝히는 불빛들이 흔들거리며 만들어놓던 물빛 속 빛의 향연. 누구의 시선도 의식하지 않는 자유로운 젊은 영혼들의 음악과 춤. 풍경의 늪에 빠진 사람처럼 미친 듯이 춤을 췄던, 꿈을 꾼 것만 같은 그때의 시간. 그리고 뼛속까지 깊이 각인되었던 그 사람. 찬미는 라이트 불빛을 끄고 어둠을 응시했다.

적막을 가르며 속절없이 풀벌레들이 울어댔다. 한여름 밤을 나직하게 식혀주던 부드럽고 연약한 소리마저 충동의 열기에 휩싸여 있는 그녀의 마음에 파동을 일으켰다. 자신에게서 떠나버렸다고 여겨졌던 열정으로 충만했던 시간이 다시 찾아와 자꾸 마음의 문을 흔들었다.

하고 싶은 것은 반드시 해야만 했던 나날들이 문 안으로 날아 들어왔다. 계산 없는 순수의 시간을 타고 추락의 염려도 없이 달려들었던 시간들. 처음 만난 남녀들과 발가벗고 호수에 뛰어들던 거침없는 행위들. 불현듯 떠올라 마음이 달궈지면 어디든지 가고야 말았던 돈키호테와 같은 무모했던 모험들. 다시는 돌아갈 수 없는 시간이라고 여겼던 불꽃 같은 기억의 순간을 한 번 더 붙잡고 싶었다. 찬미는 고개를 들어 하늘을 바라보았다. 오로라를 찍겠다고 달려갔던 북극의 하늘보다도 더 아름답게 격앙된 하늘의 별들이 그녀의 눈으로 우수수 쏟아져 내렸다. 찬미는 원우를 내려다보며 한숨을 쉬듯 입을 열었다.

"시간이 늦어서 가야 해요. 제발 죽은 사람 살리는 셈 치시고 긍정적으로 생각해 주세요. 글을 잘 써달라는 게 아니고 그냥 느끼는 대로 써달라는 것뿐이에요. 정말로 부론의 역사를 보게 되면 오히려 내게 고마워할 거라니까요. 그리고 이렇게 별까지 보게 해줬는데 보답이 있어야 하지 않겠어요?"

원우의 입술 사이로 바람 새는 소리처럼 웃음이 쿡 삐져나왔다.

"흥, 웃음까지 드렸으니 해주실 거야. 저 먼저 갑니다. 가실 때 라이트만 끄고 가세요. 차는 그대로 둬도 괜찮으니까 별들하고 재미나게 노시고요. 틀림없이 별들이 가르쳐드릴 거예요. 그 일 안 하면 후회하게 될 거라고!"

찬미는 일어서서 현란하게 손가락 인사를 남기고 어둠 속으로 걸어갔다. 원우는 희미하게 사라져가는 찬미를 지켜보다 고개를 들었다. 별들이 찬란하게 빛나며 웃고 있었다.

2부
거돈사지

1.

 부론면은 생명의 어머니라고 부르는 산림에 둘러싸인 평온한 분지였다. 타지에서 부론면으로 들어오는 길은 네 군데였다. 문막에서 노림리와 손곡리를 거쳐 들어오는 두 길이 있고, 귀래를 거쳐 정산리를 통해서 들어올 수도 있다. 또 한 곳은 남한강대교를 건너 들어오는 길이다. 모두 산과 산을 거치고 강물을 건너와야만 들어올 수 있는 곳이다. 사람들은 산 사이로 나 있는 길을 지나면서 산바람과 새들의 소리로 몸을 씻는다. 길을 쫓아서 흐르는 시냇물 소리에 마음의 눈도 떠져서 편안하게 자연에 스며들다 보면 확 터진 커다란 분지가 펼쳐지는데 그곳에 부론면 중심거리가 있었다.

산길이 끝나는 곳에는 논과 밭들이 이어져 있다. 뒷짐 지고 시 한 수 읊으면서 걷기 좋은 도로를 따라 내려오면 부론면의 중심이라고 할 수 있는 법천리 마을이다. 동쪽으로 빙 둘러싼 산들이 도시에서 날아오는 더러운 것들을 막아주고 서쪽 끝으로는 남한강이 울타리를 치고 삿된 것들을 씻어내는 곳이다.

강 건너편 왼쪽은 충청북도 앙성면이고 오른쪽으론 경기도 여주시 점동면으로 통하는 '닭의 머리 고개'가 있다. 담배 한 개비 태우면서 느긋하게 세 개의 도를 한눈에 바라볼 수 있다는 부론면은 이름부터 특이했다. 언뜻 들으면 불온면처럼 들려 불온한 사람들이 모여 사는 곳이라는 뜻인가 싶은데 부론면의 한자어는 부자 '부(富)' 자에 논할 '논(論)' 자다. 한자의 뜻 그대로 해석하면 논할 것이 부자인 면이라는 의미이고 우리말로 거칠게 풀이해 보면 말이 많은 동네라는 뜻이다. 그래서 그런지 부론면은 조선시대에 가장 상소를 많이 올린 곳으로도 알려져 있다.

원우는 한의원 치료를 받아가며 부론면에 대해 알아갔다. 인터넷 정보를 탐색하고 면사무소 앞에 세워진 안내판을 보면서 부론의 명소를 찾아다녔다. 찬미의 말대로 부론면은 예사롭지 않은 동네였다. 경주 같은 곳을 제외하고 보면 일 개 면에 천년고찰이 두 곳이나 있었다는 것만으로도 범상치 않았다. 게다가 면사무소 앞에는 일제 강점기 때 3·1 만세운동을 활발하게 펼치다 투옥되고 고통받았던 분들을 기리는 기념비가 서 있고, 일제와 맞서 싸운 한기악을 비롯한 많은 독립운동가들을 기리고 있어서 단지 말만 많았던 동네가 아니라는 걸 상징적으로 보여주고 있었다.

원우는 아침마다 한의원으로 갔다. 시골 노인들을 위해 한의원은 아침 일찍 문을 여는 대신 초저녁에 문을 닫았다. 몸은 생각보다 빠르게 좋아졌다. 자고 나면 후유증으로 온몸이 심각하게 아플 수도 있겠다 싶었는데 왼쪽 무릎이 약간 시큰거렸을 뿐 어깨 통증도 심해지지 않았다. 한의사의 침도 도움이 돼서 오 일쯤 지나면서부터 결리던 곳들이 풀리고 있었다.

한의원에서 침을 맞고 나면 부론면 중심거리인 법천리를 걸었다. 축구장 네 개 정도의 넓이가 되는 직사각형 모양의 공간 사이를 차도가 관통하면서 음식점과 상점, 다방을 비롯한 유흥점포들이 도로 양편으로 다닥다닥 붙어 있었다. 면사무소와 우체국, 파출소와 소방서, 주유소는 물론 교회와 성당까지 다 그 공간에 있어서 부론면 사람들이 필요한 모든 것을 얻을 수 있는 곳이기도 했다.

부론면 전체를 놓고 보면 중심거리가 있는 법천리는 화려한 외딴섬 같았다. 중심거리를 관통하는 도로 한쪽 끝은 귀래와 남한강대교로 나가는 도로로 연결되고, 또 다른 쪽은 문막으로 나가는 외곽도로와 만났다. 그래서 중심거리는 도로와 강에 의해서 구획된 것 같은 집중된 정갈함이 있었다. 도로 양편에는 오래된 은행나무 가로수들이 있는데 유독 버스정류장 앞에만 수령 250년이 되는 느티나무가 수호신처럼 수많은 가지를 내뻗으며 늠름하게 서 있었다.

중심거리를 한 바퀴 돌아서 원우는 다시 한의원 쪽으로 왔다. 한의원 앞에 마을 공동주차장이 있어서 그곳에 차를 세워놓았다. 그는 주차장 쪽으로 걸어가다가 외곽도로 건너편에 있는 원주금융회계고등학교 정문을 쳐다봤다. 아침 일찍 한의원에 올 때마다 양 박사가 정문 앞 건널목 가운데에 서서 교통정리를 하곤 했다. 한 손에는 플라스틱으로 만든 짧은 봉을 들고 입에는 호루라기를 물고 있었다. 반팔 개량 한복을 입고 등산모를 쓴 그는 등교하는 학생들과 웃음을 나누고 지나가는 차들을 멈추게 했다.

원우는 그의 행동을 볼 때마다 의아스러웠다. 양 박사는 신문기자도 했었고 대학에서 철학을 공부했다고 들었다. 그런 그가 왜 차도 많지 않고 학생 수도 적은 곳에서 다 큰 고등학생들을 위해 저러고 있는지 이해가 안 돼 찬미에게 물었었다.

"그거 일당 받고 하는 거예요. 등하교 시간에 한 시간씩 일

해주고 삼만 원 받거든요."

찬미는 양 박사의 유일한 고정수입이 그 일이라고 했다.

"그럼 하시는 일은 무엇입니까?"

"사물놀이 하시죠. 꽹과리를 아주 잘 치시거든요."

양 박사는 지관과 대학 때부터 사물놀이 동아리 활동을 했다. 학교를 졸업하고 서로 다른 길을 걷다가 십칠 년 전쯤 지역 문화를 살리자는 취지로 다시 뭉쳐 사물놀이패 '모두골'을 결성했다. 그들은 농촌 마을의 문화를 변화시키고 농민들의 삶의 질을 개선하는 운동을 하고 싶어 호저라는 농촌 마을로 들어갔다. 삼 년 동안 그곳에서 활동하며 '대보름제'를 부흥시키고 생협과 연대하면서 운동의 활로를 찾았으나 그곳 농민들과 제대로 소통하지 못하게 되면서 다른 마을을 물색하게 됐다고 했다.

원주 출신이었던 그들은 어느 날 부론에 들어오게 됐는데 갑자기 부문재를 기점으로 기온이 확 달라지고 순식간에 도시와 시골로 갈라지는 풍경이 인상적이어서 이곳에 터를 잡았다고 했다.

그러다가 부문재가 예사롭지 않은 곳이라는 걸 알게 됐다. 이승만 정권 시절 보도연맹사건으로 좌익들을 학살할 때 이 지역의 주민 삼백여 명도 좌익으로 몰려 처형당하고 부문재에 묻혔다. 그래서 부론면 사람들은 부문재에 도로가 생기기 전까지 그 재를 넘기 꺼렸었다. 한낮에도 음한 기운이 맴도는데 비바람이 몰아치는 날이면 귀신의 울음처럼 통곡 소리와 비명이 마을까지 들려온다고 했다. 원우는 찬미에게 그 얘기를 들을 때 온몸에 소름이 돋았다. 처음 그 고개를 넘어올 때 경험했던 음산한 기운이 낯설고 어두운 산길 때문만은 아니었구나 싶었다.

해가 서쪽으로 많이 기울어졌다. 원우는 중심거리로 차를 몰고 들어가 생수 두 개를 샀다. 도로 양옆으로 차들이 많이 주차돼 있었다. 천천히 차를 빼서 나가려고 하는데 고양이 한 마리가 도로 가운데 느긋하게 앉아 자신의 차를 쳐다보고 있었다. 경적을 울리기도 난감해 일단 브레이크를 밟았다. 어쩌다 개들이 차 앞에 눕거나 앉아 있는 건 봤어도 고양이가 차를 무시하며 앉아 있는 건 처음 보는 모습이어서 헛웃음이 나왔다.

통통하게 살이 오른 늙은 고양이는 게슴츠레 눈을 감고 앞발까지 뻗어가며 엎드려 잠을 잘 태세였다. 그때 도로 옆에서 그 광경을 지켜보고 있던 늙수그레한 사내가 킬킬거리며 도로로 내려와서 고양이를 발로 밀었다. 어처구니없게도 고양이는 도망도 안 갔다. 고양이는 날 잡아잡슈, 하는 식이었다. 놈은 뱃살을 축 늘어뜨린 채 사내의 발등에 얹혀 발길에 떠밀려가다 구르기까지 했다. 도로 가장자리까지 밀려났어도 고양이는 떠밀린 모습 그대로 잠이 든 듯 눈을 감고 미동도 하지 않았다. 원우는 중심거리를 빠져나가면서 찬미의 모습이 고양이의 태도와 겹쳐져 웃음이 나왔다.

"같이 하실 거죠?"

찬미는 원우를 볼 때마다 물었다.

"언제부터 하실 건데요?"

시간이 지나면서부터는 아예 같이 작업하기로 결정한 것처럼 여겼다. 심지어는 바쁘게 일하면서 옆을 스쳐 지나칠 때도 감미로운 목소리를 귀에 확 꽂아놓고 지나쳤다.

원우는 시간을 확인하고 나서 일 분 거리도 안 되는 곳에 있는 법천 소공원으로 차를 몰았다. 차창으로 넘나드는 바람이 머리카락을 헝클었다. 내일 오후부터 태풍의 영향권에 든다고 했는데 바람이 먼저 온 것 같았다.

남한강대교 입구 오른쪽은 자전거도로였고 왼쪽으로는 작은 소공원이었다. 다리 입구에 세워진 커다란 표지석에 '하늘이 내린 강원도'라는 글귀가 자부심처럼 적혀 있었다. 남한강 다리 입구서부터 강원도였고 다리 건너는 충청도 앙성이었다.

원우는 공원에 차를 세우고 강변으로 내려갔다. 그곳은 다리가 생기기 전에 개치나루였다. 강 건너편 마을 사람들은 부론면에 초등학교가 있고 장이 열리고 있어서 충청도보다는 오히려 부론면을 생활터전으로 삼았다. 아이들의 등교와 장터에서 물건을 사고팔기 위한 발걸음으로 개치나루의 나룻배는 분주하게 물살을 가르고 다녔으나 1995년 남한강대교가 생긴 뒤부터 나룻배가 흔들던 물결의 정취는 점점 사라져버렸다. 지금은 개치나루터가 일 년에 한 번씩 '남한강 물 축제'가 열리는 야외공연장으로 변해 있었다.

사람들을 밭에서 내몰고 다니던 햇살이 순해지고 있었다. 잎을 푹 수그리고 있던 고춧대가 고개를 들어 올리고 강가에 있던 물푸레나무와 떡갈나무의 잎들이 햇살의 폭력을 견디기 위해 희멀겋게 뒤집고 있던 몸을 풀고 슬그머니 눈을 떴다. 그들은 간간이 불어오는 바람의 손을 달려가 맞잡고 막혔던 숨통을 트면서 술렁술렁 소리까지 풀어놓았.

원우는 다리 밑 그림자 안에 서서 담배를 태웠다. 가뭄으로 수량이 많이 줄기는 했어도 교각 사이로 흐르는 강물의 물살은 여전히 빨랐다. 태백 검룡소에부터 시작된 물이 강원도 정선과 평창을 지나 충청도를 거쳐 부론면을 쓰다듬으면서 한강으로 내려가고 있었다.

"잘할 수 있을지 모르겠지만 해보도록 하죠."

정해져 있는 길을 따라 흘러가는 강물처럼 원우의 마음은 찬미의 손에 이끌려갔다. 이미 그는 별을 보러 갔던 그날 밤에 그녀가 띄어놓은 배 위에 올라타고 있었다. 그날 이후 그녀가 집요하게 말로 엮은 그물까지 던지긴 했어도 커다란 구멍이 숭숭 뚫려 있어서 마음만 먹으면 얼마든지 빠져나갈 수 있었다. 하지만 원우는 거절할 생각은 짓눌러 놓은 채 오히려 합류할 수밖에 없는 이유까지 찾아내 스스로 그물의 구멍을 촘촘히 조였다.

자동차 수리가 되려면 보름쯤 걸린다고 하지 않았는가. 어차피 다른 일자리를 찾을 동안 돈벌이도 되는 일이니 마다할 이유가 없지 않은가. 게다가 찬미의 말대로 부론면의 아름다운 풍경과 유적지를 살펴보는 일이니 나름대로 의미 있는 일이 아니겠는가. 목숨 줄을 위해 전깃줄을 만지기 전에 마음이라도 쉬고 가면 좋은 일이고, 자신에게 따뜻하게 대해준 그녀에게 도움이 될 수 있다면 그것 또한 기쁜 일 아닌가. 또한 노인들만 사는 집의 전기 시설도 틈틈이 봐주기로 했으니 보람된 일이기도 했다.

그런데도 한 가지가 마음에 걸려 며칠을 주저했었다. 혹시라도 주점을 중심으로 들락거리는 예술인들이 시를 쓴다는 것을 알아차리고 자신에 대해 캐묻게 된다면 그건 난감한 일이고 싫은 일이었다. 그는 작은 마을에서 비밀을 지키기가 어려울 수도 있다고 판단했지만 찬미에게 기울어져 있는 마음을 돌려세우지 못했다.

"근데 사람들이 몰랐으면 좋겠군요. 전기기사가 그런 작업을 한다면 이상하게 생각할 테니까요."

"왜요? 전기기사가 시 쓰면 안 되는 건가요? 시도 글도 누구나 다 쓸 수 있는 거 아닌가요?"

"그렇긴 하지만 싫습니다."

"기사님 마음을 모르는 거 아닌데, 참 난감하네. 아무튼 복실 씨한테는 알려놔야 해요."

"왜 그래야 하는 겁니까?"

"아 참, 머리가 안 돌아가시네. 내가 갑자기 없어지면 사람들이 어디 갔냐고 물을 게 뻔하잖아요. 그때 알리바이를 맞춰줄 사람이 복실 씨밖에 더 있겠어요? 주점도 수시로 비우게 되는데 복실 씨가 도와주지 않으면 전 꼼짝할 수도 없거든요."

작업을 진행하자고 결정한 다음 날 복실의 눈빛은 달라져 있었다. 아침밥을 먹을 때도 고개를 들어보면 복실의 눈이 자신에게 향해 있었다. 원우는 그녀의 눈빛이 불편했다. 복실은 그런 원우를 힐끔힐끔 쳐다보다가 사람들이 없는 틈을 타서 커피 두 잔을 들고 파라솔 아래로 그를 불렀다.

"언니가 저렇게 기뻐하는 거 처음 봐요. 시인이라면서요?"

"시인은 아니고 가끔 시인 흉내를 내는 정도입니다."

"언니가 뻑 갔던데요? 시 두 편 읽고 완전 감동했다고."

원우는 멋쩍게 웃으며 손으로 입 주변을 쓰다듬었다.

"찬미 언니에 대해서 잘 모르죠? 우리 언니, 한때 유명한 사진작가였어요. 이십 년 전에는 사진 한 컷에 백만 원도 넘게 받았으니 얼마나 비싼 작가였겠어요? 그런데도 다 버리고 여기 와서 조용히 살고 있는 거죠."

"무슨 일이 있었던 건가요?"

복실이 말끝에 한숨을 매달자 원우가 물었다.

"언니는 다른 사람이 자기 얘기 하는 거 끔찍하게 싫어하니까 직접 물어보세요. 아무튼 언니가 저렇게 흥이 난 모습은 처음 봐요. 언니가 처음 사진을 찍고 암실에 들어갔을 때, 사진이야말로 자기가 하고 싶은 세계라고 느끼며 흥분했다는데 요즘 그런 감정이 솟구친다고 하대요. 주점에 자주 오는 분들을 잘 모르시겠지만 모두 예술가들이에요. 소설가, 철학자, 사물놀이패, 화가, 조각가까지 부론에 많은 예술인들이 들어와 살죠. 모두 한 가닥 하는 사람들인데 그분들이 언니에게 사진을 다시 찍어보라고 아무리 얘기해도 소용없었거든요. 근데 이 기사님 시 두 편을 보고 맛이 가서 사진 안 찍으면 죽을 것같이 난리를 치니 난 너무 놀라운 거예요. 도대체 어떤 시였기에 언니를 미치게 만든 건지 정말 궁금하거든요. 저도 좀 볼 수 없을까요?"

"별거 아닙니다. 그냥 찬미 씨가 좋게 봐주셨던 겁니다."

"별거 아니니까 보여주면 되잖아요? 비밀 지켜주는데 그

정도 요구는 들어주셔야 하는 거 아닌가요?"

복실은 볼우물에 깨알 같은 웃음을 담았다. 결국 원우는 차 안에서 노트를 꺼내와서 그녀에게 건넸다.

물고기가 떼를 지어 이동하는 것처럼 윤슬이 반짝거렸다. 강물을 바라보면서 생각에 젖어 있던 원우는 다리 밑 그림자 밖으로 나왔다. 첫 사진을 찍겠다고 한 거돈사지로 가야 할 시간이 다가왔다. 글을 써야 한다는 부담이 있었으나 알 수 없는 어떤 기대감이 마음을 부풀리게도 했다. 두 번이나 홀로 찾아갔던 천년고찰 폐사지 거돈사지. 하늘을 향한 문을 활짝 열어놓은 채 침묵으로 앉아 있던 거돈사지. 공원으로 올라선 원우는 강 너머 첩첩이 이어지는 구릉진 산을 쳐다보았다. 해는 이미 서산으로 넘어가 있었다.

2.

황톳빛과 검게 그을린 빛으로 돌 축대가 높이 쌓여 있었다. 백여 미터나 되는 돌 축대에 뿌리 깊은 담쟁이의 줄기들이 핏줄처럼 스며들어 사방으로 가지를 내뻗고 초록 잎을 흔들어댔다. 긴 석축 한가운데에는 거돈사지로 들어가는 문처럼 환하게 열린 스무 개의 돌계단이 놓여 있었다.

원우는 처음 거돈사지 앞에 섰을 때 침묵처럼 쌓여 있는 석벽에 압도당했다. 석벽을 이루고 있는 하나하나의 돌들이 오랜 시간 동안 묵언 수행을 해온 수행자처럼 경이로웠다. 수행을 해오는 동안 수없이 겪었을 파계의 유혹을 서로가 짓누르고 떠안아 견뎌내면서 각각의 돌들은 이미 한 몸의 석벽이 되어 있었다. 석벽은 삿된 것들을 차단하듯 팔정도를 걷고 있는 고승의 오래된 장삼 자락 같이 펼쳐져 거돈사지를 떠받들고 있었다.

찬미의 승용차 한 대만 보일 뿐 사방이 고요했다. 잔잔한 물결 같은 바람에 감겨 원우는 돌계단을 밟았다. 서산으로 넘어간 햇살이 남한강에 몸을 씻고 산을 두어 개 넘어 거돈사지 위로 올라와 맑은 빛을 뿌렸다. 원우의 몸에 쌓인 불순한 것들을 씻어내듯 담쟁이들도 일제히 하늘거리며 부처의 입김 같은 바람을 불러일으켰다. 열 개의 돌계단을 밟을 때쯤 거돈사지 삼층석탑의 꼭대기에 얹혀 있는 연꽃 모양의 구슬이 환영처럼 눈에 아른거렸다.

계단을 오를수록 수도자의 마음을 쌓아 올린 듯 정갈하고 단아한 탑이 실체를 드러냈다. 스무 개의 돌계단을 밟고 거돈사지 터에 발을 내디딜 때 모든 경계가 사라지고 광활한 터가 초록의 산으로 둘러싸여 푸르른 하늘을 올려다보고 있었다. 인간의 오욕칠정이 사라져버린 듯 절조차 사라진 천년고찰 폐사지에는 형체도 없이 부처가 앉아 있었다.

나비처럼 찬미가 날아다니고 있었다. 삼층석탑 뒤로 나란히 불좌대가 놓여 있었다. 화강암으로 만들어진 불좌대 위의 청동 부처는 언제 사라져버렸는지 흔적도 없었다. 찬미가 금당터 위에 있는 불좌대를 빙빙 돌면서 사진에 담고 있었다. 세월의 풍파에 부서진 불좌대는 깨지고 떨어져 나가 곳곳이 상처투성이였다.

신라 말기에 세워졌다가 임진왜란 때 불타버린 거돈사지. 불좌대도 부처의 눈물 자국처럼 검게 그을려 있었다. 화마를 비껴갈 수 없어 삼층석탑에도 검은 얼룩들이 빗물처럼 흘러 들었지만 하얀 연꽃잎처럼 기단을 펼치며 고고하게 서 있었다. 탑을 향해 예불을 드렸던 수많은 불자의 무릎 공양을 받았던 배례석도 선명하게 연꽃 문양을 피우며 그들이 소망했던 마음들을 간직하고 있었다.

모든 것들이 재가 되어 날아가고 석탑과 불좌대만 남아 있는 곳. 서쪽 끝에는 천년 세월을 이겨낸 느티나무가 있고 오른쪽 끝에는 고려의 고승 원공국사 탑비가 보물 칭호를 받고 우뚝 서 있었다. 거돈사지의 양쪽 끝을 지키고 있는 느티나무와 탑비를 바라보다가 원우는 느티나무를 향해 걸어갔다.

천년의 세월을 이겨낸 느티나무의 뿌리는 거대했다. 돌 틈으로 스며들어 돌과 함께 단단하게 붙어버린 뿌리들. 금당으로 뿌리를 뻗쳐 부처의 기운을 고스란히 받아 안고 거돈사지의 동맥처럼 흐르고 있는 뿌리들. 어떤 뿌리들은 땅 위로 솟구쳐 나와 숱한 역경의 시간을 무심하게 건너온 뿌리의 힘을 보여주고 있었다.

긴 간이의자 두 개가 느티나무 아래에 놓여 있었다. 천년을 살아왔어도 느티나무는 매년 무성한 초록 잎을 꽃처럼 피워 놓았다. 반들반들 생기가 넘치는 잎들 아래 드리워진 그늘 속으로 들어가면 시원한 바람의 손길이 인간의 번뇌를 씻어주는 듯했다. 보리수 아래에서 득도를 한 부처와 같이 이미 부처가 된 느티나무가 어리석은 인간에게 해탈의 의미를 가르쳐주고 있는 것 같았다.

원우는 거돈사지의 숨결을 맡고 싶었다. 두 번을 왔다 가고 인터넷 검색을 통해 거돈사지의 유례를 살피면서 시로 옮겨보려고 했으나 실체가 잡히지 않았다. 울울창창한 현계산 밑으로 완만하게 올라가 붙은 광활한 거돈사지 터. 옛 건물들이 있었던 터를 석축으로 둘러싸서 구분해 산 아래까지 다랭이논처럼 이어놓고 있었다. 허공만 가득한 드넓은 터 안에 외롭게 남아 있는 삼층석탑과 불좌대. 현란한 현대식 절을 다시 세우지 않아서 오히려 아름답게 느껴졌으나 천년 세월을 간직한 거돈사지의 목소리는 들리지 않았다.

바늘 끝처럼 하얗게 빛나던 햇살이 점점 들판의 벼를 익히는 황금빛으로 물들어갔다. 사진기를 붙들고 거돈사지 품으로 들어갔던 찬미가 간이의자에 앉아 있는 원우를 향해 걸어왔다. 그녀는 양옆이 격자무늬처럼 구멍이 숭숭 뚫려 있는 카우보이들이 쓰는 모자와 닮은 밤색 페도라 모자를 눌러쓰고 있었다.

"햇님이 서산 넘어가셨는데도 덥네요."

찬미는 하늘색 라운드 반팔 티에 파란색 등산조끼와 반바지를 입고 있었다. 발목까지 올라온 등산화는 모자 색깔처럼 밤색이었고 필름이 들어 있는 작은 주머니들이 달린 허리띠를 두르고 있었다. 그녀는 목에 건 사진기를 흔들거리면서 성큼성큼 걸어오다가 모자를 벗으며 느티나무 그늘 안으로 들어왔다. 땀에 젖은 머리카락이 얼굴에 착 달라붙어 있었다.

"힘드실 텐데 이쪽에 앉으세요."

"힘들긴요, 신나기만 한데. 근데 기사님은 쭈욱 여기 앉아만 계시대요. 시인은 가만히 바라보기만 해도 영감이 떠오르나 보죠?"

"그건 아닙니다."

원우가 멋쩍게 웃었다. 찬미는 원우의 옆에 앉아서 손수건으로 땀을 닦아 낸 뒤 양 손가락으로 머리카락을 매만졌다.

"오늘까지 여기 세 번 왔어요. 근데 무엇을 어떻게 써야 할지 몰라서 그냥 막막해하던 중입니다."

"할아버지가 뭐라고 귀띔해 주시지 않던가요?"

"어떤 할아버지요? 나무할아버지요?"

"시인이 이러시면 안 되는데. 할아버지가 안 보이세요? 천 살 되신 느티나무 할아버지요."

"아, 이 분요?"

두 사람은 눈빛을 마주치며 웃었다.

"저는 동네 예술인들하고 일 년에 서너 번 여기에 와요. 우리가 매주 한 번씩 모여서 친목을 나누고 한 달에 한 권 책 읽고 토론한다고 말한 적 기억하시죠?"

"네, 생각납니다."

"이 년 전 첫 모임 할 때, 부론의 역사에 관해 공부한 적이 있어요. 부론은 유서가 깊은 곳인데 부론에 사는 사람들조차 부론에 대해 너무 모른다고 지관 씨가 탐방을 제안하셨죠. 처음 여기 답사를 왔을 때, 느티나무의 뿌리를 보면서 천 년 세월을 기억하고 있는 뿌리의 눈을 보라고 소설가 박해운 선생님이 말한 적이 있어요. 거돈사지가 겪어온 천년 세월의 기억이 저장된 눈이라고 멋진 말을 했었죠."

찬미는 의자 옆으로 꿈틀꿈틀 솟아나 있는 나무뿌리를 보다가 말을 이었다.

"그리고 나서 어느 날 혼자 여기 온 거예요. 아마 여름 초입이었을 거예요. 연둣빛 나뭇잎들이 초록빛으로 짙어지고 있을 때였으니까요. 거돈사지를 둘러보고 의자에 와서 잠시 쉬려고 누워 있었죠. 파란 하늘에 나뭇잎들이 팔랑거리는 게 너무 이쁜 거예요. '아, 예뻐라!', '아, 예뻐라!', 감탄하고 있는데 어느 순간 나뭇잎들이 느티나무 할아버지의 눈처럼 느껴지는 거예요. 그 순간 수만 개의 무성한 나뭇잎들이 천년을 기억하는 나무의 눈이겠구나, 하는 생각이 들대요. 얼마나 놀라운 생각인지 제풀에 놀라서 벌떡 일어났다니까요."

찬미는 별안간 깔깔거리며 몸을 흔들고 웃었다. 원우는 그녀의 이야기에 푹 빠져 있다가 그녀의 몸이 자신에게로 기울어 오자 당황해하며 몸을 뒤로 뺐다.

"사람도 그렇잖아요? 어른들이 자식들에게 가르치고 또 그 자식은 자기의 자식에게 가르치고. 나무도 나무의 뿌리에 저장해 놓은 기억을 매년 새로 태어난 나뭇잎들에게 거돈사지의 역사를 가르쳐줬겠구나 싶대요. 그 나뭇잎들은 한 해를 살면서 본 것들을 다시 뿌리에 저장해 놓고 이듬해에 나올 잎들에게 역사를 이어주는 거죠. 어때요? 근사하지 않나요? 그래서 저는 여기 올 때마다 제일 먼저 느티나무 할아버지에게 공손하게 인사를 드려요. 뭐 좋은 얘기 없는지 귀띔 좀 해달라고 말이에요."

"오늘은 뭐라고 말씀하셨습니까?"

"마음을 열라고 하시대요. 마음이 가는 대로 거칠 것 없이 가라고 말이에요. 가요, 보여드릴 곳이 있어요."

찬미가 일어나서 계단을 향했다. 원우도 일어나 걷다가 느티나무를 뒤돌아봤다. 거대한 뿌리에서 올라와 두 몸으로 갈라진 나무의 몸이 천수를 누린 노인의 얼굴처럼 검버섯으로 가득했다. 한쪽 몸통이 병이 들어 베어져 있었으나 그곳에서도 새로운 가지들이 돋아나 나뭇잎을 매달고 있었다.

아득한 천년의 세월을 어떻게 저 느티나무는 버텨왔을까. 그를 버티게 한 힘은 무엇이었을까.

저물어가는 햇살을 흔들며 나뭇잎들이 수군거렸다. 얼핏 무슨 소리가 들렸으나 원우는 돌아서서 찬미를 쫓아갔다.

"목 좀 축이세요."

아이스박스에 준비해온 생수를 꺼내 원우에게 건네주고 찬미는 거돈사지 앞에 있는 폐교로 차를 몰았다. 작년까지 마을창고로 쓰였던 폐교는 깔끔하게 단장돼 있었다. 학교 운동장도 깨끗하게 손질해서 쇄석을 깔아놔 차가 들락거리기 편했다. 원주시 역사박물관에서 유물 전시관과 북카페를 이곳에 세우려고 폐교를 재단장하고 있었다.

"저기 보이는 돌이 뭔지 아세요?"

폐교 옆 개울이 흐르고 있는 쪽으로 길쭉한 돌이 운동장에 누워 있었다. 학교를 둘러싸고 있는 나무들 안에서 덩그러니 쓰러져 있는 돌은 한눈에 봐도 예사롭지 않았다.

"당간지주예요. 사찰 앞에 기둥을 세웠다가 행사가 있을 때 깃발을 걸어두는 곳이죠. 여기는 이런 사찰이 있으니 못되고 사악한 것들은 얼씬도 하지 말라는 뜻으로 말이에요."

찬미는 당간지주를 여러 각도에서 찍어대며 말을 이었다.

"이상하죠? 왜 당간지주가 여기에 있는 걸까요? 확실하게 밝혀진 건 없고 전설만 남아 있더라구요. 옛날 옛적에 남매 장수가 있었다는 거예요. 그 둘이 당간지주를 옮겨오기로 했는데 남자가 죽어서 나머지 하나를 가져올 수 없었다는 거죠. 아마도 둘이 힘을 합해야만 가져올 수 있었나 봐요. 근데 신기한 것은 사기막에 가면 나머지 당간지주로 추정되는 돌이 있다는 거예요. 화강암을 쪼개서 빼내려다 만 돌을 발견한 거죠."

"이상하군요. 절이 세워진 것은 신라 때고 절이 소실된 것은 조선시대 임진왜란인데 그때까지 절에서 당간지주를 세우지 않았다는 게 납득이 안 되네요."

"그럼, 이 기사님이 추적해 보세요."

초저녁 졸음에 빠져든 나무의 그림자들처럼 햇살이 빛을 잃어가고 있었다. 원우는 당간지주 앞에 서서 그의 몸을 살폈다. 칠 미터 가까이 되는 직사각형 모양의 당간지주는 날카로운 쇠붙이에 사면이 굵은 고드름처럼 파여 있었다. 또 하나의 당간지주가 오지 못한다는 사실을 알고 석공이 다듬기를 멈춘 것처럼 거친 상태로 버려진 모습이었다. '버려졌다'라는 생각이 원우의 뇌리를 스치자 그의 눈에 그늘이 졌다. 그는 쪼그려 앉아 당간지주의 몸을 쓰다듬었다.

찬미가 그런 원우의 모습을 사진에 담았다. 옆모습과 뒷모습을 찍다가 앞쪽으로 이동해 사진을 담자 원우가 그녀를 쳐다보았다. 찬미는 아랑곳하지 않고 계속 셔터를 눌러댔다.

"사진 찍히는 거 싫어합니다."

"왜요? 기사님 표정과 당간지주의 느낌이 잘 어울려요. 아주 많이 닮았어요."

"가죠. 빨리 가셔야 된다면서요."

원우는 손으로 얼굴을 가리며 일어섰다.

"화났다면 미안해요. 사진을 찍다 보면 예의 차릴 겨를이 없어요. 그냥 마음에 들어오는 장면이 있으면 무조건 찍게 되거든요. 그래서 일단 찍고 상대방이 싫다고 하면 그 사진은 암실에서 잘라내요. 기사님 사진도 인화하지 않을 테니 걱정 마세요. 화나신 거 아니죠?"

"그냥 사진 찍히는 게 싫어서 그런 거니 개의치 않으셔도 됩니다."

"세상일에 그냥이라는 건 없거든요. 분명 당간지주처럼 말하기 싫은 사연이 있는 거겠죠. 비밀이 많은 기사님, 아무튼 저는 먼저 갑니다."

찬미는 모자를 슬쩍 들어 올렸다가 푹 눌러쓰며 손가락 춤으로 인사를 대신했다. 원우는 교정을 빠져나가는 승용차 뒤를 따라서 거돈사지로 걸어갔다. 더위에 말라가고 있는 개울물이 기척도 없이 다가오는 어둠처럼 나직이 흐르고 있었다. 땡볕을 견뎌내며 턱에 받힌 숨결을 잔뜩 토해낸 나무와 풀들의 비릿한 냄새가 숲에서 흘러나왔다. 매미들이 정적을 깨며 일제히 비명을 지르다 멈추면 주변이 더욱더 깊은 정적 속으로 가라앉았다.

눈물겹도록 견뎌내고 있구나. 생존을 위한 매미의 절규와 진한 숲 냄새가 살아내기 위한 몸부림처럼 느껴졌다. 살기 위한 저항이 강렬할수록 소리와 냄새도 지독해진 거구나 싶었다. 문득 산다는 것이 어떤 견딤처럼 여겨졌다. 만일 산다는 것이 견딤이라면 나는 무엇을 위해 어떤 견딤을 하는 중일까. 원우는 다시 돌계단을 밟고 거돈사지로 올라섰다. 끝도 없이 바닥을 파고 있는 마음을 발걸음에 매달고 느티나무로 다가갔다. 무엇인가가 등에 딱 달라붙어 등 뒤가 점점 무거워졌다.

돌아갈까, 싶어 걸음을 멈추는 순간, 원우는 흠칫했다. 두 갈래로 뻗은 느티나무 몸통 아랫부분이 거대한 다람쥐 형상을 하고 자신을 쳐다보고 있었다. 나무 위를 들락거렸던 수많은 다람쥐의 영혼이 빚어낸 듯 신령스러운 모습이었으나 슬픔이 눈에 가득 담겨 있었다. 바람이 불어 나뭇잎들을 흔든 것인지, 아까 얼핏 들었던 소리인지, 어떤 소리가 가슴을 싸하게 긋고 지나갔다. 다람쥐의 커다란 눈이 된 반들반들한 옹이 위로 교정에 버려졌던 당간지주의 쓸쓸한 모습이 교차했다.

현계산에서부터 내려온 어둠이 곤두서 있는 마음의 빛깔까지 지우고 있었다. 원우는 의자에 앉아 어둠이 쌓여가는 거돈사지를 응시했다. 푸르렀던 바람도 색깔을 잃어버린 채 천년 흔적으로만 남은 거돈사지의 상처 입은 돌조각들에 부딪혀 넘어지고 있었다. 그림자를 잃어버리고 있는 느티나무도 점점 제 모습을 감추고 있었다. 무상하기 그지없는 고요가 텅 빈 폐사지에 꽉 들어찼다.

천년 세월을 지켜온 느티나무의 삶이 애달팠다. 어쩌자고 너는 이런 형벌을 받게 된 것인지. 그러고 보면 숙명이란 얼마나 끔찍한 가시 울타리인가. 원우는 자신의 삶도 가시 울타리에 갇혀 천길만길 나락으로 떨어져 있는 것 같았다. 그 나락 끝 심연에서 어머니의 모습이 향불 연기처럼 피어올랐다. 느티나무가 버텨온 세월이 어머니가 받아내야만 했던 고단한 삶을 눈앞에 펼쳐놓았다.

'원우야, 엄마가 죽었어!'

전화선을 타고 들려왔던 누이의 눈물 소리가 환청처럼

귓전을 파고들었다. 시간이 지나도 지워지지 않는 죄책감이 뱃속에서 가시처럼 삐죽삐죽 튀어나와 온몸을 쑤셔댔다. 눈알을 파낼 것처럼 머리 위로 신열이 치받아 올라왔다. 눈물을 흘릴 자격도 없어 어금니를 꽉 물어봐도 소용이 없었다.

모두 나 때문이야. 그는 긴 탄식을 흘리며 눈을 감았다. 동태처럼 얼음이 박힌 손으로 자신의 머리를 쓰다듬어 주던 어머니의 손. 울퉁불퉁 돌밭 같은 길처럼 이마에 박힌 억센 주름살을 흔들던 어머니의 웃음. 원우는 어머니의 이름을 가슴에 품으면서 고개를 떨궜다.

'너만 괜찮으면 됐다.'

느티나무 위에서 어머니의 목소리가 들려왔다. 생선 비린내 냄새가 진동했던 어머니의 목소리. 생선 사라고 목이 박히도록 외치면서 망치처럼 단단해져 버린 어머니의 돌 같은 목소리가 그의 등을 쓸어내렸다. 한결같이 자신을 믿어주고 품어주셨던 어머니의 사랑. 그 고귀한 사랑을 단 한 번이라도 제대로 돌려드리지 못했다는 죄의식에 원우는 신음을 터트리며 눈물을 흘렸다. 어둠에 잠기고 있는 거돈사지 안에서 천년 세월의 비바람이 휘몰아쳤다.

3.

 마을 할머니 여섯 분이 콩국수를 드시고 나가자 주점이 조용했다. 공장에서 호떡 굽는 아르바이트를 끝낸 해운이 막걸리 한 병을 놓고 창밖을 내다보고 있었다. 중저음의 매력적이고 토속적인 음색을 지닌 가수 정태춘의 노래 「촛불」이 창밖으로 흘러나가 어둑해진 들판 위로 스며들고 있었다.
 "형, 연애 소설 좀 써 봐."
 술을 따라주던 복실이 불쑥 한마디 던졌다.
 "왜? 연애하고 싶냐?"
 "형, 이런 거 못 느껴 봤어? 어느 날 자다가 눈을 떴을 때 아, 내가 아직도 이 인간하고 붙어살고 있구나, 하는 절망감."
 "하하, 그런 건 모르겠는데. 요즘 권태기냐?"
 "권태기가 따로 어딨어. 살아가는 날들이 대부분 권태로운데. 그냥 지난번 소설처럼 밝은 소설을 한 번 더 쓰면 좋겠다 싶어서 해 본 말이야. 아름다운 연애 얘기, 좋잖아? 우리 나이쯤 되면 남자나 여자나 누구나 한 번쯤은 꿈꾸는 얘기 아냐?"
 "됐다 그래. 마음에서 올라오지도 않는 글을 어떻게 쓰냐? 글은 쓰고 싶은 간절함이 있어야 써지는 거야. 이 얘기 재밌겠다 저 얘기 재밌겠다, 하면서 글을 찾다 보면 자기중심이 사라져. 거꾸로 말하면 자기중심을 세워가는 글을 쓰지 않으면 재미와 흥미만 찾아서 글을 쓰게 된다는 거지. 그러다 보면 점점 자기 세계가 없어지는 거야. 내 경험에 비춰보면 글이라는 것은 개똥철학이라도 붙잡고 있어야 나온다는 거지. 자신이 믿고 있는 생각들이 공격당하고 불신당하고 외면당하면 저절로 저항하게 돼 있거든. 바로 그 저항의 힘이 글을 쓰게 만드는 거야. 그렇지 않고 재미에 치우치면 간절함이 없어져. 간절함이 없으면 글을 만들게 되는 거고. 그렇게 만든 글에서 감동을 얻기는 힘들지 않겠어?"

"잘났네, 잘났어. 생긴 건 뺀질뺀질한데 왜 그렇게 고지식해? 형 방식으로 연애 얘기 쓸 수도 있는 거잖아?"

"니가 쓰세요. 남녀의 사랑에 대한 감정도 다 잊어버렸는데 그걸 어떻게 쓰냐? 가끔 사랑에 관한 명작을 다시 볼 때가 있는데 애절함은 고사하고 유치해서 못 보겠더라."

"웃겨. 난 유치한 게 그립거든!"

"하하, 겨드랑이에 날개라도 났냐? 너 바람나면 지관이 인생은 망가지는 거야, 이 사람아. 생각 안 나? 예전에 지관이가 술에 떡이 돼서 늦게 들어왔다가 너한테 잔소리 듣고 집을 뛰쳐나간 거. 술에 취해 정신없이 걷다가 쓰러져 잠을 잤는데 새벽에 눈을 뜨니 거돈사지 느티나무 아래였다고 했잖아. 모기 새끼들이 밤새도록 쥐어뜯어 온몸이 두드러기 난 것처럼 뽀글뽀글해져서 간지러워 죽는 줄 알았다고 했지. 그날 지관이가 온몸을 벅벅 긁어대며 큰 깨달음을 얻었다고 했던 말 기억 안 나? 천년 느티나무에 절까지 해가면서 마누라 말만 믿고 착하게 살겠다고 맹세했다는 말. 그런 놈을 차버리면 개 큰일 낸다."

"아, 됐다 그래. 일주일 만에 홀랑 잊어버리는 깨달음도 깨달음이야? 하여튼 눈앞에서만 설설 기고 뒷구멍으로 뭔 짓을 하는지 누가 알아."

"안녕들 하십니까!"

해운과 복실이 이야기를 나누고 있을 때 서길노와 양 박사가 문을 열고 들어왔다. 양 박사는 어디서 한잔 걸치고 왔는지 얼굴이 불콰해져 있었다. 사람들이 연이어서 한 명씩 나타났다. 소설가 우재일과 홍인국이 나타나고 사기막에서 '농부가'라는 음식점을 운영하는 이인석이 예술인 중에 제일 나이가 많은 신용한 시인과 함께 등장했다. 주점 밖에서 일하던 지관도 들어오고 찬미도 집에 들렀다가 부랴부랴 주점으로 달려왔다. 마지막으로 '풍류마을' 대표였던 재호가 개량한복을 입고 주점 문을 열었다. 주점 안이 그들이 나누는 인사로 요란해지면서 담배 연기가 뭉클뭉클 피어났다. 6시 이후 손님을 받지 않는 금요일은 금연도 해제하는 그들만의 해방구였다. 그들은 탁자 두 개를 붙여 자리를 만들고 빙 둘러앉았다.

"자, 다 모이셨으니까 일단 목부터 축이고 시작합시다. 빈 잔들 채우세요."

소주 파는 세 사람이고 나머지는 모두 막걸리 파였다. 복실이가 미리 준비해두었던 녹두전과 제육볶음을 술안주로 내놨다.

"해방구를 위하여!"

부론 문화예술인 모임을 시작하기 전에 의식처럼 치르는 술 나눔이었다. 지관이 선창하자 모두 '위하여!'를 외치며 술잔을 비웠다. 그들이 제각기 서로의 잔에 술을 따르면서 술자리가 어수선해졌다.

"알려드릴 말은 두 가지입니다. 아시다시피 내일은 셋째 주 토요일이라서 벼룩시장이 면사무소 마당에서 열립니다. 그리고 다음 주 목요일은 우리의 잔칫날인 보름날입니다. 이번엔 여름을 활활 불태워버리려고 달집 준비도 잘해놓을 겁니다. 더위 날려버리고 싶으신 분은 필히 참석하셔야 할 겁니다."

"근데 벼룩시장엔 사람들이 좀 모이나?"

지관의 말이 끝나자 신용한 시인이 조심스럽게 물었다.

"잘 안 모이죠. 아유, 그것 때문에 고민이 많습니다."

미대를 나왔으나 기타를 치며 음악을 하고 이후에는 건축가가 돼서 미국까지 진출해 목조주택 수십 채를 지었던 길노가 기름한 얼굴에 까만 눈동자를 걱정스럽게 깜빡거리며 말했다. 그는 십여 년 전 손곡리 이장 집을 지어주다가 부론의 풍광에 매료돼 눌러앉았다.

횡성에서 건축업자로 콘도를 지어주며 자식 둘을 대학까지 보내고 나니 문득 삶이 공허해졌다고 했다. 그는 아등바등 사는 것도, 돈 버는 일에만 매달리는 것도 싫어서 업체를 접고 부론에 들어와 집 짓는 것을 가르치기도 하고 집도 지어주면서 생계비를 벌고 있었다. '붕붕이'라는 지붕이 달린 트럭을 만들어 주말만 되면 자전거도로로 나가 아내와 놀이하듯 커피도 팔고 있었다. 사람들과 웃음을 나누며 지내는 게 가장 기쁘다며 벼룩시장을 그런 자리로 만들려고 애를 쓰고 있었다.

"괜찮아요, 괜찮아. 아, 고민할 게 뭐가 있습니까. 돈 벌려고 하는 것도 아니니까 그냥 준비해온 사람들끼리 기분 좋게 놀면 되는 겁니다."

양 박사가 너울너울 손사래를 치며 끼어들었다.

"양 박사님은 걱정 없어서 좋겠네. 남의 일이라고 함부로 말하면 안 되지!"

복실이가 으이고, 하면서 고개를 내밀고 양 박사를 쩨려봤다.

"아, 사실이 그렇잖아. 부론면 인구도 얼마 없는데 사람 모이지 않는다고 고민하면 뭐 해. 그렇다고 볼 게 얼마나 많다고 외지에서 여기까지 오겠냐구? 그러니까 마음을 비우고 슬렁슬렁 즐겁게 논다고 생각하며 해야지, 괜히 사람 없다고 조급해하고 답답해하면 문 닫는 날만 빨라지지 않겠어요?"

"아예 망하라고 고사를 지내시지, 그래!"

복실이가 어처구니가 없다는 듯 코웃음을 치자 다른 사람들도 웃었다.

"하하, 망하지 않게 잘 해보겠습니다. 대신 여러분들도 시간을 내서 함께 해주세요. 그럼 힘이 아주 많이 날 겁니다."

"내일부터 태풍이 시작된다는데 괜찮으려나?"

홍인국이 걱정스럽게 물었다.

"저녁때쯤에나 비가 온다니까 괜찮을 겁니다. 비 오기 전까지만 하면 되죠, 뭐."

"지관아, 태풍이 계속되면 달집태우기도 못 하는 거 아냐?"

"해운이 형님, 걱정 마십쇼. 내가 천지신명에게 잘 부탁드려놨습니다. 그날 오후에는 비를 싹 거둬주시고, 보름달만 환하게 올려달라고 말입니다."

부리부리한 눈, 딱 벌어진 어깨, 긴 머리카락을 꽈서 묶고 다니는 지관은 장군처럼 늘 걸음걸이가 씩씩했다. 춤꾼으로 소리꾼으로 한세월을 보내다가 농부로 변신해 지금은 원주 농민회 회장을 맡고 있었다.

달집태우기는 주점을 개업하면서부터 시작됐다. 마을 분들을 모시고 음식과 술을 나누면서 달집을 태우는 놀이였다. 분기별로 보름날에 치르는 행사는 그해 칠순이 된 노인들의 생일상도 차리면서 마을의 안녕과 노인들의 무병장수를 기원하는 자리였다.

부론 문화예술인들의 모임 이름은 '부론예술위원회'였다. 그들이 분기별마다 하는 또 하나의 일은 '고통 분담' 행사였다. 자연재해를 입은 지역이나 사회적 약자로서 억울한 일을 당하는 사람들을 찾아가 함께 아픔을 나누고 힘을 보태주는 행사였다. 그래서 예술인들이 술을 마시고 지불하는 돈은 따로 모아뒀다. 그 돈을 반반씩 나눠서 두 개의 행사비로 쓰고 부족한 것은 조금씩 더 걷기도 했다.

해방구가 술기운으로 후끈 달아올랐다. 그들은 문화예술에 관한 얘기며 정치에 대한 의견을 교환하다가 때때로 목소리를 높이기도 했다. 이야기를 나누는 그들 사이로 시간은 빠르게 흘러갔다. 찬미는 주방을 들락거리다가 핸드폰을 보더니 해운을 걱정스럽게 쳐다봤다.

"박 선생님, 지금 일곱 시 반이 넘었어요. 술 마실 시간 없잖아요? 누가 빨리 박 선생님 잔에 술 좀 채워드리세요."

"아니, 벌써 그렇게 시간이 지났나? 한잔 마셔야겠네."

해운이 허둥거리며 술잔을 집자 사람들이 깔깔거리며 웃

었다.

해운의 저녁 통금시간은 여덟 시였다. 아내가 어두워진 시골집에 혼자 있는 걸 싫어해 술자리에서 늘 시간을 재가면서 술을 마셨다. 시간이 여덟 시로 달려갈수록 술 마시는 속도도 점점 빨라져 여덟 시가 될 무렵이면 혼자서 거나하게 취하곤 했다.

동네 택시를 불러놓고 술에 젖어 꼬인 혀로 집에 돌아갈 때면 아쉬움을 못 이겨 소주 한 병을 주머니에 집어넣어 갖고 가기도 했고 또 어떤 날은 아내에게 전화를 걸어 간절한 목소리로 사정을 했다.

"이십 분만 더 있다가 갈게."

술 마시면 시간 개념이 없어지는 해운의 버릇을 아는 아내가 안 된다고 하면 십 분만 더 있다가 간다고 하면서 간청을 하다가 신경질을 내기도 했다.

옆에서 듣고 있던 친구들은 배꼽을 쥐면서 쪼잔하게 십 분이 뭐냐고 집에 가지 말고 버텨보라고 부추기며 장난질을 쳤다.

"젠장, 여덟 시의 남자라니! 참, 인생 초라하네."

취기가 머리꼭지까지 올라와 택시를 타고 집으로 가기 전에 해운이 어린아이처럼 투정을 부리듯 습관처럼 내뱉는 말이었다. 동료들은 어느 순간부터 그를 '여덟 시의 사내'라고 불렀다.

술자리가 점점 깊어질 때 원우의 문자가 찬미의 핸드폰을 울렸다.

'사람들이 많아서 들어가지 못하겠군요. 주점 앞에 왔는데 소주 두 병만 갖다 주세요.'

찬미는 사람들 틈에서 빠져나와 냉장고에 있는 소주 두 병을 꺼내 문밖으로 나갔다.

"이거면 돼요? 안주는 있어요?"

"네, 고맙습니다."

원우는 소주를 받아들고 돌아섰다. 찬미는 그의 뒷모습을 바라보며 파라솔 의자에 앉았다. 눈자위가 빨갛게 물들어 있던 원우. 지쳐 보이는 그의 안색엔 이미 술이 잔뜩 묻어 있었다. 맥을 놓은 듯 비실대며 걷는 장대처럼 키 큰 사내의 등이 어둠에 젖은 시골 풍경처럼 적막했다. 찬미는 안쓰럽게 지켜보다가 주점으로 들어가 주방을 향했다. 그녀는 녹두전을 만들어 간장과 함께 채반에 담아 원우에게로 갔다.

풀벌레 소리만 흐르고 있는 골목을 지나 나무할아버지네 대문을 열었다. 할아버지 방에서는 텔레비전 소리가 들리고 원우의 방에서는 전등 불빛이 새어 나오고 있었다. 사랑채 방문을 열자 뒤쪽 쪽문을 열어놓은 채 앉아 있던 원우가 고개를 돌렸다.

"에고, 내가 이럴 줄 알았다니까! 그렇게 술 마시면 몸 버려요!"

찬미는 깨금발로 걸어가며 힘이 잔뜩 들어간 목소리를 낮춰가며 눈을 흘겼다. 원우 앞엔 소주 두 병과 새우깡 봉지가 뜯겨 있었다.

"아니, 소주 두 병은 비었는데 새우깡은 준 거 같지가 않네요. 왜 몸을 학대하세요? 요놈이 안주가 돼요?"

봉지에서 새우깡 하나를 꺼내 든 찬미가 원우 앞으로 내밀었다. 새우깡이 얼굴 가까이 다가오자 그는 고개를 뒤로 뺐다.

"정말 이상한 아저씨네. 뭔 일 있죠?"

원우가 눈자위까지 흘러 내려온 머리카락을 손가락으로 긁어 옆으로 밀었다. 그는 빨간 체크무늬 남방 윗주머니에서 담뱃갑을 꺼냈다.

"와, 정말 복장 터져 죽겠네. 입술을 바늘로 꿰매 놓은 거 아니잖아요?"

찬미가 고개를 쑥 내밀고 원우의 입을 들여다보자 그가 쑥스럽게 웃으며 한숨을 내쉬었다.

"그냥 말을 하세요. 사람 앞에 놓고 말 안 하는 거 상대방을 고문하는 거라니까요!"

"네."

"네, 말고요. 아, 정말 돌아가시겠네!"

찬미는 원우 옆에 쓰러져 있는 봉지에서 종이컵을 꺼내 술을 따라 홀쩍 들이켰다.

원우가 담배 연기를 문밖으로 내뱉었다.

"아무래도 작업을 못 할 것 같습니다."

"아니, 왜요?"

원우는 대답 대신 술잔을 비워내고 새우깡 하나를 집어 들었다. 깨물지도 않는 새우깡을 든 채 몸을 끌어 뒷문 벽에 기대는 그의 모습이 포격이 끝난 참호 속에서 웅크리고 있는 병사의 모습 같았다.

눈을 게슴츠레 뜨고 문밖을 보고 있는 원우의 지친 모습이 찬미의 목에 걸려 말문을 막았다. 낡은 형광등 불빛이 병자의 낯빛처럼 쏟아지고 할아버지 방에서 흘러나온 텔레비전 소리가 위태로운 신호처럼 끊겼다 이어지고 있었다.

원우의 몸에서 지독한 고독의 냄새가 진동했다. 찬미는 그 순간 자신의 집 대문 옆에 서 있던 한 사내의 모습을 보았다. 뿌리가 거의 뽑힌 채 마른 나뭇잎을 매달고 기울어져 있는 나무처럼 허리춤까지 올라온 대문 옆 기둥에 의지해 쓰러질 듯 서 있던 사내를. 찬미는 숨이 막혀 술잔을 비우고 일어섰다. 그 사내를 보내고 나서 찾아온 허망한 마음을 어쩌지 못해 죽을 것같이 보냈던 시간들이 눈앞에서 너울거렸다. 그녀는 방안을 서성거리며 중얼거리듯 말을 꺼냈다.

"기사님을 그렇게 힘들게 하는 것이 뭘까요? 물론 대답은 안 하시겠죠. 정 힘들면 작업 안 하셔도 돼요. 내가 너무 내 욕심만 부렸던 것 같네요."

찬미는 담배를 꺼내 입에 물고 불을 붙였다. 두 사람의 침묵 사이로 담배 연기가 흘러 다녔다.

"내가 여기 온 게 십삼 년째에요. 한때 아주 잘 나가던 사진작가이기도 했죠. 유명 모델은 물론 이름만 대면 알 만한 배우들도 사진 찍어달라고 찾아오던 때였으니까요. 돈도 잘 벌어 흥청망청 쓰기도 했죠. 성격도 자유분방해서 사람들 시선도 의식하지 않으며 살았어요. 그런데 어느 날부터인가 안 좋은 일이 벌어지는 거예요. 하나도 버텨내기 힘든데 줄줄이 어려운 일이 터지자 숨이 막히더군요. 사진 찍기도 멈추고 사람 만나는 것도 중단하고 엄마에게 갔죠."

찬미의 입에서 엄마라는 말이 나오자 원우가 꼼지락거리며 그녀를 쳐다봤다.

"우리 아버지라는 사람은 천안에서 땅 많기로 유명한 지주의 아들이었어요. 우리 엄마는 둘째 부인이었죠. 첫 부인은 칠 년이 되도록 자식을 못 낳서 괴롭힘을 당하다 자살했다고 하더군요. 엄마는 가난한 집에 태어나 스무 살도 안 돼서 후처로 팔려간 거였죠. 아버진 노름꾼에다 난봉꾼이었으나 사업수단이 좋은 사람이었어요."

 찬미는 어린 시절 잔칫집 같던 집안 풍경을 떠올렸다. 면장과 군수는 물론 국회의원과 장관까지 늘 손님들이 끊이지 않았었다. 엄마는 동네 아낙들을 불러다 잔칫상을 차리고 아버지는 기생들까지 집으로 불러들였다. 기생들의 노랫소리가 밤이 깊도록 끊이지 않아도 엄마는 물론 그 누구도 아버지의 행동에 대해 토를 달지 못했다.

 아버지는 지역에서 건설업체를 운영하고 있었다. 사업이 번창할수록 아버지가 집에 오는 횟수는 줄어들었다. 많은 소문이 떠돌았다. 아버지가 시내에서 딴살림을 차렸다는 소리도 자주 들려왔다. 그러다가도 권력이 센 사람들을 집으로 데려와 잔치를 열어 동네 사람들에게 과시하고 손님들에게는 가정도 잘 가꿔가는 사람처럼 포장했다.

 "정치하는 것들은 다 도둑놈들이란다. 그놈들이 가장 좋아하는 게 뭔지 아니? 뇌물이야. 그런데 사업을 잘 하려면 뇌물을 안 먹이곤 할 수가 없어."

 찬미가 중학교 시절 손님들이 오는 것 싫다며 오지 말게 해달라고 했을 때 아버지가 그럴 수 없는 이유라며 한 말이었다.

 "아버지는 내가 대학에 들어갈 무렵 엄마를 버렸어요. 삼십 대 초반의 이류 여배우와 결혼을 하고 서울로 날아갔죠.

우리 식구들에게 통장 하나씩 만들어주고 가더니 점점 모든 것들을 빼가더군요. 그래도 먹고 사는 건 걱정 없게 해줬죠. 식구들 각자의 통장에 쓸 만큼의 돈을 매달 넣어줬으니까요. 그 바람에 우리 형제들은 하고 싶은 공부를 하고 아버지를 찾아가는 짓 따위는 하지 않았죠. 불쌍한 건 엄마였어요. 아버지의 숨 막히는 그늘 밑에서 목소리 한번 높여보지 못하고 살다가 끝내 버림을 받았으니까요. 엄마는 늘 그러셨죠. 너희들이 잘 컸으니 아쉬움도 원망도 없다고 말이에요.

아버진 내가 여기 내려오기 오 년 전쯤 돌아가셨어요. 연락이 왔으나 우리 식구는 아무도 안 갔죠. 아버지가 힘이 없어지면서 우리의 통장도 사라져 아버지와의 연결고리가 끊긴 지 오래됐을 때니까요. 그게 아니더라도 가지 않았을 거예요. 이미 아버지와의 정이 끊긴 상태인데 무슨 의미가 있었겠어요. 그런데 엄마는 우리와 달랐던 것 같아요. 그 이후 몇 년 지나지 않아 이상해지기 시작했거든요."

찬미는 자리에 다시 앉아 빈 잔에 술을 채웠다. 술에 젖은 원우의 눈이 찬미를 지켜보고 있었다.

"나는 엄마에게 위로받고 싶어서 갔는데 며칠 지나자 엄마가 이상한 거예요. 수시로 침을 흘리고 어떨 땐 멍하니 허공만 바라보고 있다가 내가 부르는 소리도 못 듣는 거예요. 걱정돼서 병원에 모시고 갔더니 치매 초기라고 하는데 아찔하대요. 오빠와 여동생에게 전화했죠. 둘 다 미국 국적을 취득해 그곳에서 결혼해 살고 있거든요. 오빠는 방송국에서 음악을 담당하는 프로듀서고 동생은 산업용 광고 디자이너죠. 자기들도 병원비를 보낼 테니 나보고 치료방법을 찾아보라고 하대요. 기가 막혔죠. 나보고 엄마를 책임지라는 말이잖아요. 난 화가 나서 이기적인 짓거리들이라고 오빠와 동생에게 욕을 잔뜩 퍼부었는데 돌아오는 건 죄책감이대요. 나도 같은 서울 하늘 아래 있으면서 엄마를 잘 찾아뵙지 않았거든요. 아파트에서 잘 사시겠구나 싶어 가끔 생각날 때 전화를 하다가 찾아뵌 게 육 개월도 더 지나서였으니까요. 많이 울었죠. 나야말로 참 이기적인 인간이었구나, 자책도 많이 했고요. 그러다가 엄마와 함께 지랄 맞은 도시를 떠나자고 결심했죠. 내가 사는 꼴도 지긋지긋해서 나를 쳐다보기 싫을 때였고 엄마가 '칸'이라는 개를 키우고 있었는데 산책시키지 못해 매일 걱정하셨거든요. 그래, 가자. 인생 뭐 볼 거 있냐, 하면서 부론으로 온 거죠."

찬미가 아련한 기억을 더듬으며 술잔을 내려다봤다. 그녀의 우산살 같은 속눈썹 사이로 눈웃음이 번졌다.

"엄마가 참 행복해하셨어요. 우린 아침을 먹고 나면 칸을 데리고 자전거도로로 올라갔죠. 칸은 추운 지방에서 썰매를 끄는 알래스칸 말라뮤트 종인데 덩치가 크고 털이 북슬북슬

했어요. 사람이 없을 때 강가에 풀어놓으면 개가 얼마나 좋아하는지, 사자의 갈기처럼 목을 감싸고 있는 털을 휘날리며 달리는 걸 보면 엄마는 박수를 쳐가며 아이처럼 기뻐하셨죠. 봄이 되면 강가에 만발하는 꽃들을 사랑스럽게 바라보며 웃으시고 칸을 끌어안고 주무시는 걸 행복해하셨어요.

나는 여름만 되면 칸과 함께 수영하러 강으로 나갔어요. 신기하게도 남한강과 섬강이 만나는 은섬포에는 얕은 곳이 있어서 차가 건너갈 수 있는 데가 있어요. 부론 사람들과 전문 낚시꾼들, 그리고 강 건너 예술암으로 암벽 타러 오는 사람들만 아는 곳이죠. 더위를 싫어하는 칸은 강에만 나가면 컹컹 짖으며 얼마나 좋아했는지 몰라요. 그런 칸이 부론에 와서 사 년 살고 떠났을 때 엄마와 나는 자식을 잃은 사람들처럼 여러 날 동안 슬퍼하고 아파했어요. 엄마는 나보다 칸이 좋았나 봐요. 칸이 죽고 삼 년쯤 지나서 엄마도 돌아가셨으니까요."

찬미의 속눈썹 사이로 눈물이 비쳤다. 그녀는 감정을 삭이려고 숨을 몰아쉰 뒤 말을 이었다.

"칸이 죽고 나서 엄마의 치매 증상이 심해지대요. 그래도 참 곱게 병을 앓으셨죠. 사람을 보면 잘 웃어주시고 인사도 잘하셨어요. 했던 말을 또 하고 무엇인가를 잃어버린 듯 수시로 서랍을 열기도 했으나 물건을 빼내서 살펴보고는 원래

대로 반드시 정돈해 놓으셨으니까요. 그러다가 어느 날 나보고 누구냐고 묻대요. 그때의 절망감이란. 낯선 표정으로 나를 쳐다보는 엄마의 흐리멍덩한 눈빛을 보면서 많이 울었죠. 다행히 완전히 잊어버리지는 않아서 하루에 몇 번씩 정신을 차려 내 이름을 불러주셨어요. 기억이 점점 사라지고 있었지만 건강하셨어요.

보름에 한 번씩 목욕을 시켜드렸는데 어느 날 구역질을 하시대요. 먹은 게 잘못됐다 싶었죠. 그런데 갑자기 구정물을 입에서 토해내기 시작하는 거예요. 음식물을 뱉어내는 게 아니라 썩은 내가 진동하는 구정물만 뱉어내는 거예요. 소름이 쫙 끼치고 얼마나 무서운지, 이게 도대체 무슨 일인가 싶었죠. 조금도 아니고 대야에 가득 담긴 물 만큼 계속 구정물을 쏟아내고 나더니 이번에는 손가락을 막 주물럭거리면서 '내 반지, 내 반지!' 하시는 거예요. 엄마는 발가벗은 채로 욕조에서 나가 옷장 서랍을 뒤지더니 반지를 찾아 손에 끼고 나서야 '이제 살았다!'라고 하면서 나를 보고 웃는데 무섭더군요. 그 반지는 엄마가 시집올 때 아빠에게 받았던 반진데 엄마가 그러는 거예요. '니 애비는 오늘 못 온다고 하더라. 내일 아침에 일찍 오신다고 하니 우리도 일찍 자야겠다.' 그래서 옷을 입히고 자리에 눕혀드렸는데 불안하고 두려워 잠이 안 오대요. 아무래도 엄마가 돌아가실 것만 같은 생각이 들었던 거죠. 나는 잠을 잘 수가 없어서 엄마를 지켜보다가 새벽에 잠깐 잠들었다 깼는데 엄마가 보이지 않는 거예요."

원우는 게슴츠레 감겨 있던 눈을 똑바로 뜨고 찬미를 응시했다. 찬미의 얼굴이 잠시 일그러지며 울먹거리다가 펴졌다. 그녀는 술기운에 젖은 눈으로 붙잡을 수 없는 강물을 바라보듯 기억의 강에 발을 담그며 쓸쓸하게 웃었다.

"겨울이었어요. 바람이 회색 구름을 충주에서부터 잔뜩 몰고 오던 아침이었죠. 미친년처럼 집 구석구석을 뒤지다가 밖으로 나가 강가를 다 쫓아다녔어요. 엄마를 아무리 불러 봐도 대답은 없고 바람만 사납게 얼굴을 할퀴더군요. 할 수 없이 복실 씨에게 전화를 했죠. 그랬더니 지관 씨가 방송으로 마을 사람들을 다 불러낸 거예요. 나이가 많으신 어르신들은 강을 다시 뒤져보러 가고 나머지 사람들은 산을 훑기 시작했죠. 날씨도 짓궂은 날이었죠. 하늘이 점점 어두워지고 싸락눈까지 휘날렸으니까요. 한 시간쯤 지났을 때 산꼭대기에서 찾았다는 소리가 들려오대요. 그런데 그 소리가 내게는 '너네 엄마 죽었어!'라고 들리는 거예요. 정신이 나가서 허둥거리며 울기만 했어요. 울면서 산꼭대기로 올라갔더니 강이 보이는 제일 왼쪽 꼭대기에 엄마가 누워 있더군요. 펑펑 울면서 진이 빠질 대로 빠지자 엄마의 얼굴이 그제야 보이대요. 그런데 엄마의 얼굴이 평온해 보이는 거예요. 차렷 자세로 얌전하게 두 손을 내리고 있는 엄마의 얼굴엔 미소까지 감돌고 있더군요. 그때 느꼈죠. 엊저녁 엄마가 토해놓은 구정물은 엄마의 쌓이고 쌓였던 한이 쏟아져 나온 것이라는 걸. 엄마가 그렇게 반지를 찾아서 손에 끼고 가신 것은 아빠까지 용서한 것이라는 걸. 근데 나는 그게 너무 슬퍼서 견딜 수가 없는 거예요."

싸늘하게 변한 엄마의 손에 끼어 있던 금가락지가 쇠꼬챙이처럼 눈을 찔러댔다. 찬미는 거센 바람 속에서 미친 듯 나부끼는 싸락눈을 맞아가며 아버지를 비난하다가 비명을 질렀다. 용서할 가치도 없었던 인간! 그녀는 엄마에게 어리석다고 소리치면서 반지를 뽑아내려고 기를 썼었다.

"눈물아, 나오지 마. 창피하단 말이야."

찬미는 자신도 모르게 흐르는 눈물을 손가락으로 걷어내며 말을 이었다.

"그때도 울기만 했었죠. 엄마의 장례는 마을 분들이 치러주셨어요. 엄마가 생전에 그랬었죠. 나 죽으면 칸의 유해를 뿌린 곳에 같이 뿌려 달라고요. 지관 씨가 나서서 많은 걸 도와줬죠. 원주에서 엄마를 화장하고 유해를 가져다가 칸하고 수영했던 그 자리에 뿌려드렸어요.

난 부론면 앞으로 흘러가는 강을 부론강이라고 불러요. 부론강은 나와 인연이 깊은 곳이에요. 슬프기도 하고 안타까운 인연이기도 한 부론강……. 참으로 부론 분들에게 많은 신세를 졌어요. 그래서 초상화를 찍어드렸던 거고, 부론면을 마음에 새기듯 사진으로 기록해 보고 싶었던 거죠. 왜 하필이면 기사님을 보면서 그 마음이 치솟았는지, 시간이 지나면 또 한때의 바람 같은 마음으로 치부될 텐데 말이에요. 미안했네요, 사과주 한잔 드릴게요."

원우는 찬미가 술병을 집어 들자 자신의 잔을 비우고 술을 받았다. 무슨 말을 하고 싶었으나 그 역시 마음이 착잡하게 가라앉아 입술이 열리지 않았다.

"시 쓰고 싶을 땐 꼭 쓰세요. 기사님 보면 온몸이 시처럼 느껴질 때가 있어요. 슬프고 아프지만 마음을 열게 만드는 시……."

원우는 묵묵히 찬미가 내민 술잔에 자신의 잔을 부딪치고 술을 비웠다.

"갈게요. 궁상스러운 얘기 들어주셔서 고마워요."

찬미는 일어나며 말했다. 원우가 부스스 몸을 털며 힘겹게 일어났다. 찬미가 방문 쪽으로 걸어가다 돌아섰다.

"조심해서 잘 가요, 들어가서 푹 쉬세요. 이런 말 한마디 하면 입에 헛바늘 돋나요?"

원우의 입술이 꼼지락거리며 웃었다.

"됐네요, 바랄 걸 바라야지."

찬미가 방문을 열면서 등 뒤로 손가락 인사를 펼쳤다. 문이 닫히자 원우는 다시 주저앉았다. 잠시 후 할아버지 방에서 불이 꺼지고 텔레비전 소리도 멈췄다. 사방이 고요해졌으나 마음은 허허벌판을 걸어 다녔다. 황량한 들판은 더이상 어머니의 품이 아니었다. 어머니가 떠나버린 대지엔 생명의 소리도 자취를 감춰버렸다. 원우는 폐허로 변한 땅 위를 속절없이 걷고 있는 자신의 모습을 보면서 술을 마셨다. 오래전 희망의 빛을 좇아서 달려들었던 청년 시절의 모습들이 어둠 속에서 희끗거리다가 사라졌다.

찬미가 쏟아놓은 이야기들이 어머니의 얼굴을 사방에 새겨놓았다. 하늘이 내려앉고 있는지 방이 쪼그라들며 숨통을 조였다. 풀벌레 소리가 처량하게 방안으로 스며들었다.

'너만 괜찮으면 됐다.'

생전에 원우를 믿어주며 힘이 돼주었던 어머니의 말씀이 돌아가신 뒤부터 목에 걸린 형틀이 되었다. 그는 형벌 같은 어머니의 목소리가 들려오자 소주병을 들어 벌컥벌컥 술을 들이켰다. 가시 돋친 적막이 방안에 가득 들어찼다.

4.

이 층짜리 면사무소 앞마당 한쪽에 수십 년 된 느티나무가 있었다. 그 나무 아래에 덱을 설치해 작은 행사를 할 수 있는 무대를 만들어 놓았다. 길노는 대형 스피커 두 개를 무대 양편에 세우고 마이크와 노래방 기기를 무대 한가운데에 설치했다.

삼월에 시작해서 다섯 번째인 벼룩시장은 열 시부터 열렸다. 물건을 팔러 나온 사람은 아홉 사람이었다. 대부분 농산물이었고 김밥과 부침개를 팔러 나온 이도 있었다. 길노 부인 역시 붕붕이를 세워놓고 냉커피와 수제 맥주를 팔았다. 가죽 공예품을 파는 사람도 있었다. 문막에서 합기도 관장을 하는 사람이었다. 그는 자리에 앉아 가죽을 오리고 붙이고 꿰매면서 열쇠고리부터 카드지갑까지 만들고 있었다.

"특색 있는 물건들이 좀 부족하네요."

"그러네. 우리 작가들도 좀 관심을 가져야겠다. 작가들 작품도 여기에 내다가 사인해서 판매해도 좋을 듯하고. 조각품도 있고 서예도 있잖아. 게다가 여기는 세 개의 도가 모여 있는 곳이니 강 건너 앙성과 점동에서도 같이 할 수 있도록 애쓰면 더욱 좋을 것 같네."

해운의 생각에 용한 시인이 말을 덧붙였다.

마을 사람들 대여섯 명이 물건을 둘러보고 있었다. 참기름, 들기름, 산초기름, 꿀, 땅콩, 대추 등 직접 재배해 잘 보관했던 물건들을 값싸게 팔았다. 식사하기 위해서 혹은 생수를 비롯한 물건들을 사러 마을로 들어왔던 자전거 여행객들이 음악 소리를 듣고 장터로 들어오기도 했다.

"남한 강변에 야외공연장이 완성되면 그곳에서 장터를 열어도 좋겠네요. 자전거 여행객들이 자연스럽게 장터에 들어올 것 같은데요?"

"괜찮은 생각이군. 공연장이 자전거도로와 맞닿아 있으니 아주 괜찮을 거 같네. 게다가 벼룩시장에 부론만이 할 수 있는 문화 공연을 결합시켜 보는 것도 좋을 것 같군."

"무엇을 할 수 있을지 모르겠지만 그런 문화 공연이 만들어지면 좋죠. 부론면에 있는 체육공원을 보세요. 이십 억을 넘게 들여 체육관을 만들어 놓고 일 년에 한 번 쓰지 않습니까? 어떤 지자체에서는 펜션을 통해 마을 발전기금을 만든다고 하다가 폐건물이 되어 애물단지로 전락해 있더군요."

"한심한 짓들이야. 그 돈들이 다 자기들이 낸 세금이라는 걸 느끼지 못하니 충분한 계획과 준비도 없이 주먹구구식으로 쓰는 거야. 부론도 점점 사람들이 늘어나네. 휴일만 되면 캠핑카들이 강 여기저기에 꽉 들어차는 걸 보니 많이 알려지고 있다는 뜻이겠지. 내년에 지광국사 현묘탑까지 오면 더 많은 사람이 올 거야. 부론은 문화예술의 역사가 깊이 서려 있는 곳인데 자칫 그것들이 상품으로만 전락이 되면 어쩌나 싶네. 상품도 되고 의미도 살리는 그런 길을 모색해 봐야 할 것 같아."

용한 시인의 말에 해운이 고개를 끄덕였다. 간간이 거세게 부는 바람이 두 사람의 머리카락을 헝클며 지나갔다. 느티나무의 나뭇가지들이 출렁거리자 나뭇잎들이 뒤엉켜 비벼대며 쓰르라미처럼 울어댔다. 키 큰 길노가 전기 기타를 둘러메고 꽁지머리를 흔들면서 무대 위로 올라왔다. 그는 마이크를 테스트하고 나서 기타 줄 서너 개를 튕겼다. 기타의 청량한 소리가 바람을 타고 울려 퍼지자 사람들의 시선이 그에게 쏠렸다.

길노는 잠시 숨을 고르더니 갑자기 손가락을 현란하게 움직였다. 블루스 음악을 록 형식으로 편곡한 오음 음계 연주였다. 눈을 감았다가 먼 산을 바라보듯 게슴츠레 눈을 뜬 채 열 손가락을 쉴 새 없이 움직였다. 현란한 소리가 면사무소 앞마당 하늘 위로 솟구쳤다. 바람에 휘날리는 나뭇잎에 부딪혀 흘러나간 기타 소리가 지나가던 사람들을 면사무소 쪽으로 불러들였다. 그들 중에는 자전거 여행을 하는 외국인 부부도 있었다. 여행객들은 자전거를 끌고 신기한 듯 장터 안으로 들어섰다.

"죽이는데요?"

"그러네. 보통 솜씨가 아닌데?"

용한 시인은 음악에 조예가 깊었다. 클래식부터 팝송, 그리고 한국 음악의 계보까지 줄줄이 꿰고 있으며 아침 시작을 늘 음악으로 하는 시인이었다. 길노가 마지막 기타 줄을 튕기면서 연주를 끝내자 장터에 있던 사람들이 환호성을 지르며 박수를 보냈다.

길노는 수줍은 웃음으로 인사를 대신했다. 곧바로 다시 연주가 이어졌다. 「Reflection Of My Life」였다. 해운은 두 소절 연주를 듣고 나서 깜짝 놀랐다. 이십 대 젊은 날에 자신이 즐겨 듣던 노래였다.

길노는 노래를 부르지는 않았으나 해운의 머릿속에 있던 노랫말이 운율을 쫓아서 추억의 디딤돌을 놓으며 따라갔다. 대학 시절, 음악다방 구석에서 고독을 똘똘 만 채 낡은 외투 안에 끌어안고 담배를 태우던 모습도 떠올랐고, 문학 동아리에서 연애했던 옛 여인의 얼굴도 불쑥 눈앞에 나타났다. 길노의 연주가 까맣게 잊고 있었던 이끼가 잔뜩 낀 낡은 기억들을 불러냈다.

"저 친구, 낮술 땡기게 만드네. 형님, 커피 파는 데서 수제 맥주도 파는데 한잔하시죠?"

"그럴까? 날씨도 음악도 술을 부르긴 하네."

흰 하늘에 옅은 회색 줄무늬를 새겨놓고 있던 구름이 점점 빠르게 북쪽으로 흘러갔다. 해운은 맥주 두 잔을 갖고 와서 술추렴을 시작했다. 길노는 씨씨알의 「Who'll Stop The Rain」을 연주했다. 몇몇 사람들이 더 모여드는 사이로 난쟁이 아주머니가 탄 전동차가 들어왔다. 전동차가 무대 앞에서 멈추자 늙수그레한 남자가 다가갔다. 그는 전동차 짐칸에 싣고 온 아코디언을 빼서 무대 위로 올려놓았다. 길노가 연주를 하면서 그 사내에게 고개를 숙여 인사를 건넸다.

"어떤 분이죠?"

"나도 모르지."

해운이 흥미로운 눈길로 용한 시인과 말을 나누고 있을 때 찬미가 나타났다. 찬미가 두 사람을 보고 인사를 하자 해운이 불렀다.

"저분은 누굽니까?"

"동네 분인데, 옛날에 동춘 서커스에서 아코디언을 연주하셨던 분이래요."

"그럼, 저분은 아낸가요?"

"같이 사시니까, 아내가 맞겠죠. 왜요?"

"아니, 못 봤던 분들이라서요."

"그러니까 진즉에 나와 보셨어야죠. 저 아저씨 노래 들으면 껌벅 죽어요. 남인수라고 아시죠? 그분이 돌아오신 것 같다니까요."

길노가 연주를 끝내고 자리를 비켰다. 회색 양복바지에 검정 구두를 신고 파란 체크무늬가 있는 하얀 남방을 입은 사내가 아코디언을 메고 마이크 앞에 섰다. 길노가 마이크 위치를 조정해 사내의 아코디언 앞으로 갖다 놓았다. 한눈에 봐도 아코디언엔 오래된 관록이 서려 있었다.

사내의 몸이 움직이자 아코디언의 주름이 펴졌다 접혔다 감미로운 선율을 흘려놓았다. 「애수의 소야곡」이었다. 전주가 시작되자마자 용한이 무릎을 탁, 쳤다.

"기가 막히네. 아코디언 소리를 여기서 제대로 듣다니!"

해운도 묘한 흥분으로 들떴다. 마당 한쪽에서 노인들 대여섯 명이 부침개를 사다가 막걸리를 놓고 둘러앉았다. 파도가 끊임없이 하얀 포말을 일으키며 밀려오듯 아코디언 소리는 굽이치면서도 전혀 경박스럽지 않게 음이 음을 타고 넘나들었다.

"길노 음악에 아코디언까지, 이거 돈 주고도 못 볼 공연을 보네."

"조금 있다가 노래 부르시는 거 들으면 여기 있는 술 몽땅 마셔도 모자랄걸요?"

찬미가 웃으면서 붕붕이 곁으로 갔다.

바람이 점점 거세졌지만 사내는 개의치 않았다. 그는 아코디언 연주를 끝내고 마이크를 자신의 높이에 맞게 조절했다. 길노가 막걸리 한 잔을 가져다 내밀자 사내는 단숨에 들이켜고 자세를 잡았다. 그는 남방 아래쪽 끝단을 잡아당기며 차렷 자세로 꼿꼿하게 섰다. 길노가 기타를 들고 컴퓨터 음악으로 반주를 넣었다.

　이번에는 「추억의 소야곡」이었다. 스포츠머리보다 약간 긴 백발을 휘날리며 사내가 입을 열었다. 그 순간 해운과 용한은 박수를 보내며 감탄을 했다. 남인수의 목소리와 닮기도 했으나 오랫동안 숙성시킨 감로주처럼 음색이 귀에 착착 감겨들었다. 사내는 고음을 부를 때면 꼿꼿한 자세로 두 눈썹을 치켜세우면서 발뒤꿈치를 폴짝 들었다가 내려놓았다. 표정의 변화가 거의 없는 덤덤한 그의 주름진 얼굴에서 한세월이 노랫말처럼 흘렀다.

　장터는 음악에 휩싸였다. 사내가 서너 곡을 부르고 나서 마이크를 내려놓자 대추와 땅콩을 팔고 있던 아줌마가 나비처럼 훨훨 날아 무대 위로 올라왔다. 그녀는 올라오자마자 마이크를 감싸 쥔 채 노래하고 싶다고 했다. 환갑이 지난 듯 보였으나 화장을 곱게 하고 아가씨처럼 붉은 립스틱을 진하게 칠해 봄날 벚꽃같이 화사한 모습이었다. 연분홍 한복 저고리를 입은 그녀는 바람에 머리카락이 날린다며 흰 보자기로 머리를 감싸고 나와 「봄날은 간다」를 불렀다. 허리를 씰룩대며 사뿐사뿐 걸으면서 양손을 번갈아 나부껴가며 열창을 하고 나더니 노래가 잘 안 됐다고 소녀처럼 부끄러워했다. 그러면서도 마이크를 놓지 않고 세 곡이나 내리 불렀다.

　막걸리를 마시던 노인들이 덩실덩실 어깨를 흔들며 좋다고 소리치자 이번에는 부침개를 부치던 오십 초반의 아줌마가 올라와 마이크를 빼앗아 들었다. 통통한 몸집의 그녀는 아침에 서방하고 싸워서 화 좀 풀어야겠다며 마이크를 잡았다.

박수 소리와 웃음이 넘치는 장터에 바람까지 몰려왔다. 찬미는 붕붕이 옆에 있는 의자에 앉아 커피잔을 들고 있었다. 그녀는 장터의 흥겨운 풍경과는 달리 허공을 바라보며 심란한 표정을 지었다. 혼자서라도 사진을 찍겠다고 카메라를 들고 나왔으나 흥은 나지 않고 원우의 엊저녁 모습이 눈앞에 가물거렸다.

'도대체 무슨 상처가 그렇게도 깊은 것일까.'

얼마 전부터 원우가 떠오르면 오랜 시간 동안 기억의 저편에 감춰져 있던 그 남자가 슬그머니 나타났다. 닫힌 대문 오른쪽에 서서 하염없이 거실 창을 바라보던 남자. 갔겠지, 하고 다시 거실 유리문 앞으로 가면 그는 창백한 얼굴로 이층을 올려다보고 있었다. 그러다가 마침내 자신과 눈을 마주치고서야 돌아섰던 사람. 그 사람이 등 뒤로 이끌고 갔던 어둡고 외로웠던 그림자.

허공을 가르는 바람 소리처럼 아련한 슬픔이 가슴을 치며 지나갔다. 찬미는 커피잔을 돌려주고 장터를 빠져나왔다. 발걸음을 따라서 외로움이 돋아났다. 무리에서 이탈된 철새 한 마리가 텅 빈 하늘에서 울고 있는 것처럼 발목에서 힘이 빠져나갔다.

남한강대교 위를 바람이 쓸고 다녔다. 찬미는 아침마다 자전거를 타고 와서 중얼거리던 대교 중간에 서서 난간에 몸을 기댄 채 강을 응시했다. 강물이 바람을 끌어안고 수면을 흔들면서 비를 부르고 있었다. 강을 따라서 눈길을 쫓아가니 긴 여운처럼 꼬리를 남기고 사라지는 강물 위로 산이 우뚝 솟아 있었다. 그 산 뒤로 수많은 산봉우리가 인생의 먼 길처럼 흐릿하게 첩첩으로 이어져 있었다. 다리 밑 교각 사이에 머리를 처박고 울어대는 바람 소리가 허공으로 치솟아 찬미의 얼굴을 훑으며 지나갔다.

'잘 있니? 보고 싶네.'

찬미는 밤색 반바지와 파란 바탕에 흰 체크무늬가 있는 긴 남방을 입고 있었다. 바람이 옷 속으로 파고 들어와 들썩거렸다. 그녀는 남방 윗주머니에서 담배를 꺼내 입에 물고 불을 붙였다. 입 밖으로 나오는 한숨 같은 담배 연기를 바람이 순식간에 지워버렸다.

담배를 세 모금 빨아댈 때 핸드폰이 울렸다. 원우였다.

"오늘은 사진 안 찍을 겁니까?"

"찍는 중이네요. 뭔 상관이래요?"

"안 찍고 계시는 것 같습니다."

"찍고 있다니까요. 셔터 눌러야 되니까 얼른 용건만 말해주세요."

"담배가 셔터인가 봅니다."

찬미는 원우의 말에 깜짝 놀라 고개를 돌렸다. 그가 대교 초입에 서 있었다.

"아, 정말! 언제부터 거기에 있었던 거예요?"

"장터에서부터 쫓아왔는데 모르시더군요."

"왜 쫓아오신 건데요?"

"사과하겠습니다. 어젠 제 감정에 취해서 일방적으로 약속을 쉽게 저버렸습니다."

"잠깐, 멈추세요!"

원우가 자신을 향해 걸어오자 찬미가 그의 발걸음을 막아세웠다.

"우리 엄마와 칸 얘기를 듣고 내가 불쌍해서 그런 거죠?"

"아닙니다. 제가 약속한 것을 지키고 싶어서 그런 겁니다."

"진짜죠?"

"네."

원우의 대답을 들은 찬미가 그를 향해 걸어갔다.

"맹세하세요. 절대 약속 어기지 않겠다고!"

"네. 꼭 지킬 겁니다."

"이번 한 번만 봐주는 거예요. 또 그러면 쳐다보지도 않을 거예요. 여기 바람과 하늘과 강이 다 들었으니 딴소리하면

큰일 나는 거 아시죠?"

"네. 무섭습니다."

찬미가 깔깔거리며 핸드폰을 접었다. 우울했던 마음들이 어디론가 사라지고 가슴이 훈훈해졌다. 원우가 다시 걸었다. 바람에 날아다니는 머리카락 사이로 원우의 큰 눈이 찬미에게 미소를 보내며 다가왔다.

수묵화처럼 회색으로 젖어 있던 하늘빛이 점점 어두워지고 있었다. 남한강 상류에서 첩첩산중을 넘어온 회색 구름이 성난 파도처럼 밀려왔다. 화산이 폭발한 것처럼 구름 덩어리들이 뒤엉켜 꿈틀거리며 몰려왔다. 희미하게 크르렁거리던 천둥소리도 산전수전을 겪어온 들개의 이빨처럼 흰빛을 드러내며 가깝게 들려왔다. 찬미가 계속 셔터를 눌렀다. 자연의 맹렬한 기세가 렌즈 안에서 요동쳤다.

"가요, 곧 비가 떨어질 것 같아요!"

"비 오는 건 안 찍을 겁니까?"

"따라오세요, 찍고 싶은 곳이 있으니까!"

찬미는 빠른 걸음으로 장터를 향했다. 장터에도 음악 소리가 끊기고 사람들이 들고 왔던 물건을 정리하느라고 부산스러웠다.

"찬미 씨, 어딜 그렇게 바쁘게 갑니까?"

"아, 박 선생님. 제가 좀 급한 일이 있거든요. 나중에 뵐게요."

찬미는 차 문을 열다가 길 건너편에 서 있는 해운과 용한을 보았다. 최 이장도 곁에 있어서 그녀는 손을 흔들며 인사를 하고 차에 올라탔다. 원우가 해운에게 묵례를 하고 뒤따라 올라탔다.

찬미의 차가 쏜살같이 달렸다. 그녀의 차는 부론 중심거리를 지나 주점을 지나쳤다. 홍호리 마을을 관통한 차는 원우와 별을 보던 자전거도로로 올라서더니 조금 지나서 강 아래로 내려가는 길로 접어들었다. 찬미는 은섬포 강변으로 차를 몰았다. 자갈들이 촘촘히 박혀 있는 강변을 지나자 잘 쓸어놓은 마당처럼 모래밭이 곱게 펼쳐져 있었다.

"저곳이 바로 사람이 건널 수 있는 얕은 곳이에요. 차도 지나갈 수 있어서 낚시꾼들이 자주 찾는 곳이죠."

먹구름이 하늘을 뒤덮어 강 위는 어둑했다. 금방이라도 비를 쏟아낼 것처럼 서늘한 바람이 몰아쳤다. 찬미는 시동을 끄고 밖으로 나가 뒷문을 열었다. 그녀는 신발을 벗어 차 안에 던져놓고 우비를 꺼내 입은 뒤 강으로 다가갔다. 바람에 휘감겨 펄럭거리는 빨간 우비를 입은 그녀의 발자국이 모래에 자국을 남기며 강으로 이어졌다.

바람에 뒤척거리는 강물 속으로 찬미가 발을 들이밀었다. 물살이 갈라지고 그녀의 발목이 물에 잠겨 들었다. 원우는 걱정스럽게 그녀를 지켜보면서도 불새 한 마리를 떠올렸다.

불길을 휘감고 날아오르는 불새의 모습처럼 온통 검푸르게 물드는 배경 위에서 빨간 우비를 나풀거리며 열정을 내뿜고 있는 그녀의 모습이 자신의 감정까지 뜨겁게 달구었다.

 무릎 위까지 내려온 우비가 물에 잠기고 허리 밑까지 물이 찰랑거렸다. 찬미는 사진기를 들고 은섬포를 사진에 담았다. 허공도 물도 산도 짙은 회색빛으로 가라앉고 있는 풍경이 그녀의 렌즈 속으로 들어왔다.

 강 건너 예솔암 위의 소나무들이 허리가 꺾어질 듯 휘청거리며 포효했다. 남한강대교 위에서 여기저기 터져 나온 천둥소리가 요란스럽게 달려왔다. 수많은 포탄이 하늘 위에서 터지는 것처럼 사방에서 번쩍거리는 번개가 하늘을 뒤덮고 있는 성난 구름의 모습을 드러냈다. 뒤이어 먹구름이 하얗게 갈라지면서 시퍼렇게 날을 세운 번개가 섬뜩하게 강 위로 내리꽂혔다. 번갯불이 지나가자 후드득거리며 자동차 지붕으로 빗방울이 떨어졌다. 순식간에 하늘에 구멍이 뚫린 것처럼 비가 쏟아져 내렸다.

 찬미는 우비 주머니에서 비닐을 꺼내 카메라를 감쌌다. 원우는 차 안으로 들어가 시동을 걸고 자동차 윈도우 브러쉬를 돌렸다. 비바람이 모든 것을 쓸어버릴 듯이 격렬하게 몰아쳤다. 물속에서 나온 찬미가 뒷좌석으로 들어왔다. 그녀는 물이 줄줄 흐르는 우비를 벗었다. 조끼도 벗고 윗도리 단추를 풀다가 멈칫했다.

"옷 좀 벗을 테니 뒤돌아보지 마세요."

운전석에 앉아 있던 원우는 대답 대신 눈을 감았다. 찬미는 남방을 벗고 반바지를 벗어 우비 옆에 던져놓았다.

"히터 좀 틀어주세요."

찬미는 수건으로 몸과 머리카락에 있는 빗물을 닦아낸 뒤 미리 준비해 놓은 담요로 몸을 감쌌다.

"오, 차창에 부딪히는 빗소리, 속이 뻥 뚫리도록 좋지 않나요?"

"네. 시원합니다. 이제 집으로 출발해도 되겠습니까?"

"안 돼요. 꼭 찍어야 할 사진이 있어요. 지금은 너무 어둡고 빗줄기가 강해서 못 찍지만 조금 있으면 찍을 수 있을 거예요. 한바탕 폭우가 난리를 치고 나면 좀 가라앉고 빗줄기도 얌전해질 거예요. 그때 찍을 거예요. 이 빗소리, 너무 좋아요!"

찬미는 몸에 두른 담요를 흘러내리지 않게 매듭을 지어 조였다. 그러고 나서 뒷좌석에 있는 아이스박스를 열고 막걸리와 멸치, 고추장을 꺼냈다.

"빗소리 들으면서 한잔 어때요?"

머리카락을 두 손으로 쓸어넘기면서 찬미가 환한 미소를 머금었다. 톡톡 생명의 눈이 움트는 이른 봄 연두의 새순처럼 그녀의 목소리에서 생기가 번져 나왔다.

원우는 처음 찬미를 만났을 때 주방 밖으로 고개를 내밀며 소리치던 모습을 떠올렸다. 한 줄기 빛처럼 가슴에 꽂혀 잔잔한 파문을 일으켰던 감미로운 그녀의 목소리가 또다시 알 수 없는 불씨 하나를 원우의 가슴에 지펴놓았다.

조수석에 두 발을 걸쳐놓고 원우는 종이컵을 받아들었다. 막걸리를 컵에 따르는 찬미의 얼굴을 내려다보았다. 길게 내뻗은 속눈썹 밑으로 앙다물고 있는 조그마한 입술이 보였다. 입술 밑으로 하얗게 드러난 어깨가 눈을 파고들자 원우는 고개를 돌렸다.

"왜 비만 오면 사람이 미치는 걸까요?"

"전 안 그렇습니다."

"시인이 참 재미없네요. 그럼, 기사님은 뭘 보면 맛이 훅 가나요?"

"글쎄요. 딱히 생각나는 게 없습니다."

"아, 정말······. 혹시 결혼은 했나요?"

"이혼했습니다."

"어머, 미안해요. 그럼 자식은요?"

"딸 하나 있습니다."

"엄마랑 살고요?"

"네."

차창을 때리는 빗물이 줄기차게 흘러내렸다. 거센 바람에 차가 움찔거리기도 했다. 브러쉬가 쉴 새 없이 움직였으나 유리창을 통해 보이는 사물은 온통 흐릿했다. 천둥소리가 멀리 사라지고 있었다. 원우는 앞유리창에 시선을 박은 채 막걸리를 훌쩍 마셨다. 찬미는 그런 원우를 보다가 답답한 듯 한숨을 쉬며 창문으로 고개를 돌렸다. 그녀는 차창으로 흘러내리는 빗줄기를 따라서 손가락을 신경질적으로 긋고 다니다가 멈췄다.

"기사님, 전 궁금한 거 있으면 못 참거든요. 왜 이혼했는지 물어봐도 되나요?"

"내가 무능해서 이혼당한 겁니다."

"아, 정말 답답해 죽겠네. 끝까지 단답형으로 대답한다 이거죠? 좋아요. 그럼, 왜 무능했는데요?"

원우는 대답 대신 막걸리를 마셨다. 빗방울이 튀기는 유리창 너머로 옛 기억들이 선명하게 나타났다. 그는 희멀건 웃음을 베어 문 채 눈을 감았다. 입 밖으로 꺼내놓고 싶지 않은 멀리 흘러 가버린 시간이 바람 소리처럼 황량했다.

찬미는 원우의 어깨를 툭툭 쳤다. 원우가 고개를 돌리자 그녀는 종이컵을 가리키며 술병을 흔들었다. 원우가 종이컵을 내밀어 술을 받았다. 찬미는 고추장을 발라서 원우의 얼굴 앞으로 멸치를 내밀었다. 원우가 가만히 웃으며 멸치를 받아들고 고개를 돌렸다. 차 안이 빗소리로 가득했다.

찬미는 원우의 어깨를 짓누르는 적막의 무게를 보며 엄마와 칸을 떠올렸다. 늘 발뒤꿈치에 박혀 따라다니는 그리운 모습들. 강에서 엄마와 웃고 칸하고 물속에서 장난을 치던 기억들이 새록새록 돋아났다. 다시 돌아올 수 없는 그리움으로 남아 강가에만 나오면 살아나는 기억들. 그녀는 사나운 태풍이 누그러지기만을 기다리며 카메라를 만지작거렸다. 셔터 스피드를 느리게 맞춰놓고 조리개도 최대한 열어 빛이 가장 많이 들어올 수 있도록 준비했다.

"날이 좀 밝아지는 것 같습니다. 근데 이런 상태에서도 사진이 찍힙니까?"

"사진은 순간의 미학이기도 하지만 기다림의 미학이기도 해요. 밤에 별을 찍는 분들은 몇 시간씩 조리개를 열어놓고 기다리죠. 기다리세요, 조금만 더 기다리면 찍을 수 있는 순간이 온답니다."

해일처럼 몰아치던 폭우가 끌고 온 검푸른 빛이 밀려가면서 남한강이 시퍼런 빛이 감도는 회색빛으로 바뀌고 있었다. 빗줄기의 세기도 수그러들고 거친 바람 소리도 조금씩 순해지고 있었다. 찬미는 방수 커버를 입힌 카메라에 비닐을 덧씌우고 고무줄로 몸체를 꼼꼼하게 조였다. 몸에 두르고 있던 담요도 벗고 우비를 걸쳤다. 차창을 조금 내리고 손을 내

미니 빗방울이 손바닥 위에서 튀었다. 그녀는 창밖의 밝기를 가늠하며 창문을 닫았다.

원하는 장면을 찍을 수 있을지 장담할 수는 없었다. 원하는 장면을 찍었다고 해도 그것이 사진으로 재현될 수 있을지도 확신할 수 없었다. 그래도 찍고 싶었다. 원우에게 엄마와 칸 얘기를 하고 돌아온 어젯밤 꿈속에서 그들을 만나며 눈물을 흘렸었다. 그립고 보고 싶었다. 어쩌면 엄마와 칸의 유해가 뿌려진 그곳에서 또 다른 의미의 형체를 담을 수 있을지도 모른다는 기대감에 젖어 있었다. 그녀는 막걸리를 한 잔 마신 뒤 우비에 집어넣었던 손을 빼고 카메라를 가슴에 품었다. 양팔을 밖으로 꺼내 우비 팔소매를 잡아 가슴을 가리고 차에서 내렸다.

뿌옇게 김이 서린 앞유리창을 닦아내며 원우는 찬미의 뒷모습을 지켜보았다. 사선으로 내리치고 있는 빗속에서 빨간 우비가 회색빛을 가르며 강으로 다가갔다. 모자를 쓴 채 우비를 움켜 안고 있는 찬미의 허벅지가 성큼성큼 걷는 발걸음을 따라서 꿈틀거렸다. 그녀가 강으로 점점 다가가자 원우는 걱정이 돼서 뒷좌석을 살폈다. 하얀 비닐우산이 뒷좌석 아래 쓰러져 있었다.

우산을 쓰고 밖으로 나갔다. 바람은 잦아들었으나 비는 줄기차게 우산살을 흔들며 쏟아졌다. 찬미는 강변에 서서 강물만 응시하고 있었다. 원우는 그녀의 등 뒤 삼십여 미터 떨어진 곳에서 걸음을 멈췄다. 눈에 띄게 불어난 강물의 물마루가 바람에 휘날리는 만국기처럼 넘실거렸다.

무엇을 찍으려는 것일까. 원우가 우산대를 움켜잡고 생각에 잠겨 있을 때 미동도 없던 찬미가 꼼지락거렸다. 그녀는 가슴에 감싸고 있던 카메라를 꺼냈다. 걸치고 있던 우비는 벗어서 카메라에 모자를 씌웠다. 하얀 브래지어 끈만 보이는 찬미의 등 위로 빗줄기가 쏟아지며 물보라를 일으켰다. 그녀는 우비 속으로 얼굴을 집어넣고 렌즈에 눈을 밀착시켰다.

물에 젖은 하얀 팬티 밑으로 눈 밑 애교살 같은 엉덩이 살이 삐져나와 있었다. 찬미는 한 발을 조심스럽게 강물로 집어넣었다. 원우는 화들짝 놀라 찬미를 향해 뛰어갔다. 부러질 듯 우산이 휘어지자 우산을 내던지고 그녀에게 달려갔다. 찬미가 다른 한 발을 강물에 내디디다가 휘청거렸다.

"위험합니다!"

원우가 허겁지겁 물속으로 들어가면서 소리쳤다. 찬미가 한 손을 우비에서 꺼내 조용히 하라는 듯 흔들었다. 원우는 어찌할 바를 몰라 당황해하다가 그녀 옆에서 다리에 힘을 주고 지켜 섰다. 거센 물살이 그녀의 하얀 허벅지에 부딪혀 튀어 올랐다.

렌즈 안에서 물고기 떼처럼 물살이 날아올랐다. 바람이 물마루를 때릴 때마다 물방울이 휘날리며 칸이 달리던 모습을 불러왔다. 질주할 때마다 부드럽게 몸을 뒤덮고 있던 털들이 바짝 일어서서 사자의 갈기처럼 휘날렸었다. 찬미는 셔터를 계속 눌렀다. 강 건너편에서 칸이 물길을 가르며 달려오더니 엄마의 웃음소리가 환청처럼 들려왔다.

엄마가 죽은 날 매정하게 휘날리던 싸락눈처럼 빗줄기가 몰아쳤다. 등을 때리는 빗소리가 죽비처럼 몸에 감겼다. 침을 흘리며 물건을 어딘가에 두고 못 찾는 엄마를 보면서 소리를 지르고 짜증을 부리곤 했었다. 치매라는 선고를 받은 날, 처음으로 엄마의 얼굴을 찬찬히 들여다봤었다. 모든 것을 잊고 싶다는 듯 흐리멍덩한 눈빛. 웃음도 말도 하고 싶지 않은 듯 꿰매버린 입술. 갈 곳을 잃어버린 사람처럼 앉거나 눕는 것이 많아진 엄마의 모습은 그녀의 귀밑머리 밑에 박혀 있는 검버섯처럼 상처로 얼룩져 있었다. 찬미는 일과 자유를 부르짖으며 웃고 떠들며 다녔던 시간이 허망해 몇 날 며칠을 눈물로 우울하게 보냈었다.

슬픔이 몰아쳐 더이상 사진을 찍을 수가 없었다. 몸도 떨리고 기운도 빠져나가 어깨가 축축 늘어졌다.

"이것 좀 차에 갖다 줄래요?"

원우는 우비로 감싼 카메라를 받아서 왼손에 들었다. 하얀 브래지어 위로 가슴살을 드러낸 찬미의 몸이 또다시 휘청대자 원우가 그녀의 허리를 감쌌다. 찬미는 원우의 몸에 기대어 물 밖으로 나와 모래밭에 털썩 주저앉았다.

원우는 차를 향해 뛰어갔다. 카메라를 조수석에 놓고 우비만 빼냈다. 그는 우산을 찾아서 접어들고 찬미 곁으로 다가갔다. 찬미는 강물을 바라보며 웅크린 채 앉아 있었다. 활처럼 휘어진 척추뼈 마디마디에 멍울져 있는 슬픔이 터져 나올 것처럼 솟구쳐 있었다. 원우는 그녀의 등을 감싸며 우비를 입혀주고 우산을 펼쳐 그녀 머리 위로 올렸다.

"차로 가는 게 좋지 않을까요?"

"조금만 있다가요."

찬미의 얼굴은 핏기가 사라져 해쓱했다. 입술까지 파르스름했으나 그녀는 강물에서 눈길을 거두지 않았다. 침묵이 들어찬 우산 속에 빗방울 떨어지는 소리만 가득했다. 모래밭으로 빗줄기가 파고들고 수면 위로 꽂히는 빗방울들이 물결이 되어 흘렀으나 고요했다. 황토를 쓸고 온 격한 물줄기로 물빛이 흙탕물로 변하고 있었다. 찬미는 빗물과 눈물이 섞여 있는 물기를 손으로 털어내며 입을 열었다.

"그리웠어요. 내가 그리워하고 있다는 것을 칸하고 엄마에게 전해주고 싶었죠. 그리움, 그걸 찍고 싶었던 거예요."

"그리움은 슬픔이죠. 슬픔이 정화라고 말하는 사람도 있으나 어떤 사람에겐 형벌이기도 하답니다."

남쪽에서 흘러온 남한강 물결과 북쪽에서 흘러온 섬강의 물줄기가 은섬포 앞에서 부딪치고 뒤섞이며 요동쳤다. 사람들이 던져놓은 희로애락을 묵묵히 강바닥에 쌓아두었던 강물이 폭우에 가슴을 드러내놓고 분노를 표출했다.

"기사님 형벌은 뭘까요?"

회색빛으로 젖은 풍경처럼 찬미의 목소리가 가라앉아 있었다. 상처 입은 줄기 끝에 매달려 시들어가는 꽃처럼 힘에 겨운 목소리였다. 우산살을 타고 흘러내리는 빗물을 바라보던 원우의 눈살이 움찔했다. 대답할 말은 떠오르지 않고 빗줄기 사이로 누이동생의 절규가 들려왔다. 표정이 일그러진 원우의 입에서 긴 한숨이 흘러나왔다.

"차로 가죠. 얼굴이 파리해졌어요. 그러다가 병납니다."

"역시 말을 또 돌리시네요. 그래요, 차로 가요. 춥긴 춥네요."

찬미는 두 팔로 우비를 감싸고 일어섰다. 원우는 몸이 젖지 않도록 그녀의 머리 쪽으로 우산을 기울인 채 걸었다.

"난 우비를 걸쳤으니 기사님 위로 우산을 올리세요."

찬미가 우산을 잡은 원우의 손을 밀었다. 하지만 금세 우산은 찬미의 머리 쪽으로 옮겨져 있었다.

뒷좌석으로 찬미가 먼저 올라탔다. 원우는 운전석 차 문에 기댄 채 강물을 쳐다봤다. 그칠 줄 모르고 속절없이 떨어지는 빗방울 사이로 취업을 위해 처음 공장 문 앞에서 서성거리던 자신의 나약한 모습이 주마등처럼 스쳤다.

　어쩌면 모든 것이 예견돼 있던 일만 같았다. 폐차장 같은 산동네에서 태어나지만 않았더라도, 문학을 사랑했던 선생님만 만나지 않았더라도, 자신의 인생이 이렇게 흐르진 않았을 것 같았다. 원우는 씁쓸하게 웃었다. 그랬더라면. 이랬더라면. 어머니의 죽음이 떠오를 때마다 변명의 꼬리처럼 붙이며 후회했던 '만약에'를 또다시 생각 앞에 매달고 있는 자신이 어리석어 보였다.

5.

　강물은 빗방울 하나하나의 여정을 개의치 않고 무심하게 흘러갔다. 인간의 생이 빗방울 같았다. 한 시대의 거대한 흐름에 휩쓸려 자신의 생이 떠밀려온 것처럼 강물은 하나의 빗방울이 어디서 와서 어떻게 흘러가는지 관심조차 없었다. 강물에 묻혀서 흔적도 없이 사라지는 빗방울을 닮은 인생이 덧없다고 느끼고 있을 때 경적이 울려 원우는 화들짝 놀랐다. 찬미가 들어오라는 손짓을 하고 있었다.

　"춥죠? 머리카락이라도 좀 말리세요."

　담요를 몸에 두르고 있던 찬미가 수건을 내밀었다. 원우의 옷은 흥건히 젖어 바짓가랑이로 빗물이 줄줄 흘러내렸다. 그는 수건으로 머리카락 물기를 대충 닦아낸 뒤 찬미에게 수건을 건넸다. 차내는 히터 열기로 따뜻했다.

"막걸리 드실래요?"

"그러죠. 따르기 힘드니 그냥 한 병을 주십시오."

찬미는 막걸리병과 종이컵을 원우에게 전하고 조수석으로 넘어왔다. 뒷좌석에 준비해 뒀던 멸치 그릇과 고추장 종지도 집어 운전석 옆 물건 집어넣는 곳 위에 올렸다.

"술은 주거니 받거니 하는 게 맛있죠. 여기가 더 따뜻하고 좋네요."

찬미의 목소리에 힘이 붙어 있었다. 그녀는 막걸리를 종이컵에 따라 원우에게 내밀고 자신의 빈 잔도 채웠다.

"오늘 저 때문에 애 많이 쓰셨어요. 근데 사진 찍을 때는 감정이 몰입돼서 어쩔 수가 없어요. 찍고 싶은 대상 속으로 나도 모르게 최대한 들어가려고 하니까요. 예전에 모델들 사진을 찍을 때도 감정선을 살리려고 음악을 미리 준비해두곤 했었죠. 그 모델과 잘 어울리는 음악을 찾아서 모델에게 내가 원하는 액션을 취하게 만들고 저 역시 그 감정에 섞여 들어가는 거거든요. 사진이 어떻게 나올지 모르겠지만 오랜만에 깊은 감정에 이입됐다가 나오니 좋네요."

찬미는 막걸리를 홀짝홀짝 마셔가며 말을 마친 뒤 의자에 등을 기대어 눈을 감았다. 몸이 따뜻해지고 긴장이 풀어지자 나른한 기운이 밀려왔다.

"저는 한때 노동운동을 했습니다."

원우는 허공에 대고 읊조리듯 나직하게 말했다. 찬미가 눈을 살포시 뜨며 늘어지는 상체를 일으켜 세웠다. 원우는 빗물이 흘러내리는 앞유리창에 시선을 박은 채 막걸리를 훌쩍 들이켰다. 산동네의 풍경들이 그의 머릿속에서 죽순처럼 삐죽삐죽 튀어나왔다. 여름이면 악취가 나는 이물질이 더께처럼 잔뜩 묻어 있는 배수로와 두 발을 딛고 앉는 변소 통엔 늘 구더기가 득시글거렸다. 밤이면 싸우는 소리가 저녁 밥상처럼 되풀이되는 나날들. 친구 아버지가 뒷산에서 목매달았다는 소리가 들리고, 영자네 새댁이 화장실에서 똥 누다가 쌍둥이 태아를 빠트려 죽였는데 새댁은 그것도 모른 채 일 나갔다고 옆집 아줌마가 기막히다는 듯 혀끝을 차던 소리도 들렸다. 물이 안 나오면 공동 수돗가로 가서 졸졸 흐르는 물을 받기 위해 밤늦게까지 줄을 서던 풍경도 흔했다. 그리고 햇살 좋은 봄날이면 할머니들이 언덕길에 모여 앉아서 구슬을 꿰며 수다를 떨곤 했었다.

"원우 엄마는 좋겠네. 어쩜 그렇게 공부를 잘할까? 니 공부 잘해서 엄마 호강시켜드려라!"

원우는 초등학교부터 고등학교 졸업할 때까지 전교 상위

권을 벗어나 본 적이 없었다.

"「동태」라는 시에 나오는 얘기처럼 어머니는 생선 장수를 했습니다. 아버지는 중동에서 몇 년 일하고 와서 작은 공장을 차렸는데 실패하셨죠. 다른 집 산동네 아버지들이 그랬던 것처럼 아버지도 가난한 삶에서 빠져나오지 못한 채 술로 인생을 망쳐버리신 분입니다. 술만 취하면 늘 어머니에게 횡포를 부렸는데 어느 날 사라져버린 겁니다."

시장에서 좌판을 얻을 수 없었던 어머니는 시장 입구에서 한참 떨어진 산동네 입구 골목길 전봇대 아래에서 함지박 서너 개를 놓고 장사를 했었다. 엄마 옆에는 채소 장수가 있었고 앞쪽에는 과일 장수들이 있었다. 어머니는 철거단속반들이 오면 달아날 준비를 하면서 악착같이 생존의 터를 지켜 자식들 셋을 키워내셨다.

"중학교 때 담임 선생님이 문학을 사랑하는 여선생님이었습니다. 늘 수업 시작하기 전에 시 한 편을 낭송해 주신 따뜻한 분이셨죠. 그게 참 멋져 보였습니다. 그래서 시를 좋아하게 됐는데 선생님이 제 글을 보고 문학에 재능이 있다고 예뻐하셨죠. 다행히 그 선생님 댁이 산동네 아래 아파트여서 많은 문학 서적을 빌려다 볼 수 있었답니다."

원우는 대학에 입학할 때까지 많은 책을 읽었다. 헤르만 헤세, 앙드레 지드, 톨스토이와 도스토옙스키, 카프카 등의 소설가를 만나고 워즈워스, 예이츠, 보들레르, 장 콕토, 릴케 등의 시인들을 만났으며 황석영 같은 국내 작가들에 관해서도 알게 되었다.

"고등학교 때까지 선생님 댁에 들락거리다가 운이 좋게 소위 명문대라는 곳의 국문과에 들어갔습니다."

원우는 대학에 입학해서 문학 동아리에 들어갔었다. 문학에 대해 좀 더 깊이 알고 싶어 들어간 동아리였지만 전두환 군사독재정권 치하라 저항의식이 강한 정치색을 띠고 있는 문학 동아리였다. 회원들은 복사본으로 만들어진 금서들을 읽었고 문학이론서보다는 사회구조를 해석하는 책들을 공부했다. 하지만 그런 공부에 심취할수록 학과 공부는 등한시하게 됐고 원우는 불안해했다.

국문학과를 들어간 것은 시인이 되고 싶은 까닭이기도 했으나 국어를 가르치는 선생이 돼서 어머니를 모실 수 있다고 판단했기 때문이었다. 그런데 동아리에는 혁명을 꿈꾸는 문학도들이 많았다. 그들의 뜻이 옳다고 판단하고 그들과 더불어 세상을 꿈꾸고 싶었으나 학교에서 제적당하는 건 무서운 일이었다.

가장 걱정스러운 것은 어머니가 실망하고 힘들어할지도 모른다는 거였다. 어머니는 기쁜 일도 슬픈 일도 함부로 사람들에게 말하지 않는 심지가 굳은 분이었다. 그런 어머니가 자식이 명문대에 들어가자 동네에 떡을 돌리며 자랑했었다. 동네 사람들도 개천에서 드디어 용이 났다고 자기들 일처럼 기뻐했었다.

학교를 그만두게 되는 일이 절대 일어나서는 안 됐다. 그건 어머니를 편안하고 행복하게 모실 거라는 자신의 절대적인 소망을 깨트리는 일이었다. 동아리를 쉽게 떠날 수 없었던 원우는 결국 일학년을 마치고 도피하듯 군에 입대했다. 그런데 상병 계급장을 달 무렵 직속 상관으로 이명운을 만났다. 1987년 6월 항쟁이 일어나던 무렵이었다.

"병기계 말년이었던 이명운이라는 사수는 학생운동을 했다가 강제징집 당했던 사람이었습니다. 그 사람이 후임으로 저를 뽑았죠. 그런데 사수는 유월 항쟁으로 독재세력이 꺾이기 시작하자 노골적으로 사회과학 서적을 부대로 들여와 보면서 내게도 읽으라고 권유했습니다."

"그럼, 그 사람에게 또 의식화된 거예요?"

"의식화라기보다는 다시 사회 문제에 대해 좀 더 깊이 생각할 수 있게 된 겁니다."

제대하고 학교로 다시 돌아와 동아리를 찾아갔을 때 일찌감치 몇몇 선배들이 노동현장으로 들어간 것처럼 동기들 몇 명도 노동현장으로 들어가 있었다. 6월 항쟁으로 전두환은 쫓겨났으나 그와 함께 쿠데타를 일으키고 군사정권을 일으켜 세웠던 노태우에게 정권은 다시 빼앗긴 상태였다. 노동자들은 그해 전국 노동자 대투쟁을 일으키면서 사회 변혁에 대한 욕구를 분출하고 있었다.

　세상에는 빗줄기만큼이나 많은 길이 뻗어 있었다. 가야 할 길, 가고 싶은 길, 가지 말아야 할 길, 갈 수 없는 길, 그리고 그런 길들 사이로 수없이 펼쳐져 있는 곁가지 같은 길들. 똑같은 길이 없듯 똑같은 삶도 없으나 열정으로 가득한 젊은 날에 스스로가 믿는 길을 외면하는 건 쉽지 않은 일이었다.

　녹슨 철망같이 술로 망가져 거무튀튀하게 변해버린 아버지의 얼굴을 닮은 산동네 사람들. 털 뽑힌 병든 닭 같은 그 속에 사는 사람들의 삶. 장마가 올 때마다 허물어질 것처럼 기울어지는 산동네. 철거반원들에게 쫓기며 동태를 휘둘러 댈 때 어머니의 눈에서 불을 뿜던 비릿한 살의의 눈빛. 왜 산동네 사람들은 평생을 허리가 휘도록 가난을 등에 지고 산동네 언덕길을 비틀비틀 올라야만 하는 것일까.

　원우는 몇 날 며칠을 어머니를 지켜보며 지독한 갈등을 겪었다. 그는 어머니의 삶은 물론 산동네 사람들의 삶에도 햇살이 밝게 비추는 길을 걸어가고 싶었다. 사람이 개인적 이기심에 사로잡혀 있으면 세상은 더 나아지지 않을 것이고 누군가의 가난이라는 고통은 계속 되풀이될 것이었다. 평등의 길, 그 길을 찾아서 걷고 싶었다.

"엄마, 나는 사람들을 위해 살고 싶어요."

원우는 어머니가 장사를 끝낼 무렵 찾아갔다. 가로등이 드문드문 서서 길을 밝히는 산동네 오르막길을 어머니와 나란히 걸으면서 세상을 바라보는 자신의 생각을 꺼내놓았다. 어머니는 가끔 걸음을 멈추고 숨을 몰아쉴 뿐 말이 없었다. 그러다가 언덕길 중간쯤에 멈춰 서서 남의 집 담벼락에 등을 기대고 주저앉았다.

"세상이 시끄러운 거 엄마도 안다. 너는 속이 깊은 자식이야. 니가 많은 생각을 하고 말하는 거겠지. 그럼 학교는 그만두는 거니?"

"그건 아니에요. 휴학계를 낼 거니 나중에 다시 학업을 이어가고 싶을 때 하면 될 거예요."

"그럼 됐다. 집에 가자."

"죄송해요, 엄마."

"너만 괜찮으면 됐다."

어머니의 몸에 배어 있는 생선 비린내가 가시처럼 원우의 코를 찔렀다. 한 손으로 오른쪽 다리를 잡은 채 가파른 언덕길을 힘겹게 걸어가는 어머니의 구부정한 허리가 원우의 눈을 파고들었다. 자식들을 위해 견뎌온 고단한 삶의 무게가 어머니의 등 위에서 혹처럼 자라나 있었다.

'너만 괜찮으면 됐다.'

늘 자신을 믿어주고 인정해주던 어머니. 원우는 차마 어머니에게 학교에서도 쫓겨날 수 있다는 말을 할 수 없었다. 어머니는 더이상 말이 없었고 원우는 어머니의 지친 모습을 보며 죄송하다는 말을 수없이 가슴에 쌓으며 걸었다. 그리고 그날 밤 김남주 시인의 「자유」를 써서 지갑에 품고 다녔다.

자유

만인을 위해 내가 일할 때 나는 자유
땀 흘려 함께 일하지 않고서야
어찌 나는 자유다라고 노래할 수 있으랴
만인을 위해 내가 싸울 때 나는 자유
피 흘려 함께 싸우지 않고서야
어찌 나는 자유다라고 노래할 수 있으랴
만인을 위해 내가 몸부림칠 때 나는 자유
피와 땀과 눈물을 나눠 흘리지 않고서야
어찌 나는 자유다라고 노래할 수 있으랴
사람들은 맨날
겉으로는 자유여, 민주주의여, 동포여! 외쳐대면서도
안으로는 제 잇속만 차리고들 있으니
도대체 무엇을 할 수 있단 말인가

도대체 무엇이 될 수 있단 말인가

제 자신을 속이고서

동아리 동기를 통해 원우는 학교 운동권 조직으로 편입됐다. 그는 학습에 몰두하면서 학내 시위를 주도해 왔던 선배들을 통해 남한사회주의노동자동맹, 즉 사노맹 학생문학위원회 회원으로 가입하고 금천구에 있는 작은 금형 공장에 들어갔다.

"노동조합을 만들기 위해 애를 썼지만 쉽지 않더군요. 이론은 알겠는데 현실에서 적용하기가 어려웠습니다."

노태우 정권이 노동운동을 말살하기 위해 거세게 탄압하던 때였다. 그런 가운데에서 1991년 3월 사노맹 지도부 몇몇이 구속되면서 그들이 만들고 있었던 『노동해방문학』은 중단되고 조직원들도 감옥으로 끌려가거나 추적당했다. 지역활동가 모임이 멈추고 원우가 의지하며 지냈던 사노맹 선배 역시 어느 날 연락이 두절됐다. 자연히 활동은 위축되고 현장에서 무엇을 어찌해야 좋을지 모른 채 일 년 동안 공장만 다녔다. 그러다가 지역활동가 모임에서 만난 적이 있었던 같은 학생운동 출신인 최정화를 우연히 퇴근길에 만나면서 가깝게 지내게 됐다.

"연애한 건가요? 어떻게 생겼는데요?"

"처음엔 동지였는데 연애로 이어지더군요. 약간 뚱뚱하고 눈매가 매서워서 여장군처럼 보였죠. 말도 잘해서 선배들이 쩔쩔맸어요. 원칙적이고 논리적인 친구였죠. 말을 얼마나 똑 부러지게 잘하는지 매력이 넘쳤던 사람이었습니다."

1991년 12월 26일 소련의 해체 선언이 있을 때 학생운동 출신들은 많은 갈등을 노출했다. 위장 취업으로 들어왔던 학생 출신 노동자들이 현장을 떠나기 시작했고 이듬해 사노맹 역시 뿔뿔이 흩어져 무너지고 있었다. 다행히 전노협을 중심으로 노동운동 진영은 더욱 거세게 투쟁을 벌이면서 정권에 대항하고 있었다.

"최정화는 확고했죠. 소련이 해체됐다고 마르크스의 이론이 틀린 건 아니라고 했습니다. 우리에겐 반드시 풀어내야 할 민족문제도 남아 있고 여전히 노동자를 비롯한 민중들의 삶이 황폐해 있어 변화시켜야 한다고 했죠. 그래서 소련이 해체된 상황을 빙자해 사회주의 건설이라는 목적이 상실됐다면서 현장을 떠나는 학생 출신 운동가들을 맹비난했습니다. 그들은 살 만한 집안의 자식들이고 머릿속으로 운동을 해 온 전형적인 지식인 학생 출신들이라고 몰아세웠죠."

최정화는 괴산 출신이었다. 소작농 출신인 농민의 딸이라는 것을 강조해왔던 그녀는 가난해 보지 않은 사람들은 가난이 얼마나 고통스러운 것인지 모른다고 했다. 그 대목에서 원우는 산동네 사람들을 떠올리며 공감하지 않을 수 없었다. 어머니 때문에 갈등을 겪고 있었으나 정화의 말처럼 사회 구조적 모순은 분명했고 노동자로서 살아가는 일은 여전히 힘겨운 현실이었다. 월급을 받아 월세와 공과금을 내고 나면 라면과 수제비로 끼니를 이어갈 정도로 살기에 버거웠다. 흔들리지 않고 현장에 남아 새롭게 노동운동을 해보겠다고 결심한 날 원우는 정화와 첫사랑을 나눴다.

"은근 멋진데요? 꼭 영화 보는 기분이 들어요. 근데 그때가 첫사랑이었나요? 그 전에 연애해 본 적 없어요?"

"네. 첫사랑이었습니다."

"기사님은 공붓벌레, 모범생이었군요. 에구, 재미없어랏."

비음이 섞인 찬미의 말에 원우가 미소를 띠었으나 이내 그의 표정은 어두워졌다.

정화는 지역 노동자들 모임에 참여하고 원우를 끌어들였다. 원우는 직원이 120여 명이 되는 기계 설비 공장으로 옮겼다. 말이 기계 설비였지 잡다한 물건들을 찍어내는 금형 공장과 다르지 않았다. 원우는 세탁기에 들어가는 전자기판을 프레스로 찍다가 전기밥솥 뚜껑을 그라인더로 동그랗게 깎아내는 일을 했다.

"일 년 넘게 공장 생활을 하면서 사람들과 친해졌습니다.

그렇게 현장에 익숙해지면서 오랜 시행착오 끝에 동료들과 함께 힘겨운 투쟁을 해서 노동조합을 만들어냈죠. 그러다가 학생 출신이라는 게 밝혀져 저만 해고당했습니다. 사문서위조라는 거였죠. 현장 동료들은 어렵게 만든 노조가 나 때문에 망가질까 봐 함께 싸우기를 주저하더군요. 빨갱이에게 물든 폭력 집단으로 매도돼 노조가 해산당할까 봐 두려웠던 거죠. 나는 매일 원직 복직을 요구하면서 출근투쟁을 했습니다. 지역의 해고자들과 단체들이 연대를 해주면서 점점 제 운동의 반경도 넓어지게 됐죠."

해고됐어도 가장 기뻐하고 원우를 자랑스럽게 여긴 건 최정화였다. 어느 날 정화는 원우를 데리고 벚나무들이 붉은 단풍으로 물들고 있는 여의도로 나들이를 갔다. 스산한 바람이 부는 늦가을 저녁이었으나 정화의 목소리에는 단단한 나뭇가지처럼 힘이 배어 있었다. 단풍으로 물든 나뭇잎들이 간간이 불어오는 바람에 쓸려 길가에 서 있는 가로등 불빛 아래에서 꽃비처럼 떨어져 내렸다.

"부담 갖지 말고 내 얘기 들어."

정화는 벚나무 아래에 놓인 간이의자에 앉아 나뭇잎들이 나부끼는 모습을 보며 화사하게 웃었다.

"나 임신했어. 어떻게 할까?"

원우는 미동도 없이 눈만 동그랗게 떴다. 임신이라는 단

어에 얼굴이 붉어지고 이마에 깊은 주름이 새겨졌다. 생각해 보지도 않았던 그녀의 말이 올가미처럼 목을 조여 어떤 즉답도 못 한 채 정화만 뚫어지게 쳐다봤다.

"괜찮아, 책임지라는 유치한 소리는 안 할 테니까. 난 낳고 싶어. 혼자서라도 키우고 싶다고. 너도 알아야 할 것 같아서 전해주는 것뿐이야."

정화의 목소리는 확신에 차 있었다. 원우는 눈을 감고 고개를 수그렸다. 처음 사랑을 나눴을 때 정화는 '서로를 속박하는 연애 따위는 하지 말자'라고 단호하게 말했었다.

그때 아이를 지우자고 했더라면……. 원우는 정화와 겪었던 일들이 떠오르자 가슴이 답답해졌다. 그는 막걸리를 단숨에 들이켜고 다시 잔에 따랐다. 빗줄기는 여전히 차창을 매몰차게 때리고 있었다.

"정화라는 분, 아쌀하네요. 근데 뭐라고 대답하셨어요? 설마 지우자고 하신 건 아니죠?"

원우는 고개를 저으며 막걸릿잔을 입에 갖다 댔다. 임신이 걱정돼 사정을 질 밖에다 할 때마다 정화는 모욕적이라고 불같이 화를 냈다. 그런 행위는 섹스를 자신만의 욕구충족으로 여기는 것 같아 파렴치하게 느껴져 싫다고 했다. 그녀는 사정하고 나서 한참 동안 그대로 포옹하고 있는 걸 좋아했었다. 늘 피임은 자신이 할 테니까 걱정할 것 없다고도 했다.

"또 말이 없으시네. 정화 씨, 연애할 때 참 답답했겠다."

"일주일 정도 많은 생각을 했었죠. 어떤 결단을 내려야 하는데 쉽게 말할 수가 없었습니다."

정화가 싫은 게 아니었다. 그녀는 자신이 갖고 있지 못한 단호한 결단력을 지니고 있었다. 사람을 휘어잡는 매력도 있었고 매사에 자신을 쏟아붓는 열정도 넘쳤다. 하지만 원우는 문학 속에서 사랑을 배웠고 꿈꿨다.『닥터 지바고』의 라라나 톨스토이의『안나 카레니나』와 같이 순수하면서도 격정적인 사랑을 동경해왔다. 처음 봤을 때 서로에게 사로잡혀 숙명처럼 맺어지는 사랑. 정화를 처음 봤을 때 그런 감정은 일지 않았다. 그녀와 나눈 첫사랑의 교감도 외롭고 지친 나날을 보내면서 술에 취해 벌어진 일이었다. 그래서 그녀가 서로를 속박하지 말자고 했을 때 흔쾌히 그러자는 대답까지 했었다.

"낙태는 생각하지도 않았습니다. 정화 혼자 아이를 낳게 할 것인가 아니면 같이 책임질 것인가를 고민했습니다. 참 쉽지 않은 결정이었습니다."

어쩔 수 없이 받아들여야 할 운명 같은 일이라고 결론을 내렸다. 원우는 기뻐하는 정화를 따뜻하게 감싸 안았다. 시간은 벅차게 흘러갔다. 정화의 뱃속에서 무럭무럭 자라나는 아이의 발길질을 보다가 모든 것들이 돌이킬 수 없는 시간에

도달하고서야 원우는 어머니를 찾아갔다.

어머니는 원우의 말을 묵묵히 듣고 나서 늘 그랬듯이 불쑥 한마디 꺼냈다.

"헤어지지 않고 살 자신은 있니?"

원우는 고개를 끄덕였다. 어머니는 다음날 정화를 만나서 같이 살 거면 당장 살림을 합치라고 했다. 두 사람은 어머니의 도움을 받아 방 한 칸에 부엌 하나가 달린 슬레이트집 반지하에 월세를 얻었다. 정화의 배가 눈에 띄게 불러오자 공장에서 해고를 통보했다. 그 시절 공장 풍토 아래서 함께 싸워줄 집단적 힘도 만들지 못했던 정화는 푸념 같은 욕설만 사무실에 퍼붓고 집안에 들어앉았다. 여자아이가 태어나자 원우는 아이의 이름을 '햇살'로 지었다.

"혼자 벌어서 둘이 살기도 벅찼는데 아이까지 생기자 생계가 막막하더군요. 어머니가 많이 도와주셨습니다. 일주일에 한 번은 꼭 오셔서 며칠씩 먹을 반찬을 만들어 놓고 적은 액수지만 생활비도 아내 손에 쥐어 주고 가셨으니까요. 그야말로 생존이 위태로운 시기였습니다. 현장 동료들이 조금씩 돈을 모아 주는 것으로 해고 싸움을 하고 있을 때였거든요. 아내의 생각은 온통 햇살이에게 집중돼 있었죠. 어떻게 하면 햇살이를 누구보다도 더 똑똑하고 훌륭한 사람으로 키울 수 있을까에 골몰해 있었어요. 그러다 보니 숨

막히는 작은 월세방에서 먹고 살기에 급급한 삶에서 벗어나고 싶어 했죠. 아이에게 사주고 싶은 것, 아이에게 보여주고 싶은 것, 아이에게 필요한 환경을 만들어주고 싶은 것들이 자꾸 생겨나자 여전히 끈이 닿아 있는 대학 동료와 선배들이 속해 있는 조직에 도움의 손길을 내밀어 학원으로 진출했죠."

원우는 가족에게 신경 쓸 여력이 없었다. 활동 영역을 넓히면서 햇살이를 어린이집에서 데려오는 시간을 내기도 버거워졌다.

정화는 혼자 생활을 꾸려가는 것이 힘들었다. 아침에 아이를 어린이집에 데려다주고 오후 수업을 준비해 나가야만 했다. 아이를 데려오는 시간도 정해져 있어서 수업 시간을 다른 선생님들처럼 제대로 배당받을 수도 없었다.

그렇다고 원우가 걷는 길을 막을 수도 없었다. 그녀는 원우의 어머니가 올 때마다 하소연했다. 자신들이 현실을 너무 몰랐다면서 원우가 일단 학교로 돌아가 졸업할 수 있으면 좋겠다고 눈물도 흘렸다. 어머니는 정화를 품었으나 원우에게 어떤 말도 남기지 않았다. 점점 두 사람은 얼굴만 마주 보면 다퉜다.

"니가 현실 추종주의자는 되지 말자고 했잖아? 우리 사회가 달라진 것이 없는데 왜 변혁의 길을 꺾어야 하냐고 니가 말했잖아!"

"알아! 하지만 현실이 달라졌잖아! 우리에겐 아이가 생겼잖아!"

"그게 활동을 접고 학교로 돌아가야만 하는 이유니? 왜 내가 학교로 돌아가야 하는데? 아이 핑계를 대지 말고 솔직히 말해 봐. 넌 잘사는 길을 가고 싶은 거잖아? 현실을 핑계 삼아서 니가 비난했던 선배들의 길을 좇아가는 거잖아. 그게 아니라면 지금처럼 우리의 신념을 위해 역할분담을 하면 안 되는 거니? 그래야만 니가 학원 선생으로 사는 의미도 가치가 있는 것 아니겠어? 나도 최선을 다해 활동할게!"

정화와 말다툼했던 수많은 소리가 바람에 날리는 빗줄기처럼 쏟아졌다. 서로에게 상처를 주고 상처 난 자리에 소금까지 뿌렸던 말들. 온몸 구석구석에 쌓여 맹독을 뿜어내는 비수 같았던 말들.

돌아보면 먼지 같은 말들이 왜 그때는 그렇게도 절실했던지……. 히터 열기처럼 가슴이 후끈거리며 달아올라 술기운하고 뒤섞였다. 원우는 검붉게 일그러진 얼굴로 담배에 불을 붙이고 손가락 마디만큼 차창을 열었다. 빗물이 조금씩 차 안으로 튕겨 들어왔다.

회한에 서린 원우의 모습을 지켜보며 찬미도 담배를 물었다. 창문으로 흘러내리는 물방울들 사이로 그 사내가 보였다.

어느 순간부터 늘 우울한 길만 걸었던 사람. 아니, 처음부터 그의 모습은 어딘가 모르게 어두웠다. 사람들이 모여 있는 곳으로부터 늘 멀찍이 떨어져 있던 사람. 그 사내가 어느 날 전화기에 대고 신음처럼 말을 흘렸다.

"사람 발길이 미치지 않는 곳에서 살고 싶은데 너무 늦었어요. 늘 후회만 하고 살아가는 게 사람의 인생인 것 같군요."

물이 말라가는 수도꼭지에서 똑똑 떨어지는 물방울 소리처럼 그 사람의 목소리엔 핏기가 없었다. 그래도 왜 그렇게 힘이 없냐고, 다시 기운을 내서 잘 살아야 하지 않느냐고 한마디도 묻지 않았었다. 자신의 주변에 천길만길 깊은 수렁을 만들어 다가오지 못하게 막았으나 차마 전화 소리까지 차단하지 못했던 사람. 차라리 전화번호도 바꿔버리고 수신을 막아버렸더라면…….

"집을 며칠씩 비울 때마다 아내와 다툼이 거세게 일어났죠. 아이가 자지러지게 우는데도 우리는 싸움을 멈추지 않고 서로의 생각만 내세우기 위해 소리를 바락바락 지르곤 했습니다."

원우는 다 타들어 간 담배를 끄지 않고 또 다른 담배를 꺼내 불을 이어 붙였다. 가슴에 가득 차 있던 벅찬 생각들이 담배처럼 타들어 갔다. 하얗게 피어오른 담배 연기가 빗물이 들어오는 차창을 통해 빗속으로 달려나갔다. 앞 유리만 바라보던 원우가 눈을 감고 고개를 숙이다 다시 들었다. 모래를 씹고 있는 것처럼 그의 입에서 메마른 목소리가 흘러나왔다.

"어느 날, 세상이 무너지는 듯한 소리가 들려왔어요…….
이른 아침에 요란스럽게 전화벨이 울렸습니다. 한 번도 아침에 전화벨이 울린 적이 없기에 소리를 듣는 순간부터 불안해지더군요. 부엌에서 아내가 전화 좀 받으라는 소리에 수화기를 들고 '여보세요' 하는데……."

원우는 눈물이 모여들어 볼이 터질 것처럼 실룩거리자 어금니를 꽉 물었다. 툭 끊어진 말이 입안에 가득해 목이 메었다. 담배를 손가락 사이에 낀 채 주먹을 꽉 쥐어 손등 위의 굵은 힘줄이 시퍼렇게 터질 듯 꿈틀거렸다.

"원우야, 엄마가 죽었어!"

전화기를 울리는 비명 같은 누나의 목소리에 울음이 꽉 차 있었다. 누나는 벌벌 떠는 목소리로 대림 성모병원으로 빨리 오라고 소리쳤다.

"날벼락이었습니다. 정신이 없어서 그게 무슨 말이냐고 물으니 누나는 빨리 병원으로 오라는 소리만 되풀이하더군요. 믿을 수가 없었습니다. 얼마 전 뵀을 때만 해도 건강했던 어머니였는데 돌아가셨다니, 왜?"

원우는 세수도 안 하고 옷만 입었다. 정화에겐 햇살이를 어린이집으로 데려다주고 오라는 소리만 남긴 채 그는 허겁지겁 병원으로 달려갔다.

"충격을 받으면 머릿속이 하얘진다는데 정말 그렇더군요. 무슨 생각을 할 수가 없었습니다. 온통 왜?, 라는 물음만 머릿속에 가득했으니까요. 병원 영안실로 갔더니 동생과 누나가 있더군요. 누나는 나를 붙들고 울고 동생은 나를 쳐다보지도 않은 채 울고 있었죠. 직원이 와서 영안실로 데리고 들어가더니 하얀 천으로 둘러싼 시신 한 구를 꺼내면서 시신이 너무 훼손돼서 잘 씻겨만 드렸다고 말했습니다."

원우는 막걸릿잔을 비우고 눈을 감았다. 불안과 공포로 가득했던 영안실 풍경이 눈앞에 선했다.

"처음엔 직원의 말이 무슨 말인지 몰랐습니다. 그 사람이 끈으로 묶어놓은 시신을 꺼내 지퍼를 열어서 얼굴이 있는 쪽을 열어 보여주더군요."

원우는 말을 잇지 못하고 고개를 숙였다. 형벌처럼 자신의 머릿속에 달라붙어 있던 어머니의 모습이 떠올랐다.

"너무 처참하더군요. 어머니의 양 볼은 심하게 찢겨 있었고 머리 한쪽이 떨어져 나간 듯 함몰돼 있었어요. 나도 모르게 '엄마!'라고 부르며 지퍼를 더 열었죠. 얼굴만 보고도 끔찍해 온몸이 떨리고 죽을 것 같은데 직원이 또 말을 하더군요. 자동차가 고속으로 어머니 허리를 쳐서 갈비뼈들이 모두 산산조각이 났다고요. 도저히 맞출 수가 없었다고 해서 보니까,

어머니의 옆구리가 쑥 들어가 있더군요. 마치 살을 긁어내고 꿰매 놓은 듯 실밥 자국이 지네 발처럼 얼기설기 소름 끼치게 얽혀 있었습니다. 그걸 보니까 몸 안에 있던 모든 기운이 빠져나가더군요. 목이 탁 막혀버려 울음도 나오지 않고 다리가 꺾여서 그냥 주저앉았습니다. 직원이 나를 부축하고 밖으로 나가는데 어머니를 다시 보려고 발버둥 칠 힘도 없더군요. 나는 넋이 나간 채로 질질 끌려나가 누나가 있는 의자에 앉혀졌죠. 그런데 갑자기 여동생까지 내 멱살을 잡고 흔들면서 내가 어머니를 죽였다면서 살려내라고 오열을 하는 겁니다."

조용하고 차분한 성격인 여동생이 독기를 잔뜩 품은 눈을 치켜뜨고 헝클어진 머리카락을 흔들면서 원우에게 달려들었다. 사람도 없던 영안실 복도에 어머니를 부르는 동생의 애절한 목소리가 서럽게 가득 찼다. 영문을 모르는 원우의 맥 빠진 몸이 동생의 손길에 흔들거렸다. 누나가 동생을 떼어내면서 원우를 쳐다봤다.

"원우야, 엄마가 교회 다닌 거 알고 있었니?"

"엄마가 교회를 다녔어?"

원우를 바라보는 누나의 눈에 눈물이 그렁그렁 맺혀 있었다.

"처음엔 이상해서 무슨 바람이 불어 교회 다니냐고 물어봤어. 엄마 성격 알잖아. 말하기 싫으면 절대 입 열지 않는 거. 대답을 안 해서 그러려니 했는데 어느 날 새벽 기도까지 나간다고 해서 내가 화를 냈어. 몸도 힘든데 뭣 때문에 새벽기도까지 나가면서 난리를 치냐고. 그때 딱 한 마디 하시더라. 원우가 힘든 것 같더라, 하고 말이야."

어머니는 3년 전부터 교회를 다녔다고 했다. 그러다가 6개월 전쯤부터 하루도 빠짐없이 새벽기도에 나갔다고 했다. 원우는 어머니가 교회를 나가던 시점이 자신이 공장을 다닌 시기와 맞닿아 있는 것을 알고 신음을 터트렸다. 갑자기 발밑이 툭 무너져내리고 하얗게 페인트칠을 한 병원 복도가 허공처럼 느껴졌다. 그 사이로 험악하게 부서진 어머니의 시신이 둥둥 떠다녔다.

"그날 교통사고도 어머니가 새벽기도를 가시다가 당하신 거라고 했습니다. 누나의 말을 듣는데 차라리 어머니를 따라서 죽고 싶은 충동이 일더군요. 정말 심장이 갈기갈기 찢기고 천길만길 벼랑 아래로 몸도 마음도 끝없이 추락하더군요. 아마 그때 나도 죽었을 겁니다. 동생 말대로 어머니를 내가 죽인 거니까⋯⋯."

가슴에 담아 두었던 말을 꺼내놓자 구멍 난 둑이 터질 때처럼 목구멍 위로 수많은 생각이 치솟았다. 미처 내뱉지 못한 기억 속의 말들이 강바닥을 훑고 있는 거센 강물처럼 몸속에서 요동쳤다. 어머니의 죽음과 함께 모든 의지가 꺾어진 그는 스스로를 고립시켰다. 좀 더 나은 세상을 만들어 보겠다던 결단도 부러진 깃발처럼 먼지 속으로 사라졌다. 마지막으로 본 어머니의 얼굴이 화인처럼 온몸에 새겨져 형틀처럼 목을 조였다. 어머니가 겪었던 고단한 삶들을 벗겨주기는커녕 어머니를 죽이고 말았다는 죄의식이 머리카락 끝까지 달라붙었다. 방구석에 처박혀 온몸을 둘둘 말고 있던 그는 술에 젖어 지냈다.

"자학하지 마. 어쩔 수 없는 일이잖아. 학교로 돌아가. 내가 졸업할 수 있도록 애쓸게. 어머니가 이런 모습 바라시겠어? 니가 행복해지기만을 바랐던 어머니였잖아? 우리 햇살이도 생각해야 하잖아!"

정화는 6개월을 견디며 원우를 설득했다. 하지만 그의 총명했던 눈빛은 점점 빛을 잃어갔다. 말도 잃어버린 사람처럼 입을 다물고 있었다. 퀭한 눈에 고인 체념의 그림자. 시간이 흐르면서 정화의 눈에는 원우가 죽음을 향해 걸어가고 있는 사람처럼 여겨졌다. 처음 그를 봤을 때 다른 사람에게 볼 수 없었던 맑고 순수한 모습도 탁하게 흐려져 있었다. 그녀는 암울한 지하 셋방에서 탈출하고 싶었다. 술과 절망에 찌들어 악취를 풍기는 원우를 더이상 설득하고 싶지도 않았다. 햇살이를 위해서라도 자신의 인생을 위해서라도 어떤 선택을 내려야만 했다.

"뿌리가 뽑힌 나무처럼 돼버렸죠."

앞유리창 밖 예솔암 위에서 소나무들이 위태롭게 흔들리고 있었다. 나무는 한쪽 뿌리가 드러나면 시간이 지날수록 몸통이 기울어져 일어날 수 없었다. 기적처럼 무엇으로부터 도움을 받아 뿌리를 다시 땅속에 내리지 않는 이상 회생 불가였다. 원우는 예솔암 위에 있는 나무 한 그루가 뿌리째 뽑혀 날아가는 환영을 보았다.

"아내는 내게서 생명이 꺼져가는 모습을 봤을 겁니다. 어느 날 아침 출근하면서 그러더군요. 저녁에 이혼서류 갖고 올 테니 그만 끝내자고요."

원우는 술잔을 비우고 다시 채운 뒤 또다시 비웠다. 입을 닫은 채 충혈된 그의 두 눈이 무엇인가를 쫓듯 강렬하게 유리창 밖을 응시했다. 찬미는 원우의 지나온 세월이 아득해 뭔가 위로의 말도 전할 수가 없었다. 차 안은 히터 열기와 상처로 가득한 그의 말들이 뒤얽혀 숨쉬기조차 어려웠다. 그녀는 막걸릿잔을 입에 댄 채 한숨을 흘려냈다.

오랫동안 가슴 깊숙이 봉인해 두었던 정화의 말들이 피를 본 싸움닭의 날카로운 부리처럼 원우의 눈을 쪼아댔다. 원우는 눈을 감았다. 독기가 오를 대로 오른 정화의 표독스러운 얼굴이 자신을 경멸스럽게 쏘아보고 있었다. 원우는 쥐고 있던 종이컵을 구기며 차 문을 열었다. 쏜살같이 빗줄기가 차 안으로 들이닥쳤다. 그는 빗속으로 들어가 문을 닫았다.

"나는 니가 나를 사랑하지 않는다는 걸 알고 있었어. 내가 늘 피임한다고 했지만 거짓말이었지. 왜? 니 아이를 갖고 싶었거든! 난 지방대에 들어갔는데 넌 명문대를 들어갔잖아. 그것도 대한민국에서 가장 좋다는 명문대를 단번에 들어간 니 머리가 부러웠거든!"

길을 잃은 바람이 빗속을 내달리며 울고 날아다녔다. 잘사는 길을 좇아서 신념을 뭉개버렸다는 말에 분노한 정화가 독기를 품고 심장을 물어뜯듯 쏟아낸 말이 원우의 가슴에 뱀의 혓바닥처럼 달라붙어 있었다. 애초에 사랑이 없었던 만남. 서로에게 상처만 남긴 사랑. 원우는 사선으로 내리꽂히는 빗줄기 사이에서 서로를 향해 증오와 원망의 눈길로 마주했던 지난 시절을 바라보며 비틀비틀 걸었다. 찬미가 쫓아나가려다가 멈칫했다. 원우가 걸음을 멈춘 채 하늘을 올려다보고 있었다.

"임신 사실을 알렸을 때 너는 침묵했어. 나는 니가 나를 사랑하지 않아도 나를 안아주고 내 아이를 받아주기를 바랐다구. 근데 너는 일주일 동안 나타나지도 않으면서 나를 비참하게 기다리게 만들고 능멸했어. 매일매일 니가 찾아와 주기를 바라며 가슴 졸이던 내가 얼마나 처참했는지 너는 절대 알 수 없을 거야! 그때 너를 포기하지 못한 게 정말 후회스럽구나. 혹시라도 했던 내 어리석은 기대감이 오늘날 이렇게 죗값을 치르게 할 줄은 정말 몰랐다. 저녁에 들어오면 이혼 서류에 도장 찍어줘. 니 말대로 나는 잘사는 삶을 찾아갈 거니까!"

원우는 그날, 아내보다 먼저 집을 나와 몇 날 며칠을 술에 찌들어 떠돌아다녔다. 무너지지 않으려고 간신히 붙잡은 채 휘청거리던 마음조차 갈기갈기 찢겨 나갔다. 끈을 놓쳐버린 연이 하늘 높이 날아가 건널 수 없는 강 너머 숲으로 사라져 버렸다. 폐허로 변해버린 정신을 설핏 보았을 때, 그는 서울역사 노숙자들 속에 끼어든 자신을 보며 히죽 웃었다. 만드는 건 어렵지만 무너트리는 것은 순식간이라고 그는 노숙자의 삶으로 급속히 빨려 들어갔다.

머리카락도 자르지 않고 입도 닫은 채 노숙자들이 있는 하늘 아래로 이동해 다녔다. 영혼이 빠져나가 흐느적거리는 몸을 끌면서 상처를 입고 때가 덕지덕지 껴도 개의치 않았다. 생존을 위한 본능적 행위는 치열해서 얼마 지나지 않아 노숙자의 삶도 익숙해져 갔다. 주워 피우던 담배를 얻어 피우고 구걸까지 서슴없이 하게 됐다. 그렇게 삼 년 가까이 떠돌다가 시청 지하도에 터를 잡았다.

원우는 구역에 있던 노숙자들이 듣기는 해도 말은 못 하는 반벙어리라고 업신여겨도 고개까지 끄덕거리며 그러려니 했다. 이미 그의 눈에는 '카프카의 벌레'처럼 모든 인간이 벌레와 다름없어 보였다. 일그러진 거대한 사회의 울타리 속에 갇혀 생존하는 방식만 다를 뿐 하찮기도 매한가지라고 치부해버렸다. 그렇게 세상을 조롱하고 세월에 끌려가던 어느 날 새벽, 그는 술에 찌들어 골판지 위에 널브러진 채 신문지를 덮고 자다가 뜻밖의 사건에 맞닥뜨렸다.

첫차가 오기 전 누군가가 됫병짜리 소주를 들고 나타났다. 노숙자들 사이에서 '호구'라고 불리는 사내였다. 그는 키가 작고 몸도 비쩍 말랐다. 왼쪽 다리를 심하게 저는데 말도 어눌했다. 그런 호구에게 술과 담배를 구걸해 오라고 늘 괴롭히는 노숙인 김 씨가 있었다.

호구는 김 씨 곁으로 다가가 절고 있는 다리로 툭툭 치며 그를 깨웠다. 김 씨가 "뭐야, 씨팔!" 하면서 눈을 뜨자 호구는 들고 있던 술병으로 그의 머리통을 순식간에 내리쳤다. 어, 하는 김 씨의 목소리와 퍽, 하고 병이 깨지는 소리에 원우가 흠칫 눈을 떴다. 피범벅이 된 머리를 붙잡고 신음을 흘리면서 엉금엉금 기고 있는 김 씨 앞에 호구가 서 있었다. 원우는 벌떡 일어나 앉았다. 김 씨가 "살려줘, 살려줘!" 하면서 일어나고 있었다. 호구의 몸에서도 김 씨의 몸에서도 석유 냄새가 진동했다. 그때였다. 호구의 손에서 라이터 불빛이 튕겨

올랐다.

"엄마!"

호구의 입에서 단말마의 비명이 터지면서 불길이 확 치솟았다. 호구는 김 씨를 붙잡으려고 불길에 휩싸인 채 몇 걸음 걷다가 나무토막처럼 쓰러졌다. 어두침침한 지하도를 불길이 환하게 밝히자 노숙인들 열댓 명이 모두 일어났다. 그들 모두 불길을 피해 뒤로 물러날 뿐 아무도 불을 끄려고 달려들지 않았다. 검은 연기와 함께 불길이 계속 넘실거렸다. 살을 태우는 역한 냄새가 지하도 안에 진동했다.

그날 원우는 새벽 거리를 한없이 걸었다. 호구가 마지막으로 불렀던 엄마라는 이름이 끝도 모를 눈물을 불러왔다. 걸으면서 울고 주저앉아 울고 날이 환하게 밝아오자 공원 풀숲에 들어가 지치도록 울었다. 푸르른 하늘을 볼 수가 없어서 고개를 떨군 채 죽을 듯이 울었다.

노숙인 생활을 청산했다. 머리도 자르고 면도도 하고 아파트 단지를 돌아다니며 깨끗한 옷을 주워 입었다. 그렇게 마음을 다잡아가면서 새벽이면 지하철 역사로 들어가 세수하고 인력시장으로 나갔다. 그러면서 몇 번 가게 된 서울 변두리 돼지농장 주인의 눈에 들어 그곳에서 막사를 치우며 머물게 되었다.

축사는 마을에서 멀찍이 떨어진 산 중턱에 있었다. 이백여 마리의 돼지들이 모여 있는 냄새 나는 막사 작은방에서 혼자 지냈다. 돼지가 새끼를 낳으면 탯줄을 끊어주고 병에 걸리지 않게 예방주사도 놔줬다. 처음엔 돼지 배설물 냄새가 역했으나 시간이 지나면서 그의 몸에서도 돼지 냄새가 났다.

낮에 막걸리 한 병을 사뒀다가 저녁이면 조금씩 마셔가며 잠을 청했다. 모든 것들을 기억에서 지우고 싶었다. 그냥 주어진 삶을 살다 가면 그만일 뿐이라고 여겼다. 하지만 정신이 점점 맑아지자 지나온 나날들이 지독한 그리움과 외로움을 불러왔다. 햇살이의 웃는 모습도, 공장 동료들도 누나와 여동생도 보고 싶었다.

그리워할수록 외로워할수록 눈물만 가슴에 고였다. 그러다가 마지막으로 본 어머니의 모습이 떠오르면 그 죄를 어떻게 갚을 수 있나 싶어 신음을 흘리며 고통스러워했다. 평생을 가난에 쪼들리다 죽음까지 처참하게 맞은 어머니의 마지막 모습이 원우의 목에 형틀을 걸었다. 만신창이가 된 상황에서도 편안히 감겨 있었던 어머니의 눈은 오히려 죽음이 안식처가 됐다는 듯 고요했었다.

어머니의 죽음 앞에서 그리움과 외로움은 또 다른 형벌이었다. 원우는 어깨를 축 늘어트리고 빗속을 몇 걸음 걸었다. 폭우처럼 밀려온 지나간 시간이 온몸 구석구석에서 생살을 찢는 가시로 돋아났다. 그는 멈춰 섰다가 그 자리에 털썩 주저앉아 웅크린 채 고개를 두 무릎 사이에 파묻었다.

원우를 지켜보던 찬미는 우비를 입고 지퍼를 올린 뒤 우산을 들고 나갔다. 그녀는 원우의 곁으로 다가가 우산을 씌어주고 곁에 무릎을 꿇고 앉았다. 원우의 어깨가 흐느끼며 들썩거리자 그녀는 원우의 머리를 손으로 감싸고 가슴에 품었다.

한 사람의 상처를 오롯이 이해하고 함께 느낄 수 없다는 걸 찬미는 경험으로 알고 있었다. 텅 빈 모래밭에 비에 젖고 있는 원우가 안쓰러웠다. 그의 상처를 조금이나마 덜어주고 싶은 마음이 가득했으나 어찌할 바를 몰라 따뜻하게 안아주기만 했다.

'너만 괜찮으면 됐다.'

우산 위로 떨어지는 빗소리가 어머니의 목소리를 불러오자 원우는 아득해졌다. 자신의 머리를 쓰다듬었던 어머니의 따뜻한 손길이 그리워 찬미의 가슴을 파고들었다. 찬미는 흠칫했으나 슬픔을 이겨내려는 그의 몸부림으로 여겼다.

"괜찮아요. 시간이 좀 더 흐르면 괜찮아질 거예요."

찬미는 원우의 뒷머리를 매만지며 나직이 말했다. 그때 원우의 손이 우비 지퍼를 잡고 쏜살같이 내려갔다. 찬미는 당황했으나 제지하지 않았다. 우비가 펄럭거리며 바람에 휘날리자 그녀의 허벅지와 하얀 브래지어가 드러났다. 원우는 어머니의 젖을 찾는 아이처럼 그녀의 가슴에 얼굴을 묻고 비벼 댔다. 사방이 꽉 막힌 어둠 속에서 한 줄기 빛을 본 사람처럼 그 빛을 찾아 달려가기 시작했다.

찬미가 쥐고 있던 우산을 놔버렸다. 하얀 비닐우산이 바람에 휘날려 날아갔다. 원우는 찬미를 모래밭에 눕히고 더욱 거세게 그녀의 가슴을 파고들었다. 빗줄기가 두 사람의 몸 위에서 물보라를 일으켰다. 찬미는 혼미해지는 정신을 붙잡고 감았던 눈을 떴다. 뒤집힌 우산 위에서 외롭게 비를 맞고 있는 손잡이가 그 사람의 형상처럼 서 있었다.

이태리 꼬모호수에서 처음 만난 그날 오후도 빗줄기가 수평선 위를 가득 채웠었다. 그 남자는 오른쪽 어깨에 비를 맞아가며 우산대를 쥔 채 자신을 뚫어지게 쳐다보았다. 생전 처음 본 아름다운 꽃 앞에서나 지을 수 있는 미소로 자신을 쳐다보던 그 남자를 안고 싶다는 충동에 휩싸인 찰나의 순간, 그 남자가 우산을 허공에 던져버렸다. 그 무엇도 막을 수 없다는 듯이 빗속에서 그 남자가 자신을 끌어당겼다. 그 남자의 입술이 자신의 입술을 덮으면서 몸에 감춰져 있던 모든 욕망이 한꺼번에 터지고 사랑이 시작됐었다.

끝끝내 자신에 대한 사랑을 간직한 채 대문 옆에 쓰러질 듯 서 있었던 그 사내의 손길이 아련히 피어났다. 그와 함께 잡고 거닐기도 하면서 우산 손잡이로 전해졌던 따뜻한 온기가 애처롭게 비를 맞으며 그녀의 가슴을 헤집었다.

찬미는 고개를 저었다. 원우가 거친 숨결을 몰아쉬며 찬미를 내려다보았다. 처마 끝에서 속절없이 떨어지는 빗물처럼 그의 머리와 몸을 적신 빗물이 찬미의 몸으로 떨어지고 있었다. 고개를 젓고 있던 찬미가 원우의 가슴에 손바닥을 댄 채 밀면서 얼굴을 오른쪽으로 돌리고 눈을 감았다. 원우는 그녀의 손바닥에서 꼼짝도 하지 않는 커다란 바위의 무게를 느꼈다.

자신의 돌발적인 행위로 인해 찬미와의 관계가 끊어질 수도 있다는 절망감이 밀려왔다. 바람은 거칠게 몸을 할퀴고 빗줄기는 매몰차게 등을 때렸다. 머리카락 끝까지 치달았던 격정적인 욕망이 순식간에 사그라들었다. 원우는 새까맣게 그을린 가슴을 움켜쥐며 찬미의 몸에서 떨어져 나와 그녀 옆에 누웠다. 세찬 빗줄기가 그의 얼굴 위로 사정없이 떨어져 내렸다.

"미안해요, 미안해요……."

여운을 남기고 떠나가는 선율처럼 강 건너 숲이 애달프게 울며 지나갔다. 비닐우산이 다시 뒹굴며 점점 더 두 사람의 곁에서 멀어져 갔다. 산기슭을 휘젓고 내려온 섬강의 황톳빛 강물이 남한강을 만나 요동쳤다. 섬강을 따라 병풍처럼 이어져 있는 산 숲에서 나무들이 술렁거리며 우수수 옆으로 쓰러지고 있었다. 바람에 이끌려 휘청거리는 나무들처럼 원우도 떨고 있었다.

3부
부론강 연가

1.

 태풍이 뒷모습을 남기며 떠나가고 있었다. 밤늦도록 퍼부어댄 폭우로 시퍼렇게 멍이 든 여명을 씻어내는 바람이 숲 사이를 떠다니며 부드럽게 나뭇잎들을 흔들어댔다. 무리를 이룬 회색 구름이 북쪽으로 떠밀려가고 구름 사이로 밝은 빛들이 모여들었다. 흥호리 마을 뒷산 위에서 하루를 여는 지관의 목소리가 메아리치자 부론면 예술인들이 한 명 한 명 마을 논 위로 모습을 나타냈다.
 폭우를 이기지 못한 벼들이 누워 있었다. 알록달록한 몸뻬바지를 입고 나타난 예술인들이 논둑 위에서 심란한 표정으로 쓰러진 벼를 바라보았다.

"자, 우리의 거룩한 생명의 젖줄을 일으켜 세웁시다!"

예술인들은 오 년 전부터 공동으로 농사를 지어왔다. 자급자족이 가능하면 이윤 추구에만 혈안이 돼 있는 자본의 탐욕으로부터 조금은 자유로울 수 있다는 판단에서였다. 그들은 먹거리만은 자연에서 찾고 쓸데없는 소비는 줄여가는 삶을 선택해 왔다.

"어화 어루, 상사디여, 여로농부들어, 어화 농부들 말 들소!"

논둑 위에 서 있던 재호가 흥겨운 굿거리장단에 맞춰「자진농부가」를 부르며 몸을 흔들자 지관이 함께 나섰다.

"부귀와 공명을 탐치 말고, 고대광실을 부러 마소, 오막사람이 가지가지라도, 태평성대가 비친다네, 어화 어루, 상사디여!"

소리를 주고받는 두 사람의 목소리가 주점 앞 너른 들판 위로 쩌렁쩌렁 울려 퍼지자 예술인들의 어깨도 들썩거렸다.

"어화 어루, 상사디여, 여로농부 들어, 어화 농부들 말 들소!"

양 박사가 그 뒤를 이어 목청을 뽑자, 지관이 옳지!, 하며 추임새를 넣었다.

"담배 한 개비 값도 안 되는 밥 한 공기 쌀값, 이십 년 전과 똑같은 쌀값. 어떤 정부가 들어서도 똑같으니, 불쌍하도다, 불쌍해. 정치꾼들에게 베어진 벼들의 목숨, 우리가 일으켜 세워 잘살아보세! 어화 어루, 상사디여!"

"어화 어루, 상사디여!"

예술인들이 한목소리로 외치는 가운데 지관이 덩실덩실 춤을 추며 논으로 발을 내딛자 모두가 뒤를 따라 들어갔다. 그들은 미리 주머니에 넣어 준비해온 노끈을 하나씩 뽑아 쓰러진 벼를 가슴으로 안아 묶어 일으켜 세우기 시작했다.

남한강 위로 가마우지 떼가 검은 물결처럼 강물을 거슬러 날아갔다. 산 숲에서 새벽을 쪼아대던 새들이 날아오르고 나뭇잎들은 싱그러운 기운을 들판 위로 퍼트렸다. 예술인들은 벼를 묶어 세우다가 허리가 아프면 몸을 바짝 세우고 한마디씩 던졌다.

"오늘 오후, 버들치에 한잔합니다!"

농촌 사람들은 더이상 산이나 물에서 무엇인가를 얻으려고 하지 않았다. 먹을 것이 부족했던 시절이 지나고 상점에 공산품들이 쌓이면서 그들 역시 편한 것에 익숙해졌다. 같은 나물이라도 텃밭에서 키우는 것과 산에서 자란 것은 맛과 향은 물론이고 영양소까지 달랐다. 그 맛을 누구보다도 잘 아는 농촌 사람들이었으나 밭일 농사일로 지친 몸은 산과 물을 찾으려 하지 않았다.

예술인들은 봄이면 나물을 함께 따고 산에서 채취할 수 없는 채소는 텃밭에서 키우며 먹거리를 채웠다. 가끔 특별한 것을 안주 삼아 술을 나눌 땐 삽을 들고 미꾸라지를 잡으러

나갔다. 농촌 사람들 손에서 멀어진 버들치도 그들에게 특별한 음식이 되었다.

버들치는 일급수에서만 사는 물고기였다. 양 박사는 논으로 나오기 전 마을 하천에 통발을 넣고 왔다며 헛기침을 했다. 예술인들은 하루만 통발을 담가놔도 버들치들이 우글거리며 잡힌다는 걸 잘 알고 있었다.

통발에 가득 채워진 버들치들은 오랫동안 사람의 손을 타지 않아 크고 통통했다. 새끼들은 물론 웬만한 크기의 버들치들을 다시 개울로 보내주고도 배부르게 나눠 먹을 충분한 양이 되었다. 예술인들은 양 박사를 칭찬하며 입맛을 다셨다. 버들치는 민물새우와 함께 매운탕을 끓여도 일품이고 튀김을 하면 술안주로 최고였다.

들판을 날아다니는 신이 난 바람이 예술인들의 몸뻬바지에 착 달라붙었다. 그들의 동작을 재촉하듯 회색 구름 사이로 아침 햇살이 모여들었다. 예술인들은 자신들의 논에 쓰러졌던 벼를 세운 뒤 홀로 애쓰고 있는 다른 논들의 노인들을 도와가며 알곡이 들어차고 있는 벼이삭에 힘을 불어넣었다. 어깨를 걸고 죽어가는 벼를 살려내는 생명의 힘이 넘치는 부론면 하늘 위로 태양이 점점 제 모습을 드러내고 있었다.

찬미의 얼굴이 구름 사이로 나온 햇살처럼 빛났다. 그녀는 복실과 함께 예술인들의 아침을 주점에 준비해 놓고 장비를 챙겼다. 원우는 나무할아버지와 아침을 먹은 뒤 찬미의 손에 이끌려 그녀의 차에 올라탔다.

자동차가 움직이자 태풍의 꼬리가 남긴 상쾌한 바람이 차창을 넘실거렸다. 마을 앞 다리를 건너 부론 중심거리를 향해 좌회전하자 길옆에 최 이장의 트럭이 있었다. 중심거리를 거쳐 귀래로 넘어가는 도로는 한가했다. 찬미는 속도를 높여 달렸다. 그녀의 차는 십 분도 안 돼서 거돈사지 앞에 당도했다.

카메라를 목에 걸고 찬미가 천년 느티나무를 향해 합장했다. 비바람에 몸을 씻은 느티나무 잎들은 생기가 넘쳐흘렀다. 원우는 찬미가 챙겨달라는 가방을 쥔 채 그녀의 뒷모습을 바라보았다. 하늘거리는 꽃송이처럼 가냘픈 뒷모습. 원우는 불현듯 모래밭에서 그녀의 몸을 파고들던 순간을 떠올렸다. 그리고 곧장 자신을 밀쳐내던 강력한 손바닥의 힘도 느꼈다. 그는 긴 한숨을 토해내며 하늘을 올려다봤다. 바람에 떠내려가는 회색 구름 뒤로 밝은 햇살이 쫓아오고 있었다.

"이 길 이름이 '어제길'이에요."

거돈사지 원공국사 탑비 앞에서 길은 두 갈래로 갈라졌다. 오른쪽 길은 정산저수지로 올라가는 길이었고 왼쪽으로는 거돈사지를 끼고 현계산으로 올라가는 길이 있었다.

"이름이 독특하군요. 왜 어제길입니까?"

"임금 '어(御)' 자를 써요. 그러니까 임금이 다녔던 길이라는 뜻이겠죠. 아마도 법천사에 왔던 임금이 거돈사까지 왔던 게 아닐까 싶어요. 이 산길을 넘어가면 법천사로 이어지거든요. 아무튼 이걸 제대로 이해하려면 법천사는 물론 홍원창을 가서 보고 알아야 해요."

두 사람은 산과 산 사이로 나 있는 포장된 길을 따라 올라갔다. 소의 등처럼 순한 오르막길엔 걱정도 근심도 없이 고요만 가득했다. 하늘 섬처럼 둥둥 떠 있는 회색 구름이 산을 넘어가면서 태양을 가릴 때마다 산길은 희비가 엇갈리는 인생의 그림자처럼 어두웠다가 밝아졌다.

오르막 산길 중턱에 전원주택 한 채가 있었다. 그 집까지만 아스팔트로 포장돼 있었고 위쪽으로는 포장을 위한 길이 닦이고 있었다. 이십여 분쯤 땀을 흘려가며 오르자 정상에 다다랐다.

길 꼭대기에 올라서니 사방이 환하게 열렸다. 거침없이 허공을 달리던 바람이 상쾌하게 몸의 열기를 쓸고 지나갔다. 발밑으로 구불구불 이어진 텅 빈 내리막길이 햇볕에 몸을 말리며 여유롭게 흘러 부문재 위로까지 올라가고 있었다. 부문재 고개 너머 고려의 왕건이 서 있었다는 문막의 산, 건등산이 늠름하게 솟아나 있었다.

"가슴이 확 트이죠?"

"네……."

"어, 목소리가 아니라고 하는데요? 가슴이 꽉 막힌 목소리 잖아요. 이 기사님, 정상에서도 이러시면 안 되죠. 목소리에 힘을 좀 팍팍 줘보시라니까요."

원우가 멋쩍게 웃으며 바람에 헝클어지고 있는 머리카락을 쓸어넘겼다.

"어제는 정말 미안했습니다."

"아, 뭐야? 여기서 왜 어제 얘기가 나오는데요? 어제 무슨 일 있었던 거예요?"

찬미는 원우와 나란히 서 있던 몸을 돌려세웠다. 그녀는 원우의 옆얼굴 턱 밑으로 바짝 자신의 얼굴을 들이밀었다. 원우가 슬그머니 반 발자국 옆으로 물러섰다. 찬미가 터질 것 같은 웃음을 입안에 가득 문 채 고개를 돌렸다. 그녀는 카메라를 들어 산길과 부문재를 찍고 부론에서 건등산으로 첩첩이 이어지는 산들을 사진으로 담았다.

공사는 많이 진척돼 있었다. 산 아래까지 포장을 위한 기초작업은 거의 끝난 상태였다. 찬미는 내려가는 길 중간쯤에서 걸음을 멈추고 왼쪽 계곡을 따라 올라가는 길로 꺾어졌다.

"어때요? 근사하죠? 여기는 황금박쥐 동굴이랍니다."

물이 마른 계곡을 따라 오십여 미터쯤 걸어 올라가자 널따란 공터가 나왔다. 공터 한쪽 끝에 동굴이 있었고 동굴 옆 깎아지른 듯한 바위에서 물이 졸졸 흘러내렸다. 물길에 파인 커다란 웅덩이가 동굴 앞에서 연못처럼 물을 가두고 있었다.

"가방을 열고 손전등을 꺼내세요."

찬미는 동굴 주변을 찍으면서 말했다.

"들어와 보세요. 으스스한 찬바람이 끝내줘요."

동굴 입구 바닥에 오래된 초록빛 이끼가 졸졸 흘러나오는 물줄기를 따라서 돋아나 있었다. 동굴의 높이는 이 미터가 조금 넘는 듯했고 넓이도 사람 서너 명이 들어갈 정도였다. 안에서부터 물이 흘러나오고 있어서 걸을 때마다 찰박찰박 물 밟는 소리가 났다.

"일제 강점기 때 금광이었던 곳이래요. 손곡리는 금이 많이 나서 여러 개의 금광 동굴이 아직 남아 있죠. 그런데 몇 년 전 이 동굴에서 황금박쥐가 발견된 거예요. 그래서 황금박쥐 동굴이라고 불리고 있죠."

원우는 손전등으로 사방을 비춰댔다. 냉풍기를 틀어놓은 듯한 바람이 어둠으로 꽉 들어찬 동굴 안에서부터 불어 왔다. 십여 미터쯤 들어갔을 뿐인데 손전등으로도 주변이 밝아지지 않았다. 걸음을 옮길수록 물이 조금씩 많아졌다.

"여기서 쭉 들어가면 세 갈래 길이 나와요. 그쯤 가면 물이 가슴까지 차오르죠. 수영할 줄 아세요?"

"네. 조금 합니다."

"그럼, 신발 벗고 들어가 보세요."

느닷없는 찬미의 말에 원우는 멈칫했다. 그는 찬미가 자신에게 장난을 거는 것 같아 대답 대신 손전등으로 그녀의 얼굴을 비추며 웃었다. 찬미는 눈이 부셨으나 당돌하게 눈을 홉뜨고 원우에게로 다가갔다. 거침없는 그녀의 행동에 당황한 원우가 얼른 손전등을 다른 곳으로 돌렸다. 이미 찬미는 원우의 곁으로 바싹 다가서 있었다.

"죽고 싶을 때 여기 온 적 있어요. 손전등도 없이 와서 옷을 다 벗고 물속으로 들어갔죠. 죽었으면 좋겠다고 했는데 얼음물처럼 차가운 물이 정신을 바짝 들게 만드는 거예요. 온몸이 떨렸지만 이를 악물고 수영을 했어요. 조금 지나니까 오히려 정신이 맑아지고 힘이 생기더라구요. 이 기사님은 혹시 소망하는 게 있으세요?"

찬미의 목소리에 섞여 나온 따뜻한 숨결이 원우의 입가에서 돋아났다. 어두운 동굴 안에서 햇볕을 한 번도 보지 못한 무언의 바람 소리가 두 사람 사이를 스치고 지나갔다. 원우는 찬미의 물음이 무엇을 뜻하는지 어렴풋이 느꼈지만 대답할 말이 떠오르지 않았다. 그냥 그녀의 따뜻한 마음을 깊이 끌어안고만 싶다는 열망만 차올랐다.

"글쎄요……."

"그럼, 이 순간 기사님 마음은 무엇을 원하고 있나요? 생각하지 말고 말해보세요!"

서로의 얼굴도 잘 보이지 않는 어둠 속으로 찬미의 목소리가 야멸차게 스며들었다. 원우가 쥐고 있는 손전등 불빛이 동굴 바닥으로 떨어졌다. 신발 바닥을 적시는 물이 동굴 밖으로 졸졸 흐르고 있으나 물소리는 들리지 않았다. 그녀를 향해 내뻗으려던 원우의 손이 움직이지 못하고 바짝 긴장만 하고 있었다.

"춥네요, 밖으로 나가요."

환한 빛이 머무는 동굴 입구로 찬미가 걸음을 옮겼다. 원우는 어지럽게 얽혀 있는 말들이 목에 걸려 숨이 막힐 것 같았다. 그는 긴 한숨을 토해내면서 뒤따라 나갔다.

"몇 년 전 동네 예술인들과 이곳에 와서 삼겹살을 구워 술 마셨어요. 얼마나 맛있던지 술도 취하지 않더군요. 그때도 내가 제안을 했어요. 수영하고 나오는 사람에게 오백 원 주겠다고. 그때는 오백 원이 유행이었거든요. 근데 아무도 못 들어가는 거예요. 그러니까 기사님도 맘 상해하지 마세요. 남자들이 더 소심한 거 다 알거든요."

축축 늘어진 버드나무 가지들이 하회탈처럼 웃듯이 찬미의 얼굴에도 웃음 주름이 잡혔다 풀렸다. 얇은 책 두께 정도로 소리 없이 어둠을 헤치고 나온 물줄기들이 동굴 입구로 모여든 햇살을 받아 반짝거렸다. 찬미와 원우의 얼굴을 감싸고 있던 그늘도 햇볕이 밝게 씻어놓았다. 농구장 넓이 정도 되는 동굴 밖 평평한 땅 위로 올라서자 나무로 빙 둘러싸여 있는 하늘이 파랗게 깊어져 있었다.

산 아래로 내려오자 손곡저수지였다. 저수지 위로 명상에 들어 있는 송정암이 앉아 있었고 서너 개의 펜션이 예쁘게 단장하고 모여 있었다. 회색 구름은 옅어지고 흐트러져 하늘이 온통 푸르른 빛으로 감돌았다. 저수지에서 흘러내리는 물이 마을을 거쳐 강으로 흘러갔다. 군데군데 쌓아놓은 보에 갇힌 물속에서 수백 마리의 버들치들이 자유롭게 유영하고 있었다. 법천리 마을에서 법천사로 들어가는 하천 다리에 다다르자 느티나무 한 그루가 눈에 확 들어왔다.

"저기가 법천사에요."

법천사는 한눈에 담을 수 없을 만큼 넓었다. 발굴을 끝낸 터를 큰 울타리 작은 울타리를 치듯 쌓아놓은 산석들이 오랜 세월의 디딤돌처럼 끊임없이 이어져 있었다. 찬미는 카메라를 들고 이리저리 자세를 잡아가며 쉴 새 없이 셔터를 눌러댔다.

"저 느티나무 정말 괴기스럽게 보이지 않나요?"

"신묘한 느낌이 듭니다."

"그거 아세요? 저 느티나무 몸통 속이 텅 비어 있는 거?"

"네. 봤습니다."

"안개 낀 새벽에 여기 오면 느티나무 속에서 나오는 동자승을 만날 수 있대요. 동자승이 무얼 하는지, 느티나무 속으로 들어갔다가 나왔다가 하면서 바쁘게 움직인다는 거예요. 물론 뻥이겠지만 저 나무를 쳐다보고 있으면 그럴 것도 같다니까요."

"그럼 새벽에 날 잡아서 오시죠?"

"어머, 그럴까요?"

두 사람은 함께 웃다가 찬미가 말을 이었다.

"부론면엔 특별한 느티나무가 네 그루가 있어요. 천 년이 된 거돈사지 느티나무, 단종이 유배길에 머물다 갔다는 단강리 초등학교에 있는 육백 년 된 느티나무, 부론면 버스정류장 앞에 있는 이백오십 년 된 느티나무. 그리고 정류장에 있는 것과 나이를 똑같이 먹은 저 느티나무죠. 아무튼 가장 나이가 어린 저 느티나무가 가장 오래된 모습처럼 폭삭 늙은 이유가 뭘까요? 마을 수호신 같은 느티나무들은 정말 기이한 수도승 같아요."

경전을 펼쳐놓은 듯한 거대한 평지를 사천왕이 지키고 있는 것처럼 법천사는 네 개의 산으로 둘러싸여 있었다. 산과 산이 교차하는 곳은 불교의 가르침을 얻기 위한 사람들의 발걸음이 닿도록 터져 있었다. 수많은 사람이 들락거리면서 그곳들은 길이 돼 있었다.

　발굴 전 법천사를 가로질렀던 도로는 절터 외곽으로 옮겨졌다. 손곡저수지에서 흘러오는 하천은 휘어진 외곽도로를 따라서 남한강으로 나아갔다. 도로와 하천 사이에 초승달처럼 만들어 놓은 길고 커다란 연못을 우산처럼 펼쳐져 있는 연꽃잎이 뒤덮고 있었다. 고요한 햇살이 뒤늦게 핀 백련과 홍련 위로 내려앉아 마음의 때를 맑게 씻어주고 간간이 한 떼의 바람이 몰려와 텅 빈 절터 위에 알 수 없는 말들을 쏟아놓았다.

　두 사람은 외곽도로를 따라서 걷다가 법천사지 가운데쯤에서 걸음을 멈췄다. 찬미는 사진을 찍고 원우는 수십 개의 집터처럼 돌로 울타리를 경계 지어놓은 발굴터와 봉명산을 바라다봤다. 봉황의 소리를 간직하고 있는 봉명산 아래 국보 59호인 지광국사 현묘탑비가 흐릿하게 눈에 들어왔다. 두 사람은 발굴터를 지나 탑비를 향해 걸음을 옮겼다. 산 중턱 탑비로 올라가는 길은 석축으로 구분해 놓은 절터들이 계단처럼 층층이 이어져 있었다.

　"여기가 해린 스님의 현묘탑이 있던 자리에요."

　고려의 고승 지광국사의 본명은 해린이고 원주가 고향이었다. 그는 신라 때 세워진 법천사에서 승려가 되어 여러 사찰을 일으켜 세웠다. 화엄종과 쌍벽을 이루던 법상종을 크게 번창시키며 문종 때 왕사, 국사의 칭호를 얻은 뒤 다시 법천사로 돌아와 열반한 분이었다.

현묘탑은 일제 강점기 때 도난당했으나 반환을 받아 경복궁에 있었다. 전 세계에서 가장 아름답고 화려한 탑 중의 하나로 알려진 승탑은 파손된 부분을 수리해 2021년 법천사로 돌아올 예정이었다. 마을 사람들은 탑이 돌아오면서 지광국사의 불심이 부론에 다시 세워질 것을 기대하고 있었다.

원우는 탑비를 받치고 있는 거북의 몸을 가진 용의 얼굴을 바라보았다. 탑이 있던 빈자리를 수십 년 동안 뚫어지게 응시하고 있는 용의 얼굴은 금방이라도 불을 뿜어낼 듯이 이빨을 드러내고 있었다. 부릅뜬 눈은 탑을 훔쳐간 자들을 향해 분노하고 있었고 탑을 도난당한 어리석고 무능한 자들을 꾸짖듯이 형형한 빛을 쏘아대고 있었다. 원우는 용의 눈이 가리키고 있는 남한강 쪽으로 고개를 돌렸다. 탑비 맞은편 남한강을 가리고 있는 산 뒤로 허리만큼 올라와 있는 큰 산이 부처의 얼굴처럼 솟아올라 자신을 굽어보고 있었다.

원우는 흠칫, 눈을 감았다. 어디선가 날아온 바람 한 자락이 그의 얼굴을 스치자 눈을 뜨고 고개를 들었다. 신기하게도 탑비가 서 있는 절터 주변만 소나무들이 빙 둘러 감싸고 있었다. 봉황이 날아오른 듯 바람이 거세지자 소나무들이 술렁거렸다.

솔숲에서 일어난 바람이 독경 소리처럼 들려왔다. 원우는 가만히 눈을 감은 채 소리에 흔들리다가 이상한 느낌이 들어 가물거리는 눈을 떴다. 자신이 지나왔던 발굴터 위로 수많은 형상이 환영처럼 나타나 자리에 앉고 있었다. 오래전 사찰로 전기 공사를 갔다가 우연히 보았던 오백 나한들이었다.

먼 기억들이 솟구치는 바람 소리를 따라서 이어졌다. 오백 나한 앞에서 주체할 수 없이 눈물을 흘렸던 순간이 되살아나자 원우는 찬미를 향해 고개를 돌렸다.

"그만 내려가도 됩니까?"

찬미는 허리를 굽혀 용머리를 마주 보며 사진을 찍고 있었다. 그녀는 카메라를 내리며 일어섰다.

"이 기사님, 이 용의 눈을 보면서 생각나는 게 없었나요? 난 이상하게 이 용 눈만 보면 거돈사지에 있는 좌불대가 생각나요. 그 좌불대 위에 커다란 청동으로 만든 부처님이 앉아 계셨다고 역사학자들이 추정하고 있거든요. 그렇다면 절은 불에 탔더라도 부처님은 남아 있어야 하잖아요. 거대한 화강암으로 만들어진 좌불대는 그대로 있는데 그 무거운 청동 부처님만 없어졌잖아요. 도대체 거돈사지의 부처님은 어디로 사라진 걸까요?"

찬미가 원우를 향해 몸을 돌리며 말을 이었다.

"누군가가 훔쳐가서 여태껏 숨기고 있는 걸까요? 전 차라리 그랬으면 좋겠어요. 일제 강점기 때 일본 놈들이 놋쇠라면 숟가락까지 뺏어갔다고 하잖아요. 그놈들이 부처님을 가져다가 총알 만든 게 아닌가 하는 생각이 들면 너무나 끔찍하다니까요. 세상에 부처님을 녹여 총알을 만들다니! 아, 제발 이 소름 돋는 생각 좀 거둬주세요, 용머리님!"

찬미는 짓궂은 표정으로 머리를 흔들다가 핸드폰을 열었다. 부론면에 한 대 있는 택시를 오라고 한 뒤 당간지주 쪽으로 걸음을 옮겼다. 오랜 세월 속에서도 원형 그대로 보존돼 있는 당간지주가 예를 갖춘 신랑신부처럼 서로를 바라보며 인사를 나누고 있는 듯했다. 두 사람은 당간지주를 보고 난 뒤 택시를 타고 찬미의 차가 있는 거돈사지로 향했다.

찬미는 흥원창으로 차를 몰았다. 남한강은 여전히 거세게 흐르고 있었다. 강바닥까지 뒤흔들렸던 강물은 온몸의 때를 다 씻어내지 못했는지 성난 흙탕 물결이었다. 한적한 시골 산길 같았던 섬강도 모래밭까지 물길을 넓혀 세차게 은섬포로 달려왔다. 강과 함께 이어진 산 숲은 온통 선명하고 짙푸른 초록빛으로 출렁거렸다. 두 물줄기가 만난 은섬포는 드넓은 평야처럼 펼쳐져 있었다. 두 사람은 자전거도로 위에 서서 강물을 내려다봤다.

"남한강과 섬강이 만나는 이곳 형상이 두꺼비 모양을 닮았다고 해서 은섬포라고 해요. 이곳에 또 나라 세금으로 보낼

쌀을 보관했던 조창이 있어서 흥원창으로 불리지요. 예전엔 아마도 우리가 서 있는 이런 둑도 없었을 거예요. 어쩌면 우리가 서 있던 곳에 주막이 있었을 것이고, 여관이 있었을 거예요. 돛단배 이삼 백 척이 들어왔던 포구니 얼마나 많은 사람이 들락거렸겠어요. 우리 등 뒤에 있는 산 밑에까지 사람들이 많이 살았을 것 같지 않나요? 여기는 바다가 없으니 소금을 가져오는 사람들, 생선을 팔러오는 사람들도 왔을 것이고 포목상들도 많이 찾아왔을 거예요. 옛사람들이 분주하게 움직이는 발걸음 소리가 들리죠?"

"그러네요. 술 마시고 싸우는 사람들, 흥정하다가 다투는 사람들 목소리도 들리는 것 같습니다."

"오! 이제 귀가 열리셨군요."

찬미가 바람에 나부끼는 머리카락을 두 손으로 매만지며 웃었다.

"법천사지는 고려 때 화엄종과 더불어 양대산맥을 이루었던 법상종이 크게 일어난 곳이었대요. 왕들이 권좌에 앉기 전에 이곳에 와서 자문을 듣고 갈 정도로 대단히 권세가 높았던 절이었죠. 얼마나 많은 이들이 법천사에 들락거렸는지 법천사 앞으로 흐르는 개울에 쌀뜨물이 마를 날이 없었다는 거예요. 그랬던 법천사가 조선의 불교 억압 정책 때문에 기세가 꺾이죠. 그 대신 조선의 문사들이 그곳에 터를 잡기 시작했어요. 조선 초기 류방선이 법천사에서 한명회, 권람, 서거정 같은 인물들을 배출하기도 했죠. 얼마나 많은 선비가 유학을 배우기 위해 법천사에 모여들었는지 늘 이삼백 명이 법천사에 머물렀다고 하더군요. 그것뿐만이 아니에요. 법천사 뒤로 장뜰이라는 마을이 있는데 그곳에서도 이삼백 명이 머물렀고 거돈사지에도 이삼백 명이 늘 있었다고 전해지고 있더군요. 어때요? 그 옛날 부론이라는 곳의 실체가 느껴지시나요?"

찬미의 눈에 부론에 대한 자부심이 흠뻑 담겨 있었다. 원우는 그녀의 눈빛을 보며 고향 같은 산동네를 떠올렸다. 슬픔이 묻어나는 동네. 이제는 그곳에 살던 사람들이 다 쫓겨나고 아파트가 들어서 있는 곳. 원우는 문득 고향이 사라져 돌아갈 곳도 없다는 허전한 생각에 젖었다.

"관찰사가 머물던 원주 감영이 강원도의 관문이었다지만 정말 번성한 곳은 부론이 아니었을까요? 문사들로부터 시작해서 장사꾼들까지 넘쳐났으니 얼마나 부론이 복작거렸겠어요? 그러다가 해상이 아닌 육로 수송이 발달하면서 부론이 위축됐겠지요. 근데 또 한 번 부론이 번성했던 시절이 있었어요. 일제 강점기 때였죠. 손곡리에 양질의 금이 많이 있다는 걸 안 일본놈들이 금광을 채굴하기 시작한 거예요. 얼마나 많은 금이 나왔는지 일본 헌병대가 원주 중심지에 있지 않고 부론에 있었다는 거예요. 그 금을 캐기 위해 원주에서 가장 먼저 전기도 들어왔고요. 기생집에도 불이 꺼질 날이 없을 만큼 번성했다고 하대요. 그래서인지 손곡리를 이 잡듯이 뒤져 금을 강탈해가고도 전쟁이 끝나자 금 맛에 들린 일본놈들이 다시 손곡리에 왔었다고도 하더군요. 아무튼 부론은 말도 부자지만 돈도 많이 돌았던 곳이죠."

"여전히 부론은 시골치고는 부자 동네처럼 보였습니다. 부론 중심가를 둘러보니 그 조그만 바닥에 다방이 여섯 개나 있고, 노래방도 세 곳이나 있더군요."

"앗, 눈치채셨군요. 부론이 세 개 도가 모여 있는 중심지였잖아요. 그래서 충청도 앙성이나 경기도 여주 사람들이 부론으로 많이 놀러왔대요. 자기 동네에선 흉잡힐 짓 하기가 싫은 사람들이 부론으로 몰려든 것이겠죠. 십여 년 전만 해도 노름하러 오는 사람, 여자 만나러 오는 사람 할 것 없이 많았다고 하는데 아직 그 흔적이 이어지고 있는 거예요. 으휴, 돈 주고 여자 만나러 오는 사람들 보면 정말 비 오는 날 먼지 나도록 때려주고 싶어요! 혹시?"

찬미는 원우를 흘겨봤다. 웃음을 잔뜩 문 원우가 손바닥이 보이도록 두 손을 내밀어 흔들면서 엉덩이를 뒤로 뺐다.

"열 길 물속은 알아도 한 길 사람 속은 모른다고, 누가 알아요? 원고는 쓰고 있는 거죠?"

"아니요, 아직⋯⋯."

"아, 뭐예요? 답사하기 전에도 혼자 몇 번을 다녀봤다면서요?"

"생각 중입니다."

"뭔 생각을 그렇게 많이 하는데요? 혹시 다른 생각하는 거 아니에요?"

"그건 아닙니다."

"정말요? 내 생각하느라고 못 쓴 게 아니라는 거죠? 쬐끔 섭섭하려고 하네."

찬미는 슬쩍 원우를 치켜보며 웃다가 차로 향했다. 종종거리며 빠르게 걸어가는 그녀의 등 뒤로 태양이 뜨겁게 햇살을 뿌렸다. 원우는 화끈거리는 얼굴을 감추듯 고개를 숙인 채 뒤를 쫓아갔다.

2.

젊은이들의 뜨거운 열기처럼 햇볕에 달궈진 산이 부풀어 올랐다. 팽팽하게 젖이 차오른 아기 엄마의 가슴처럼 녹음으로 짙어진 산들이 하늘 위로 솟구쳐 첩첩이 이어졌다. 산과 산 사이로 이어지는 도로의 가로수 벚나무들도 무성한 녹색 나뭇잎들을 흔들어댔다. 찬미는 원우에게 차를 몰게 한 뒤 차창으로 넘어오는 바람에 몸을 맡겼다. 주변이 온통 초록빛으로 출렁여 스르르 눈이 감겼다. 풀냄새가 배인 바람이 온몸에 스며들었다.

"왜 다시 법천사로 가자고 하는 겁니까?"

"숨어서 점심 먹기 좋은 곳이 있거든요. 우린 사람들에게 들키면 안 되는 거잖아요. 부론면은 이천 삼백 명도 안 되는 사람들이 모여 있는 곳이라 소문이 일기 시작하면 순식간에 산처럼 말이 쌓이거든요. 근데 우리가 왜 들키면 안 되는 거죠?"

두 사람은 문막으로 가서 김밥을 사고 생수와 커피를 산 뒤 손곡리로 넘어왔다. 조수석 의자에 푹 파묻혀 바람을 즐기는 찬미의 얼굴이 생기로 넘쳐흘렀다. 코웃음 치는 듯한 그녀의 짓궂은 웃음소리가 바람에 실려 원우의 얼굴을 스치며 지나갔다.

"우리 느티나무로 가요."

법천사 주차장에 차를 세운 두 사람은 느티나무를 향해 걸어갔다. 휑한 법천사지 터에는 정수리를 파고드는 햇살만 있을 뿐 사람의 기척은 없었다.

"이 느티나무, 볼수록 기괴하게 생겼다니까."

느티나무 속은 텅 비어 있었다. 몸을 둘러싸고 있던 나무의 외피는 피고름을 짜낸 커다란 종기가 꾸덕꾸덕해진 것처럼 흉측한 옹이들이 곳곳에 박혀 있었다. 그래도 느티나무는 굵은 가지들을 키워 사방으로 팔을 뻗으며 수많은 잎을 달았다.

"사람들 보니까, 얼른 들어오세요."

느티나무 몸통 속은 세 갈래로 갈라진 작은 동굴 같았다. 찬미는 한쪽 구석에 앉아 포장한 김밥을 뜯었다. 원우가 고개를 쑥 밀고 들어와 다른 한쪽에 앉았다.

"시원하죠?"

"뭔가 좀 으스스합니다. 동자승이 사는 곳을 함부로 침범해서는 안 될 것 같기도 하고……."

"안 그럴걸요? 이 느티나무는 태생적으로 고통을 안고 태어난 나무에요. 임진왜란 때 법천사가 소실된 뒤 태어났으니 법천사가 겪은 온갖 아픔을 몸에 지니고 태어난 거죠. 제가 부론에 여러 느티나무가 있는데 이 느티나무가 가장 폭삭 늙었다고 했잖아요? 태어날 때부터 법천사지의 상처와 눈물을 먹고 태어났으니 온전할 리가 없었겠죠. 그러니 이 텅 빈 나무속에 얼마나 큰 외로움이 들어 있겠어요? 동자승도 고맙다고 할걸요? 가만, 이제 보니까 이 느티나무도 원우 씨를 닮은 것 같은데요?"

찬미는 두 사람 사이로 나 있는 흙바닥에 비닐봉지를 깔고 김밥이 든 종이상자 뚜껑을 열어 그 위에 올려놓았다. 그녀는 김밥 하나를 입안에 넣어 우물거리다가 말을 이었다.

"아니야, 닮지 않았어요. 겉모습은 닮았는데 속 모습은 다른 것 같아요. 취소, 취소!"

"어떻게 다른지 궁금합니다."

"정말 모르세요? 에구, 답답해라. 밥 먹고 나서 말해줄게요. 미리 얘기했다가 김밥이 얹히기라도 하면 안 되니까요."

찬미는 입가에 웃음을 남겼으나 상처와 슬픔이라는 언어 사이에서 다시 또 그 사람의 얼굴을 설핏 보았다. 눈빛 한쪽이 늘 그늘져 있어서 웃음까지 미지근했던 사람. 찬미는 나무 밖의 푸르른 하늘을 올려보다가 원우를 쳐다봤다. 고개를 숙인 채 김밥을 먹고 있는 그의 앉은 모습이 기울어져 보였다. 그 사람과 닮은 것 같으면서도 다른 모습. 찬미는 원우의 어깨를 일으켜 세워주고 싶었다.

"우리 나가요. 먹는 것까지 숨어서 먹으니까 짜증이 막 나는 거 있죠?"

텅 빈 나무속은 천수를 다한 노인의 마른 살결처럼 핏기가 없었다. 찬미는 원우에게 웃음을 주려고 들어갔던 나무속에서 김밥을 들고 밖으로 나왔다. 느티나무 잎들이 나무 주위를 빙 둘러 그늘을 만들어 놓았다. 그늘 안에는 평상에 누워서 쉬엄쉬엄 흔들어대는 노인의 부채질 같은 바람이 어슬렁거리고 있었다.

"사실 여기에 다시 돌아온 것은 내가 중요한 이야기를 빠트렸기 때문이에요. 이리 와 보세요. '서원'이라는 글씨가 보이죠?"

느티나무 몸속으로 들어갔던 곳 앞에 새끼 느티나무가 미끈한 몸을 자랑하고 있었다. 찬미는 나무 반대쪽으로 돌아가서 섰다. 시멘트를 발라 기단을 세워놓은 곳에 어른 키 정도 되는 자연석 돌이 세워져 있었다. 대패로 다듬어 놓은 나무 판자처럼 판판한 면에 서원이라는 글씨가 또렷하게 패여 있었다.

"임진왜란으로 절이 소실되고 나서 사람들이 절터로 들어와 마을을 이뤘대요. 조선 초기에 유학생들의 배움터이기도 했던 이 자리에 우담 정시한이 도동서원을 세워 후학을 양성해서 서원마을이라고 불렀고요. 정시한이 어떤 분인지 모르죠?"

"네. 처음 듣는 이름입니다."

"그럼, 정약용은 아시죠?"

"네. 다산 정약용."

"정약용이 가장 본받고 싶은 인물로 칭송했던 사람이 우담 정시한이었어요."

정시한은 조선시대에 가장 청렴하고 정직한 선비로 기록된 사람이었다.『사칠변증』이란 책을 통해 이이의 성리설을

41조에 걸쳐 조목별로 비판하고 이황이 퇴계학파를 형성할 수 있도록 힘을 실어준 사상가이기도 했다. 왕이 갖춰야 할 덕목 여섯 가지를 상소했다가 죽임을 당할 뻔했고, 남인에 속해 있으면서도 당리당략에 얽매이지 않고 소신대로 자신의 의견을 피력했다. 그는 지조가 하늘을 찌를 듯했던 사람이었다.

모든 벼슬도 사양하고 원주 부론면으로 내려와 여러 저서를 역사에 남겼다. 특히 전국의 산과 사찰을 유람하면서 기록한 『산중일기』는 조선의 산과 사찰을 이해하는데 중요한 자료일 뿐만 아니라 현재도 그 책의 내용을 따라서 여행하는 사람들의 좋은 벗이 되고 있다. 걸음걸이 하나까지 경계하며 수도승 같은 엄격한 삶을 살면서 죽음에 이를 때까지 몸가짐을 단정히 지녔던 그를 정약용은 몇 편의 글을 통해서 경배했다. 정시한의 묘는 거돈사지가 있는 부론면 정산리 현계산 중턱에 모셔져 있다. 그의 죽음을 슬퍼하던 정약용은 도동서원 앞에서 참배를 하며 시 한 수를 남겼다.

조정에서 당파싸움 일삼을 때
산림에 으뜸 되는 인물이셨네
오직 세상 영욕을 잊으시고
시종 인간의 윤리 중시하셨네

오활한 선비들 경계 끼치고

경지 높아 세속의 비난 면하셨네

내 여생 본보기 이미 있으니

뉘라서 길 어둡다 한탄만 하리오

찬미는 비석을 향해 합장을 한 뒤 느티나무를 쳐다보고 있던 원우의 어깨를 툭툭 쳤다.

"바로 정시한 선생이 느티나무와 닮았어요. 아마도 느티나무가 이 분의 정기를 받아 저렇게 다 죽어가는 몸에서도 가지를 뻗어내 살아난 게 아닐까 싶거든요. 정시한 선생도 당파싸움이 난무하는 척박한 시대에 태어났지만 그 속에서도 자신의 신념을 지키며 살아냈잖아요."

원우는 찬미의 설명을 들으면서 그녀와 별을 보았던 밤하늘을 떠올렸다. 그때 부론 기록에 동참하지 않으면 후회할 거라고 했던 그녀의 말이 허튼 말이 아니었구나, 싶었다. 무엇이라고 꼭 집어서 말할 수는 없어도 그녀와의 동행은 수많은 생각을 떠올리게 했다. 그녀와의 만남 이전까지는 어떤 생각이 밀려와도 그러려니 하면서 밀어놓았는데 지금은 생각이 꼬리를 물며 엉킨 실타래를 풀어내듯이 과거의 기억들을 불러내고 있었다.

"이 기사님을 보면 늘 물에 흠뻑 젖은 두터운 옛날 외투를 입고 있는 것 같아요. 어떨 때는 답답해 보여서 확 벗겨드리고 싶다니까요! 에휴, 말 해봐야 입만 아프다니까."

느티나무의 잎들 사이로 햇살이 눈부시게 쏟아져 들어왔다. 부신 햇살에 가물거리는 눈빛 사이로 지난 시절이 비춰왔다. 찬미의 말대로 몸이 가벼웠던 시절이 자신에게는 없었던 것 같았다. 살아온 곳의 풍경도 삶을 마주하는 사람들의 모습도 늘 칙칙한 모습이었다. 환하게 웃으며 살아 있다는 환희를 느꼈던 건 오롯이 대학에 합격했을 때와 노동조합을 만들었을 때였다. 힘겹게 노동을 하면서도 인간 취급을 제대로 받지 못했던 사람들. 그들은 지금 어디서 어떻게 살고 있을까. 그들도 나처럼 무거운 외투를 여전히 입고 사는 건 아닐까.

"가요, 손곡리를 보여드릴게요."

법천사와 손곡리는 붙어 있었다. 차로 몇 분 움직이자 문막으로 나가는 길과 손곡저수지로 가는 양 갈래 길이 나왔다. 찬미는 길옆에 차를 세우고 밖으로 나왔다.

"손곡리의 옛 이름은 손위실이에요. 손위의 뜻은 임금 자리를 공손히 내준다는 의미인데 고려의 마지막 왕이었던 공양왕이 이성계에게 왕위를 내주고 유배당했던 곳이라고 해서 손위실이라고 불렸다고 하더군요. 저기 저 산이 긴경산인데 제일 왼쪽 끝 봉오리 보이죠?"

산이 삼각형을 이루지 않고 산등성이가 거대한 기와지붕처럼 길게 이어져 있었다. 군데군데 조금씩 튀어 올라온 곳이 있기도 했으나 마치 볏짚을 쌓아놓은 노적가리 형상이었다. 풍수지리설에 의하면 그런 산 밑에서 정승들이 많이 나온다고 전해지고 있었다.

"저 봉우리 이름이 수양봉이에요. 봉우리 아래 산 밑에 있는 마을은 궁터골이죠. 궁궐도 없는데 궁터골로 불리는 것으로 봐서 저곳에서 공양왕이 머물렀기 때문이 아닌가 생각된다는 거죠. 공양왕이 그곳에 살면서 매일 수양봉에 올라가 개성을 향해 눈물을 흘리며 절을 했다는 거예요. 고려의 멸망을 슬퍼하며 조상들에게 속죄의 절을 올렸다는 건데, 나중에 음모론이 퍼지자 이성계가 공양왕을 고성으로 보냈다가 다시 삼척으로 유배시킨 뒤 살해했다고 알려져 있죠. 그런 역사적 사실에 대한 것들은 인터넷을 찾아보세요. 자세한 것들은 다 인터넷에 올라와 있으니까요. 제가 알려드린 것들은 인터넷에 거의 없는 마을 사람들의 입으로 전해온 얘기들이에요. 아무튼 손위실 이름 자체에 비극이 담겨 있어요. 그래서 그런지 손곡리는 아픔이 많은 곳이더라구요."

찬미는 차를 몰고 마을 골목길로 들어갔다. 이리저리 좁은 길을 따라서 일 분 정도 가서 차를 세웠다. 마을 제일 끝 산 밑에 세 채의 집이 모여 있었다.

"저 집들 가운데 어디가 임경업 장군의 생가일까요?"

도로변을 타고 올라온 능선 끝에 있는 세 채의 집 가운데 두 채는 문이 갖춰져 있었고 한 채는 문도 없이 허름한 게 금방이라도 쓰러질 듯 비스듬히 기울어져 있었다. 바람 불면 먼지로 변해 날아갈 것 같은 슬레이트 지붕과 흉터처럼 툭툭 떨어져 내린 외벽이 눈에 띄었다. 사람이 살고 있지도 않은 집엔 이미 생기가 떠나버리고 없었다.

"저 집인 것 같은데 너무 당혹스럽군요."

"그죠? 어떻게 저 조그만 터가 생가였을까 싶어요. 예전에 좀 더 넓었을 것 같은데 세월이 흐르면서 좁아진 것 같아요. 그래도 그렇지 이건 아니다 싶어요. 아담한 사당이라도 하나 지어놓으면 얼마나 좋아요. 여긴 임경업 장군의 어린 시절에 대한 전설이 있고 그의 할아버지 무덤도 있는 곳이니까요."

임경업은 어려서부터 힘이 장사였다. 동네 골목대장인 그는 군기를 대단히 중요하게 여겼다. 어느 날 노림에 살던 한 아이가 제대로 집합 시간을 못 맞추는 일이 벌어져 단단히 벌을 줬는데 집으로 돌아간 아이가 집안 어른들에게 억울하다고 눈물을 펑펑 쏟았다.

그 집안이 한씨 집안이었다. 권세가 대단했던 그 집안에서 머슴들이 달려와 임 장군의 아버지를 데려갔다. 임 장군의 아버지는 멍석말이를 당해 초주검이 되어서 밧줄에 매달렸다. 그 소식을 들은 임경업은 한달음에 내달려 한씨 집안의 대문을 박차고 들어갔다.

손곡리는 노림리에서 산 하나를 넘어가 있었다. 장사였던 임경업은 아버지를 둘러업고 산으로 뛰어올랐다. 머슴들이 임경업을 쫓아 산 위로 달려왔다. 임경업은 산 중턱쯤에 커다란 바위가 있는 걸 보고 걸음을 멈췄다. 그는 포효하며 거대한 바위를 들어 올려서 머슴들을 향해 내던졌다. 머슴들은 어른 몇 사람이 달라붙어도 들 수 없는 거대한 바위가 날아오자 혼비백산하며 산 아래로 도망쳤다. 다음날 새벽, 정신을 차린 아버지는 집안이 풍비박산이 날 수도 있다는 두려움에 식솔들을 거느리고 충주로 도망쳤다.

"옛날이야기들은 뻥이 많아요. 그래도 후손들은 즐겁게 믿죠. 노림으로 넘어가는 산 중턱에 여전히 그 바위가 있다고 하더군요."

찬미는 임경업 장군은 이괄과 연결시켜 봐야 한다며 차를 몰고 골목길을 빠져나왔다. 긴경산 초록 숲 사이로 희끗희끗한 바위들이 보였다. 임경업이 고누놀이를 위해 손가락으로 바위를 파내 그림을 그려놓았다는 장군바위였다. 찬미의 차는 손곡1리에서 3리로 이동했다. 젊은 사람들이 뛰어서 가면 십 분 정도 걸리는 거리였다.

"저 산 좀 보세요. 뭘 닮았는지 생각나는 게 있나요?"

"글쎄요, 긴경산처럼 산이 큰 기와지붕을 닮은 것 같군요."

"아, 그건 제일 뒤의 큰 산이고, 그 밑에 능선이 다른 또 하나의 산이 있잖아요. 이리와 보세요."

찬미는 원우의 팔을 잡아서 끌어당긴 뒤 그의 손가락을 잡고 능선을 따라서 그림을 그렸다.

"아, 악어를 닮았군요."

"땡! 틀렸습니다. 악어는 우리나라 파충류가 아니잖아요. 악어를 닮은 파충류니까 잘 생각해 보세요."

"아, 도마뱀!"

"땡! 도마뱀은 좀 징그럽잖아요. 비슷한 놈 있잖아요!"

"아, 도롱뇽!"

"에휴, 이렇게 다 가르쳐줘야 맞추니, 내 참. 제일 뒤에 앞쪽으로 길게 나온 능선이 도롱뇽 꼬리처럼 보이죠? 근데 도롱뇽 중간쯤을 잘 보세요. 도롱뇽 배가 불러 있는 게 보이죠. 마치 알을 품은 것 같잖아요."

"네. 그렇게 보이기도 합니다."

"저 도롱뇽 배가 불쑥 나와 있는 곳이 이괄의 난을 일으켰던 이괄의 할아버지 묘소가 있는 자리예요. 이괄이 어렸을 때 집안 어른들이 하는 얘기를 들은 거예요. 어떤 스님이 그 무덤 자리에 달걀을 넣으면 다음 날 병아리 소리를 들을 수 있는 명당 중의 명당이라고 했던 거죠. 그 말이 맞는지 알고 싶었던 어른들은 생알을 갖다가 그 땅에 묻은 거예요. 근데 이괄이 야밤에 가서 알을 바꿔치기 했어요. 생알이 아니라 썩은 달걀을 파묻은 거였죠. 다음 날 집안 어른들이 몰려가서 썩은 알을 보자 다들 속았다며 화를 냈고요. 이괄은 사람들이 떠나자 썩은 알을 살펴봤대요. 그런데 그 썩은 알에서도 병아리가 태동하려고 날개까지 달렸다지 뭐예요. 이괄은 그 사실을 아버지에게 몰래 알렸고 나중에 할아버지의 무덤으로 쓴 거지요. 근데 지금은 그 무덤이 어떤 건지 알 수 없어요. 이괄의 난으로 삼족이 멸해 추정만 하는 거죠. 이괄 아버지 묘도 저 근처에 있었는데 파헤쳐졌고 할아버지 묘만 온전했다고 하는데 정확히 어느 무덤인지 저도 아직 몰라요."

원우는 찬미가 가리킨 능선을 바라보았다. 알을 품은 도롱 농이 꼬리를 흔들며 앞으로 나아가는 모습이었으나 또 다른 산이 도롱뇽의 앞을 탁 막고 있는 형상이었다.

"광해군을 쫓아내고 인조가 왕 위에 오르는데 혁혁한 공을 세운 무장이 이괄이었죠. 그런 이괄이 일등공신이 아닌 이등공신으로 강등되어 멀리 함경도 국경수비대장으로 임명돼 갔대요. 그것도 모자라 역모를 했다는 모함을 받아 하나밖에 없는 자식이 끌려가게 됐죠. 자식이 죽어갈 판이니 이괄이 가만있었겠어요? 자신의 휘하에 있던 일만 이천의 군대를 이끌고 한양으로 진격한 거예요. 얼마나 싸움을 잘했는지 이십여 일 만에 한양을 함락했다고 하더군요. 조선 역사상 변방에서 일어난 반란으로 왕궁이 함락당한 건 처음이라니 대단한 장수였죠. 아무튼 그 난은 정충신이 이끌던 관군에 의해 패배하면서 결국 실패로 끝나죠. 그런데 정충신 휘하에 누가 있었는지 아세요? 임경업 장군이 있었던 거예요. 임경업은 그때의 공로를 인정받아 승승장구하게 되었던 거죠. 하지만 임경업 역시 모함을 받아 장살을 당해요. 정묘호란과 병자호란을 겪으면서 청나라에 당한 수모를 갚아주고 북벌을 하려 했으나 한때 자신을 도와주기도 했던 김자점의 모함으로 맞아 죽은 거예요. 정쟁과 모함, 그리고 암투의 역사로 점철된 조선 땅에서, 그것도 같은 동네에서 자란 이괄과 임경업 장군 두 사람 나이가 일곱 살 차이에요. 어쩌면 어릴 적 한 번쯤 본 적이 있었을지도 모르죠. 참, 이런 얘기 들으면 인생이 무상해요. 두 사람 모두 비참한 최후를 당할 줄 그 누가 알았겠어요."

구름을 몰아내고 하늘을 점령한 태양은 비바람보다 자신의 힘이 강하다는 걸 증명하듯 독살스럽게 뜨거운 햇살을 뿌려댔다. 나뭇잎들은 잎을 뒤집은 채 헉헉거리고 버들치들은 물속 깊이 숨어버렸다. 논밭에도 사람의 그림자를 찾아볼 수가 없었다. 뜨거워진 정수리가 열리면서 원우의 머릿속으로 어머니가 나타났다.

'너만 괜찮으면 됐다'라고 하던 어머니의 주름진 얼굴과 녹슨 갈퀴 같았던 손등의 핏줄들이 꿈틀거렸다. 평생을 고생만 하다가 처참하게 맞이한 어머니의 죽음이 떠오르자 목젖이 탔다.

덧없는 삶. 도대체 삶이란 무엇이란 말인가.

눈에 경련이 일어날 만큼 어머니의 생각으로 힘들어 있을 때 찬미가 차에 타라고 불렀다.

"날씨 탓인지, 허망한 죽음 얘기만 해서 그런지 답답하네요. 인생 참 별것 없죠?"

"네……."

"한결같아서 좋으시겠어요?"

"네?"

"네, 네, 에구, 답답해라! 속 터질 일 없으니 얼마나 좋으실까? 좋아요! 별것도 없는 세상, 우리 놀러나 가요."

찬미는 속도를 높여 차를 몰았다.

"도시에서 살 땐 답답해지면 무작정 바다로 가곤 했어요. 도시의 그물망 같은 건물을 빠져나와 탁 트인 바다를 보면 가슴이 정말 뻥 뚫렸죠."

"네. 저도 바다 좋아합니다. 열아홉 살에 처음 바다를 봤었죠. 대학 합격 통보를 받았을 때, 갑자기 바다가 보고 싶더군요. 얼마나 가고 싶었는지 결국 가난한 어머니의 주머니를 털어서 경포대를 갔어요. 그때 본 바다, 파도, 밤하늘의 별들, 영원히 잊지 못할 기억으로 남아 있습니다."

"아, 바다 보고 싶다. 근데 오늘은 너무 늦어서 안 돼요. 바다는 나중에 보여드릴게요."

차가 문막에서 샛길로 들어갔다. 구불구불한 시골길을 십여 분 정도 가자 간현 유원지가 나타났다. 평일인데도 유원지는 복잡했다. 관광을 온 사람들 대부분은 소금산 출렁다리 쪽으로 가고 있었다. 찬미는 주차장에 차를 세우고 원우와 함께 다리를 건너서 산과 산 사이로 흘러내리는 강물을 거슬러 들어갔다. 횡성에서 흘러온 섬강이 알토란 같은 산 그림자를 물속에 그리며 느릿느릿 휘돌고 있었다. 강물을 막아놓은 야트막한 보 위로 물이 넘쳐 미끄럼틀을 타듯 물결이 흘러내렸다. 팬티만 입은 어린아이들 서너 명이 보 위에서 강물로 뛰어내리며 햇살 같은 웃음을 뿌리고 있었다.

"쟤네들 좀 봐요. 얼마나 재미있을까요. 저 아이들의 움직임처럼 자유롭게 살고 싶었는데 세상은 너무나 구속이 많아요."

찬미는 보 끝에서 아이들을 바라보다가 손에 들고 있던 카메라를 내려놓았다. 그녀는 모자와 등산화를 벗어 카메라 옆에 내려놓은 뒤 보 위로 슬그머니 발을 올려놓았다.

"와, 시원해요."

찬미는 허벅지와 무릎 살결이 보이도록 몸에 착 달라붙은 찢어진 청바지와 옅은 하늘색 반팔 티를 입고 있었다. 그녀는 보 위로 흐르는 물결을 찰박찰박 밟으며 걸어갔다. 걸을 때마다 물결이 반짝거리며 튀어 오르는 것을 흥겨워하며 발걸음을 더욱 힘차게 내디뎠다.

원우는 경쾌하게 걷는 찬미의 뒷모습을 보며 합정동의 그녀를 떠올렸다. 슬리퍼를 끌고 고개를 숙인 채 아무도 없는 골목길을 걷고 있던 그녀. 쓰레기 더미가 몰려 있는 골목 구석에서 바람이 불면 막힌 벽을 올라탔다가 떨어져 내리던 비닐봉지처럼 처연하게 신발을 끌던 그녀. 사람을 피해 외진 골목길에서 담배를 피우던 자신에게 다가와 담배 한 개비만 달라고 내밀었던 그녀의 파리한 손바닥. 몽롱한 눈빛을 덮고 있던 치렁치렁 흘러내린 그녀의 머리카락.

"술도 한잔 사줄래요?"

담배를 손 위에 올려주자 예상치 못한 말 한마디를 던진 뒤 곧장 담배를 입에 물고 불을 붙여달라는 듯 얼굴을 내밀었다. 라이터로 불을 붙여주자 연기를 뿜어내면서 그녀는 골목 밖으로 향했다. 골목 밖에는 편의점이 있었다. 그녀는 원우가 뒤따라오는지 확인하지도 않고 편의점으로 들어가 소주 한 병과 컵 두 개를 집어 들었다. 그리고 계산대 옆에 있던 빨아먹는 알사탕 두 개를 꺼내 들고 밖으로 나갔다. 원우가 계산하고 나오자 그녀는 편의점 앞에 있는 탁자 위에 앉아 컵 두 잔에 소주를 가득 채웠다. 그녀는 술을 반쯤 마시고 난 뒤 알사탕을 빨며 치렁거리는 머리카락 한줄기를 손가락으로 둘둘 말아 꼬았다.

"여관 갈래요?"

원우가 고개를 가로로 젓자 그녀가 말을 이었다.

"나, 창녀 아니에요. 아저씨가 외로워 보여서 그런 거지."

그녀는 남은 술을 단숨에 들이켜고 알록달록한 사탕을 빨면서 소주병에 남은 술을 다 따랐다.

"사는 게 지긋지긋하다고 아저씨 얼굴에 쓰여 있네요. 난 시시한데."

아스팔트 도로 위로 열기가 지글지글 올라오는 여름철이었다. 그녀는 다시 담배를 달라고 했다. 길고 갸름한 얼굴, 앙상한 손목뼈처럼 부러질 것 같이 비쩍 마른 몸매. 죽음이 한바탕 난리를 치고 떠난 것처럼 삶의 의욕이 달아난 그녀의 가느다란 목소리가 후텁지근한 열기에 녹아 흐느적거렸다. 담배를 태우고 난 꽁초를 바닥에 떨어트려 슬리퍼로 짓이긴 뒤 그녀는 원우를 흘깃 쳐다보며 묘한 웃음을 흘렸다.

'죽으면 아무것도 아닌 것을.'

그녀의 웃음이 독백처럼 들려와 원우는 흠칫했다. 술을 다 비운 그녀는 부스스 일어나더니 골목을 향했다. 이상하게도 그녀가 멀어질수록 원우는 허전함으로 빠져들었다. 옥빛 물결이 휘휘 감돌면서 낭떠러지 끝에 서 있는 사람을 잡아끌 듯이 헤아릴 수 없는 그녀의 눈빛이 뇌리에 박혀 자신을 부르고 있었다. 그녀가 골목 안으로 모습을 감추자 골목 입구가 공허함으로 꽉 들어차 일어섰다. 무엇인가에 이끌려 서둘러 골목으로 달려가 봤으나 그녀의 모습은 이미 사라지고 없었다.

생각에 젖어 찬미를 보고 있던 어느 순간, 그녀가 빠른 걸음으로 달리듯 걷더니 몸을 휙 돌려 두 손을 쭉 내뻗고 강물로 뛰어들었다. 원우는 찬미의 돌발적인 행동에 움찔했다. 물속으로 몸을 감춘 찬미는 강물 깊숙이 들어갔다가 물 위로 몸을 솟구쳤다. 그녀는 두 손으로 머리카락을 쓸어넘기며 원우를 향해 고개를 돌리며 환하게 웃었다.

강변 숲 아래에 바람이 일었다. 원우는 숲 그림자에 서서 책으로만 만났던 많은 글 속의 사랑스러운 여인들을 떠올렸다. 가슴을 뛰게 했던 그녀들의 사랑의 행로. 찬미가 그 여인들 속에 함께 서서 자신을 바라보았다. 모든 것을 버리고 부론으로 내려왔다는 그녀. 버렸기에 얻은 것일까. 바라만 보아도 마음을 환하게 만들어주는 사람. 물속으로 뛰어들어 그녀를 안고 싶은 마음이 가득했으나 고개를 저었다. 욕심을 부리기에는 그녀는 너무나 자신과 달랐다. 게다가 강변에서 본 완강했던 그녀의 눈빛 속엔 자신이 끼어들 틈도 없었다.

찬미는 눈을 감은 채 물결에 몸을 눕혔다. 산 위로 광활하게 하늘이 열려 있었다. 초록의 산빛도 자유로웠고, 뜨거운 햇살도 자유로웠고, 강물과 바람까지도 자유로웠다. 온몸이 자유로웠다. 부론에서 지내면서 자유를 그리워한 적이 없이 자유로웠으나 이 순간처럼 끝없이 열린 하늘과 같은 자유를 느껴본 적은 없었다.

이 자유는 어디서 온 걸까. 누가 어디서 어떻게 가져온 어떤 빛깔의 자유일까.

찬미는 몸을 뒤집어 강물 깊숙이 들어갔다.

3.

오전에 쓰러진 벼를 일으켜 세웠던 예술인들이 주점으로 모여들었다. 주점 앞마당에는 지관이 드럼통을 잘라 만든 불통 위에서 버들치 매운탕이 보글보글 끓고 있었다. 길노와 양 박사는 주점 안에서 버들치에 밀가루 옷을 입혀 튀김을 만들어냈다. 파라솔 안 식탁 위로 김이 모락모락 올라오는 매운탕과 튀김이 차려졌다. 대여섯 명이 파라솔 안에 앉아 막걸리를 나누며 안주 맛에 푹 빠져 즐거운 웃음을 나눴다.

"다들 모여 있었구먼."

술자리가 슬슬 무르익어갈 때 동네 이장이 나타났다. 사람들이 모두 일어나 이장을 반갑게 맞이했다.

"찬미 선생은 어디 갔나?"

이장은 복실을 쳐다봤다.

"잠깐 나갔는데 곧 올 거예요. 왜 그러세요?"

"말도 말게. 최 이장이 술에 취해 찬미 선생에게 배신당했다면서 고래고래 소리치고 있다네."

사람들의 눈이 모두 이장에게 쏠렸다. 복실은 찬미가 원우와 함께 사진 찍으러 다니는 것이 들켰구나 싶어 가슴이 철렁 내려앉았다.

"그게 무슨 말씀이세요?"

양 박사가 물었다.

"아, 전기기사하고 찬미 선생하고 연애하는 거 모르나? 최 이장 말로는 완전히 둘이 미쳐서 날뛴다고 하던데."

"이건 또 무슨 귀신 씻나락 까먹는 얘기래? 최 이장님이 뭔가 오해했나 보네요. 연애하는 게 아니라 부론에 관한 사진 찍으러 다니는 거예요."

"아니라던데? 둘이 강가에서 뒹구는 걸 봤다는 겨!"

복실이 황당해하자 이장이 냉큼 되받아쳤다. 예술인들이 다들 화들짝 놀란 표정을 지었다.

"그저께부터 술독에 빠져 이 사람 저 사람 전화로 불러들여 길길이 날뛰고 있다니까. 자기가 전기기사보다 못한 게 뭐냐고 하면서 울고불고 난리가 아니여!"

동네 이장의 말을 듣다가 복실은 슬그머니 주점으로 들어가 찬미에게 전화를 걸었다.

"언니, 지금 어디야?"

"가는 중이야. 사람들 다 모였어?"

"언니, 강가에서 기사님하고 무슨 일 있었어?"

전화기로 들려오는 복실의 목소리가 격앙돼 있었다. 찬미는 조수석에 몸을 늘어트리고 앉아 있다가 자세를 바로잡았다. 강가라는 말이 그녀의 귀를 파고 들어와 심장까지 벌렁거리게 했다.

"도대체 무슨 일인데 그래?"

"최 이장이 언니에게 배신당했다고 길길이 날뛰고 있나봐. 강에서 언니랑 기사님 모습을 봤다고 하면서 자기가 전기기사보다 못한 게 뭐냐고, 아무튼 언니가 빨리 와서 수습해야 될 것 같아."

"내가 왜? 내가 최 이장과 무슨 관계가 있다고 그래야 해! 아, 정말 짜증이 왕창 나네. 왜 이렇게 사생활까지 침해당해야 하는지 정말 모르겠어. 알았어, 이따가 봐."

최 이장은 부모에게 많은 땅을 물려받은 지역 유지의 맏아들이었다. 대학을 나와 직장을 잠시 다니다가 조직 생활에 적응하지 못하고 일찍이 사업에 손을 댔다. 술을 좋아하고 생활이 방탕해서 하는 사업마다 번번이 실패했다.

아버지는 모든 지원을 끊었고 최 이장은 할 수 없이 고향으로 돌아와 아버지의 성화에 못 이겨 중매로 결혼했다. 시골 삶이 싫었으나 어찌해 볼 도리가 없어 아버지를 도와가며 농사를 지었다. 화가 가슴에 쌓여 술로 푸는 생활을 반복했다. 고향 친구들에게 술값으로 선심을 쓰며 허풍을 떨거나 티켓다방에 새로운 여성이 나타나면 제일 먼저 그녀를 품었다며 자랑질을 하고 농촌 생활에 적응해갔다.

아내는 최 이장의 횡포를 견디지 못해 네 살 된 아이를 놓고 떠나버렸다. 아버지 역시 최 이장의 나이 마흔 중반에 간암으로 세상을 등지고 말았다. 최 이장은 아들이 초등학교 들어갈 무렵 어머니와 아들을 원주에 있는 여동생 집으로 보내고 혼자 살아왔다. 번듯한 한옥 안채와 사랑방이 있는 큰 집에 혼자 살면서 술과 여자, 그리고 노름에 빠져 지냈다. 방탕한 생활은 사람을 오만방자하게 만들어갔다. 그는 점점 술만 취하면 안하무인으로 변해 횡포를 부려대서 부른 사람들이 혀를 내둘렀다. 그러던 어느 날 주점이 만들어질 때 동네 이장이 포클레인이 있는 최 이장에게 도움을 요청했다. 최 이장은 찬미를 보는 순간 한눈에 사랑에 빠져버렸다. 그는 신이 나서 주점 간판을 세우는 일은 물론 여러 가지 일까지 스스로 나서서 도움을 줬다. 찬미 역시 그의 부지런한 도움이 고마워 살갑게 대했으나 완공을 시키고 나서 사달이 났다. 최 이장이 술이 거나해져 제 버릇 못 고치고 찬미에게 집적거렸다. 찬미는 서너 번 그의 음흉한 손길을 뿌리치다가 정신이 번쩍 나도록 야멸차게 귀싸대기를 올려붙였다.

"가세요! 다신 이 근처에 얼씬도 하지 말아주세요!"

최 이장이 무료로 일 해주겠다고 했으나 찬미는 그동안의 임금을 꼼꼼하게 계산해서 그의 주머니에 쑤셔 넣었다. 다음 날 최 이장은 혐오스럽게 자신을 흘겨보며 피하는 찬미를 쫓아다니며 백배사죄를 했다. 신기한 일은 그다음에 벌어졌다. 최 이장은 술을 딱 끊고 주점 일이라면 발 벗고 나서서 도움을 주려고 애를 썼다. 그러자 최 이장이 찬미에게 빠져서 술까지 끊었다는 소문이 부론면 사람들에게 순식간에 퍼져나갔다. 최 이장은 사람들이 쑥덕거리는 것조차 아랑곳없이 일주일에 서너 번씩 사람들을 끌고 주점에서 점심을 먹으며 찬미를 짝사랑해왔다.

찬미는 울상을 지으며 고개를 숙였다가 들면서 한숨을 내쉬었다. 벼룩시장이 열린 날 최 이장과 마주쳤던 서늘한 눈빛과 그의 트럭이 자신의 동네에 있었던 기억이 떠올라 심장이 툭 떨어지고 정신이 아득해졌다.

"무슨 일인지 물어도 됩니까?"

"묻고 있으면서 물어도 되는 건 뭔데요? 아, 정말 미치겠네!"

"도대체 무슨 일인데 그러십니까?"

"우리 들켰대요. 최 이장이라고 저를 일방적으로 좋아하는 분이 있는데 우리가 강가에 있던 모습을 본 모양이에요."

원우의 표정이 굳어졌다. 답답한 침묵이 뜨거운 열기처럼 차 안을 맴돌았다.

"제가 떠나야 할 것 같습니다."

"아, 정말! 이 기사님까지 왜 그러세요? 우리가 무슨 죄 저질렀어요? 왜 기사님이 떠나야 하는데요? 늘 이런 식으로 물러서나요? 내가 떳떳한데 왜 죄인처럼 굴어야 하죠? 설사 우리가 연애했다고 해도 그게 문제가 되나요?"

"저 때문에 불편해지실 것 같아서 그런 겁니다."

"아니거든요!"

서산으로 해가 넘어가고 어둠이 대지 위에 깔리고 있었다. 부문재로 올라가면서 시원한 바람이 불었으나 뼈와 살 속에 갇힌 마음은 어디론가 달아나고 싶어 안달을 부렸다. 최 이장의 살갑게 굴던 표정들이 눈앞에 아른거리자 찬미는 신경질적으로 담배를 다시 물었다. 자신을 둘러싼 보이지 않는 울타리들이 지겹게 느껴져 숨이 막혔다.

"신경질 부려서 미안해요. 하지만 이 기사님 잘못 없고 나 역시 부끄러울 일 없어요. 내일모레 달집 태우는 행사를 주점에서 할 거예요. 아주 아름다운 행사죠. 그것을 꼭 보여주고 싶었어요. 제 걱정하지 마시고 그때까지만 계셔주세요. 그러실 거죠?"

찬미가 원우의 어깨에 손을 얹었다. 원우가 고개를 돌려 찬미의 눈빛을 마주했다. 세상의 그 어떤 빛보다 아름답게 각인된 찬미의 눈빛을 보자 안고 싶다는 충동이 일었다. 그는 고개를 끄덕이며 고개를 돌린 뒤 찬미의 집 앞에 차를 세웠다.

"내일 봐요."

찬미는 집으로 들어가 샤워를 하고 옷을 갈아입은 뒤 주점으로 향했다. 이장과 예술인들에게 어떻게 강변 모래밭의 상황을 설명해야 할지 난감했다. 그날의 모습을 이해시키려면 원우의 지나온 삶까지 드러내지 않으면 가능할 것 같지 않았다. 마을 골목에 있는 두 개의 가로등에 불이 들어와 어둠을 밝히고 있었다. 찬미는 엉클어진 마음을 제대로 추스르지 못한 채 주점 문을 열었다.

"와, 와! 축하드립니다!"

노란 등불 사이로 예술인들의 목소리가 흥겹게 들려왔다. 그들은 모두 일어나 찬미를 바라보며 박수를 보냈다. 찬미가 무슨 일인가 싶어 어리둥절한 표정을 지으며 다가갔다. 그러자 지관이 술자리에서 빠져나와 덩실덩실 춤을 췄다.

이리 오너라 업고 놀자

이리 오너라 업고 놀자

사랑 사랑 사랑 내 사랑이야 사랑이로구나

"아, 뭐야. 복실 씨, 서방님 좀 혼내줘요! 아, 우리 연애하는 거 아니라니까요!"

"이미 다 뽀록났습니다! 이장님이 하신 말씀 토씨 하나도 틀리지 않고 반복해 보자면, 둘이 강가에서 뒹구는 걸 봤다는 겨!"

"봤다는 겨!"

지관이 한쪽 발을 뗀 채 어깨를 들썩이며 읊어대자 함께 있던 예술인들이 추임새 넣듯 합창으로 외치며 다 같이 웃음을 터트렸다.

"아, 몰라. 그거 정말 아니란 말이에요!"

"그만 좀 해. 하여튼 수컷들은 사랑 어쩌구 하면 눈이 뒤집혀 난리라니까! 언니가 아니라잖아!"

복실이가 쌍심지를 세우자 지관이 꼬리를 빼며 술자리로 돌아가 앉았다.

"아니면 잘되라고 고사를 지내야지!"

이번엔 재호가 노랫가락을 뽑듯 길게 한마디 끌어다 붙였다.

"키 크고, 시 잘 쓰고, 전기기사라 밥그릇 걱정도 없다니 이 얼마나 멋진 짝이란 말인가!"

"아, 진짜. 나 술 찌끄린다!"

"에고, 에고. 아니면 말고요. 소인은 찌그러지겠습니다아."

"자, 그만하고 앉읍시다. 난 시간이 없어서 한 잔만 더 하고 가야 할 것 같네요. 아무튼 찬미 선생이 사진을 다시 시작했다니 반갑네요. 이번 기회에 마음에 드는 작품 많이 건지시고 앞으로 계속 사진 작업을 하시면 좋겠네요."

해운이 말을 마치고 사람들과 술 한잔을 나눌 때 밖에서 기다리던 택시가 두어 번 경적을 크게 울렸다.

"그리고 연애도 했으면 좋겠습니다."

찬미에게 웃음 섞인 소리를 한마디 던지며 해운이 밖으로 나갔다. 이미 주변은 어둠으로 물들어 있었다.

"주점 주인 얘기 아세요?"

"무슨 얘기요?"

부론 택시 기사가 말을 걸었다.

"저 동네 최 이장이 술과 담배를 사다 달라고 해서 갔더니 주점 주인 욕을 많이 하더라고요. 자기가 많이 도와줬는데 배은망덕한 여자라고요. 전기기사와 붙어먹었다며 행실이 좋지 않은 여자라고 막 화를 내더라구요."

"거참, 나발을 불고 다니는 양반이네. 그거 사실이 아닙니다. 전기기사가 시인이기도 해서 그 사람 도움을 받아가며 부론의 역사를 사진으로 기록하는 중이에요. 그 양반이 혼자 좋아했다가 괜히 질투에 눈이 멀어 그러는 거니까, 누가 그런 얘기 꺼내면 아니라고 알려주세요. 큰일 낼 사람일세."

어둠 속을 라이트 불빛이 흔들며 택시가 달려갔다. 해운은 찬미가 부론에 와서 겪은 일들을 떠올렸다. 사진계에서 이름을 날렸던 그녀가 모든 것을 다 버리고 부론에 온 것만으로도 힘들었을 것인데 이곳에서 자신이 사랑하는 사람과 고통스러운 이별까지 해야만 했었다. 다시 사랑한다는 것이 쉽지 않을 그녀가 누군가와 연애를 한다면 축복을 받아야 마땅한 일이었다. 오십 중반의 그녀. 그 나이의 사랑은 어떤 것일까. 해운은 목이 칼칼해졌다. 취하지 않고 들어가는 길이 왠지 아쉬웠으나 기다리는 아내의 얼굴이 떠올랐다. 그는 갈등을 일으키다 부론 중심가 꼬꼬네 닭집으로 방향을 돌렸다.

"어, 오빠가 이 늦은 시간에 웬일이래?"

"술을 먹다 만 것 같아서 한 잔만 더 하고 가려고 왔네. 어라, 전기기사님도 계시네?"

술집 안은 칸막이로 막아놓은 테이블 두 개에 방 하나가 있었다. 입구 쪽에는 네 사람 정도가 앉을 수 있는 자리였고 다른 한쪽은 열 사람 정도 모일 수 있는 자리였다. 원우는 입구에 있는 자리에서 혼자 술을 마시다가 해운을 보고 깜짝 놀랐다. 그는 붉은 등불 아래서 엉거주춤 일어나 인사를 했다.

"이것도 인연인데 같이 한잔할까요?"

"네. 그러시죠."

탁자 위에는 노가리를 담은 접시와 간장 종지가 소주병 앞에 놓여 있었다. 벽에 붙은 선풍기가 소음을 일으키며 회전하고 있었고 문 입구 쪽에는 먼지가 잔뜩 낀 환풍기도 탈탈거리며 돌고 있었다. 닭튀김 냄새를 풍기며 여주인이 소주잔을 갖다 놓자 원우가 술병을 들었다.

"주점에서 오는 길입니다. 시가 아주 좋다던데요?"

원우가 술을 따르다가 고개를 푹 숙였다. 이미 주점을 들락거리는 예술인들이 자신에 대해서 많은 것을 알아버렸다 싶어 마음이 불편해졌다.

"그냥 끄적여 본 낙서입니다."

"무슨 소리? 두 사람이 똑같이 느꼈다면 아무리 과장이 섞였어도 오십 프로 이상은 사실이죠. 알고 계시겠지만 찬미 선생이나 복실 씨 두 분 모두 보는 눈이 예사롭지 않은 사람들입니다."

"죄송합니다. 조용히 찬미 선생님 작업을 함께 하다가 떠나려 했는데 소란스럽게 만들었습니다."

"신경이 안 쓰일 순 없겠지만 무시하세요. 최 이장이 질투에 눈이 멀어 그러니 조금 지나면 잠잠해질 겁니다. 한잔 하죠?"

해운이 술잔을 내밀었다. 원우가 조심스럽게 자신의 술잔을 해운의 잔에 부딪혔다.

"오래전에 선생님 소설을 읽은 적이 있습니다."

"뜻밖인데요? 학생운동을 하셨나요?"

"아닙니다. 현장에 있었습니다."

옆 테이블에서 왁자지껄 사람 목소리가 들려왔다.

"어디 현장에 있었나요?"

"구십 년대 초까지 구로공단 쪽에 있었습니다."

"하하, 구로동 후배군요. 내가 팔십 년대 후반까지 구로, 금천 쪽에 있다가 소설 쓰면서 문화 운동 쪽으로 방향을 돌렸으니까요. 게다가 시까지 쓰신다니 문학 후배 같기도 하군요. 그때에도 시를 썼나요? 어디 발표해 본 적은 없고요?"

원우가 잠시 머뭇거리다 벌겋게 변한 눈을 들어 입을 열었다.

"노동해방학생문학위원회 소속이있습니나. 발표한 적은 없습니다."

"이거 참, 여기서 노동해방학생문학위라는 소리를 들으니 감회가 깊네요. 한때 사노맹이 나보고 함께 하자고 했던 적이 있어요. 그때 내가 사노맹에 가입했다면 그야말로 직계

선배가 될 뻔했군요. 자, 한잔 찐하게 부딪혀 봅시다. 소속은 달랐어도 옛 동지니까요!"

두 사람은 서로의 잔에 술을 따라주고 잔을 부딪쳤다.

"근데 어떻게 여기까지 온 겁니까?"

"말 놓으셔도 됩니다."

"나이가 어떻게 되는데요?"

"쉰다섯 살입니다."

"그럼, 내가 선배가 맞네."

거나하게 술이 오른 해운은 말이 통하는 사람을 만났다는 기쁨에 흠뻑 젖었다. 그는 일어나서 커튼을 당겨 칸막이를 막고 담배를 꺼냈다.

"이렇게 보이지만 않게 커튼을 쳐놓고 담배를 피우면 사장도 모른 척하니까 같이 태웁시다."

해운이 담배에 불을 붙이자 원우도 주머니에서 담뱃갑을 꺼냈다. 해운의 입에서 흘러나온 담배 연기가 선풍기 바람에 흩어졌다.

"저에 관해 말씀을 드려야 다른 얘기도 드릴 수 있을 것 같습니다. 사실 저는 학출 노동자였습니다."

좁은 칸막이 안이 담배 연기로 가득했다. 원우는 찬미에게 했던 말들을 묵묵히 꺼내놓았다. 요란스럽게 울리던 환풍기 소리도 옆 칸막이에서 들려오던 소리도 그친 듯 해운의 귀엔 원우의 이야기만 또렷하게 들려왔다. 먹먹한 세월을 걸어온 원우의 걸음을 따라가면서 해운은 자신이 만나고 헤어진 수많은 사람을 떠올렸다. 죽은 사람들, 정신병원에 갇힌 사람들, 폐인이 돼서 떠도는 사람들. 원우의 말이 끝나자 해운은 잠시 감았던 눈을 뜨며 술잔을 비워냈다.

"고맙네, 잘 살아줘서."

"잘 살긴요, 여전히 허공을 떠돌고 있습니다."

"허공을 떠돈 사람만이 세상을 볼 수 있지. 높은 곳을 떠다니니 땅 위의 세상이 얼마나 잘 보이겠나?"

해운이 웃으면서 말을 이었다.

"돌아보게. 그 시절 운동한다면서 우리는 부모님들에게 얼마나 많은 고통을 줬는가? 우리 어머니도 늘 내가 잡혀가지 않을까 걱정하셨다네. 참으로 팔구십 년대는 힘겨운 시절이었어. 그 엄혹한 시절 때문에 우리는 좀 더 나은 사회를 만들어야 한다는 각성을 하게 됐고 많은 해법을 찾아가면서 투쟁해 왔지만 그 시절의 상처에서 벗어나지 못하고 여전히 힘겹게 사는 친구들 많네. 운동하다가 이혼한 부부가 얼마나 많은가? 어디 그뿐인가. 삼사십 대까지 자신의 신념을 위해 현장에서 활동을 치열하게 했던 사람 중에도 나중에는 여러 가지 어려운 일들로 인해 폐인이 된 사람들도 많네. 운동을 직업으로 알고 오로지 그 일에만 매달리다가 그 길에서 벗어나서 할 수 있는 게 무엇이 있겠는가? 그래서 어떤 이들은 진보에서 수구로 얼굴을 확 바꾸면서 진보를 공격하는 비열한 인간으로 탈바꿈했네. 또 어떤 이들은 자신이 비난했던 사람들의 줄을 잡고 생존을 위해 걸어가는 길을 택하기도 했지. 그런 짓에 휘둘리지 않고 꿋꿋하게 살아가는 사람들 중에서도 늙고 병들어 우울해하는 사람도 많아. 한잔 들지그래?"

해운은 술잔을 원우에게 내밀었다.

"산다는 거 참 힘드네. 작년에 한 친구가 전화했었어. 노가다를 다니고 있던 친구인데 일이 끊겨서 그러니 한 달만 쓰고 갚겠다면서 삼십 만원만 빌려 달라더군. 사정이 안 좋은 거 같아 카드로 삼십 만원을 빚내서 보냈지. 근데 그 이후로 연락이 오질 않더군. 그 친구가 어떤 친구인지 아나? 팔십 년대 구로의 특공대장이라고 불렸던 친구일세. 전경들이 최루탄을 쏘아대면 그 매캐한 연기 속을 뚫고 들어가 화염병을 던지며 시위대를 이끌었던 친구지. 감옥에도 여러 번 갔다 왔으면서도 투쟁력을 잃지 않고 사십 대까지 시위 전방에 섰던 친구일세. 혼자 살았어. 자신의 삶은 자신이 해결해야 한다면서 나이 들어서도 노가다를 다니며 중요한 집회에 빠지지 않았던 사람이지. 이제 그 친구 나이가 육십쯤 됐을 거야. 살면서 생존보다 질긴 신념은 못 봤네. 절대 돈 얘기를 하지 않을 사람이 돈을 빌리고 그 돈을 못 갚고 내 전화마저 받지 않았으니 그 심정이 얼마나 괴로웠을까. 자네 역시 힘들었겠으나 그나마 자네는 어머니의 도움으로 여기까지 온 것 같군. 어머니의 영혼이 분신한 노숙자의 입을 빌려서 자네의 정신을 일깨운 것 같이 느껴진단 말일세."

해운의 말이 날 선 면도날같이 원우의 가슴을 그어댔다. 현장에서 함께 싸웠던 사람들이 노조를 만들기 위해 투쟁하면서 외쳤던 소리가 환청처럼 들려왔다. 뜨거웠던 동료애로 뭉쳐서 투쟁에 나섰던 그 사람들. 그들에게 변명의 말도 남기지 못하고 떠나야만 했던 순간들이 회한으로 밀려왔다.

"부끄럽습니다."

"이 사람아, 그렇게 말하지 마시게. 인간은 모두 부끄러움 투성이 아닌가? 부끄러움을 메우고 사는 게 인생일지도 모르네. 싫든 좋든 인생이란 것도 역사의 강물처럼 흘러가네. 어떻게 흐르게 할 것인가는 개인의 몫이고 인간의 몫이지. 자네도 이제 고인 물 밖으로 나오시게. 기왕 산다면 흐르는 물처럼 사는 게 좋은 거 아닌가. 자네를 이렇게 만난 것도 인연이다 싶네. 참으로 인연이란 신비한 문고리야. 잘 열면 빛이고 잘못 열면 어둠이지. 내가 이달이라는 인물을 처음 알게 되면서 깊은 관심을 가졌을 때, 아내가 그러더군. 이달이 당신을 부론으로 부른 것 같다고. 살다 보면 많은 인연을 만나네. 자네가 찬미 씨를 만난 것도 어떤 인연이 아닌가 싶어. 인연의 문을 잘 열어보기 바라네. 참, 부론은 많이 보셨나?"

"네. 거돈사지와 법천사지, 흥원창과 이곳의 인물들에 대해 듣고 있습니다."

"폐사지의 아름다움을 많이 느껴보시게. 녹음에 감싸여 있는 폐사지의 생동감도 좋지만 겨울 황량한 바람이 불 때 폐사지에 서 있으면 만감이 교차하네. 그 아픈 세월을 견뎌온 모습이 겨울 나뭇가지 끝 같다네. 매서운 추위 속에서도 허공을 시퍼렇게 찌르고 있는 나뭇가지 끝에 응축된 생명의 힘을 보면 가슴이 뜨거워져. 그리고 법천사지의 탑비는 제대로 봤는가?"

해운은 노가리를 찢어가며 물었다.

"용의 눈 말씀이십니까?"

"아니, 그것 말고 탑비 위에 왕관처럼 올려 있는 머리 부분에 새겨진 문양 말일세. 그것에 대한 설명을 들었나? 그 문양은 예사로운 그림이 아닐세. 눈으로는 잘 안 보여 탁본을 봐야 하는데, 그림을 보면 하나의 이상세계가 그 안에 있는 걸 느낄 수가 있어. 인터넷에 자세히 나와 있으니 찾아보시게."

해운은 원우의 눈을 마주 보며 말을 이었다.

"부론에서 본 역사적 사실과 인물들을 따로따로 보지 마시게. 모든 건 역사적 연결이 있는데 그 연결을 통해서 부론의 숨결을 느껴봐야지 참 의미를 얻을 수 있을 걸세. 아무튼 탁

본 그림에는 미륵사상이 숨어 있네. 미륵사상은 모두가 부처가 될 수 있다는 사상이니 평등을 말하는 혁명 사상이지. 그러니 조선이 유교를 들여와 왕권 중심의 정치를 하면서 불교를 탄압할 수밖에 없었던 거야. 억압당한 불교 속에서 불에 탄 법천사와 미륵사상, 모두 허리가 끊긴 모습이지."

해운은 쓸쓸하게 웃으며 술잔을 들었다.

"모든 것들이 늘 왔다가 가고 갔다가 다시 오면서 풍부해지기도 하니 미륵 세상을 간절히 원하는 사람들이 많아지면 또 나타나겠지. 그리고 부론의 인물 중에서 새롭게 조명돼야 할 사람은 손곡 이달과 정시한인데, 그분들에 대해서 취재는 했는가?"

"정시한에 대한 말은 들었는데 손곡 이달의 비에는 아직 가보지 못했습니다."

"정시한은 지금과 같은 시대에 되새겨 봐야 할 대단히 올곧은 사람일세. 관직을 탐하지 않고 바른 소리내기를 두려워하지도 않았지. 남인이면서도 자신이 속한 당파와 관계없이 스스로의 목소리를 내며 후학을 양성해 온 분이야. 지금과 같이 흑백논리와 진영논리가 난무하는 사회에서 꼭 되돌아봐야 할 사람이라고 생각된다네. 어이, 동생! 여기 소주 한 병하고 물김치 있으면 맛 좀 보세."

해운은 커튼을 젖히고 술집 여주인을 불렀다. 훤칠하게

키가 큰 여주인이 환하게 웃으며 알겠다는 듯이 고개를 끄덕였다.

"손곡 이달은 손곡리처럼 비운의 사내였네. 서얼 출신이라 관직에 올라갈 수 없었지. 삼당시인 중의 한 사람인데 가장 으뜸으로 알려져 있어. 그러나 서얼 출신이라 조선의 역사 인물을 기록하고 있는 어떤 곳에서도 이달에 대한 기록은 거의 없다네. 역사의 기록이란 승자의 기록이라고 하지만 가진 자들의 기록이기도 하지. 다행히 그에 대해 알 수 있었던 것은 허균이 있었기 때문일세. 이달은 허균을 떼어내서는 생각할 수 없고 허균 역시 이달이 없었다면 『홍길동』이라는 최초의 한글 소설을 쓸 수가 없었을 걸세. 부론에 와서 처음 알게 된 손곡 이달, 참으로 많은 생각을 내게 던져준 인물이네. 그래서 몇 년 전 이달의 이야기를 소설화시켜 보려고도 했었지."

"왜 안 하셨습니까?"

"여러 가지 이유가 있었는데 아직은 때가 아닌가 보네. 글도 착 감겨드는 때가 있는 거지. 시는 안 그런가?"

"시도 그렇다고 봅니다. 어떤 순간이 예사롭지 않게 보일 때가 있으면 그것을 붙잡게 되더군요."

"그렇지. 모든 예술에 그런 점이 있을 걸세. 하하, 오랜만에 술맛이 나네. 아주 오랜 옛 친구를 만난 것 같은 기분이야. 그리고 문득 이런 생각도 드는군. 손곡 이달과 닮은 친굴 세 하는."

"어떤 점이……."

"자네나 이달은 찢어지게 가난한 집에서 태어났으나 죽을 듯이 공부해서 으뜸이 되었다는 걸세. 이달은 조선의 삼당시 인이 됐고 자네도 명문대를 나왔지 않은가. 또 이달은 신분을 뛰어넘을 수 없어 평생을 떠돌아다니다 칠십이 넘은 나이에 평양 어느 여관에서 객사했는데, 어머니 때문이라곤 하지만 자네 역시 인생의 험로를 겪으며 여전히 떠돌고 있지 않은가. 스스로 인생의 길을 꺾어버렸다고나 할까……."

원우가 씁쓸하게 웃으며 고개를 끄덕였다. 스스로 삶을 저버리지 말자고 다짐도 했으나 늘 어머니에 대한 죽음의 기억 앞에서 무너져버린 생각들. 가족의 곁을 떠나면서 생의 무상함은 더해졌고 모든 것들은 점점 의미를 상실해 갔었다.

"어릴 때부터 신동이라고 불렸던 허균은 열네 살 때부터 이달에게 글을 배웠네. 허균의 누나 허난설헌과 함께 오 년을 배웠지. 나무가 뿌리를 내리고 몸통을 키우는 시점이라고 볼 수 있는 나이에 그 두 사람은 이달을 통해 세상을 보게 됐다는 말일세. 그러니 그 두 사람의 인생관은 이달을 통해서 세워지지 않았겠는가? 허균이 『홍길동』을 쓰기 전에 쓴 「손곡산인전」이라는 한문 소설이 있네. 자신의 스승 손곡 이달의 삶을 소설화시킨 거지. 우리가 지금 이달이 어디서 태어나서 어떻게 살았으며 어떤 인물인지 알 수 있는 것은 바로 그 소설 때문에 가능했던 거라네. 가장 위대한 시인이었지만 신분이 미천해서 평생을 불우하게 보낼 수밖에 없었던 이달의 특이한 일생이 그려져 있는 소설일세."

해운은 잔 속의 술을 들여다보며 잠시 말을 멈췄다. 옆 칸에 있던 사람들이 술집을 나가면서 소란스럽게 떠들었다. 해운은 술잔을 훌쩍 비워내고 말을 이었다.

"옛날이나 지금이나 문인들이 술을 좋아하지. 난 가끔 그런 상상을 해 본다네. 이달이 두 사람을 가르치면서 글만 가르쳤을까? 허균이 조금 컸을 때는 술도 가르치지 않았을까? 또 어떨 때는 쓸쓸한 기분이 들어 허균에게 술도 가져오라고 시켰을 것 같아. 술을 아주 좋아하고 성격도 괴팍한 인물이었거든. 술이 거나하게 취한 이달이 제자에게 무슨 말을 했을 것 같은가. 아마도 자신의 신세를 한탄하기도 하고 자신이 원하지도 않은 제도에 얽매여 비천한 취급당하는 걸 불평도 했을 걸세. 왜 똑같은 인간인데 차별을 받아야 하냐고 울분을 터트리기도 했을 거고. 더 나아가서는 궁궐에서 권력을 향유하는 자들을 향해 비난도 했지 않았을까?"

"그랬을 것 같기도 합니다."

"그러니 유교가 그들에게 먹힐 수가 없었겠지. 이달은 불교와 도교에 조예가 깊었네. 허균 역시 불교를 숭배하고 도교의 신비스러움을 흠모했지. 허균이 관직에 있을 때 불상을 모시고 제를 지냈다고 해서 파직당한 적도 있을 정도로 말일세. 그러니 유교가 그들 속에 뿌리내리기는 어려웠을 거야. 허균이 갖게 된 사상의 뿌리는 이달로부터 나온 것이라고 보네.「손곡산인전」을 보면 그가 자신의 스승을 보면서 세상을 비판하는 눈을 키웠다는 걸 단박에 알 수 있을 걸세. 그런 눈이 있었기에 홍길동이라는 실존 인물을 한글로 소설화시켜 백성을 깨우치려 했겠지. 그렇게 우러러보는 대단한 자기 스승이 사회에선 비천한 취급 받는 걸 목격하며 자랐으니 허균의 눈에 세상이 얼마나 부조리하고 한심하게 보였겠는가. 이달의 '보리 베는 노래'라는 뜻의「예맥요」를 읊어 볼 테니 들어보시게."

예맥요

시골집 젊은 아낙이 저녁거리가 없어서
빗속에 보리를 베어 수풀 속을 지나 돌아오네
생섶은 물기를 머금어 불도 붙지 않고
문에 들어서니 어린 딸은 치맛자락을 부여잡고 우는구나

해운의 목소리는 중저음으로 듣기 좋았다. 원우는 담배를 태우며 귀를 기울였다. 먹을 것이 없어 눈물로 범벅이 된 시의 풍경들이 이슬비에 젖고 있는 처량한 산동네 모습을 불러왔다. 학용품이 필요해도 가난한 어머니의 힘든 모습에 돈을 달라고 하지 못하고 선생님께 자주 손바닥을 맞았던 기억도 떠올랐다. 해운의 말대로 이달의 삶은 자신과 닮아 있었다. 스스로 삶의 길을 꺾어버렸다는 해운의 말이 폐부 깊숙이 찌르며 들어와 앉았다.

"이달의 시는 허균이 없었다면 전해지지 않았을 거네. 허균은 자신의 스승이 외롭게 죽자 외우고 있던 시들을 적어서 모으고 다른 문사들이 기억하고 있던 시들을 합쳐서 『손곡집』을 만들었네. 그만큼 스승을 사모하고 존경했던 것이지. 자신이 위대하다고 믿었던 시를 후대에 전해주고 싶었던 마음이 가득했던 것일세. 다행히 그의 시 300여 편이 전해지고 있는데 「예맥요」처럼 민중의 아픔이 묻어 있는 시들도 많다네. 이달의 시를 보면 가끔 쓸쓸해지지. 어느 날 홀로 술 마시며 왕과 관료들을 후려치는 시를 썼다가 다음날 불쏘시개로 쓰면서 세월을 허망하게 바라보고 쓸쓸해했을 것 같은 그 양반 얼굴이 떠올라서 말일세. 이달의 얘기가 나오니 말이 더욱 많아지는군."

원우는 어렸을 적에 사랑에 대한 시를 좋아했다가 현실을 변화시키는 일에 관심을 가지면서 「동태」를 썼다. 어머니가 철거반에 맞서서 동태가 담겨 있던 꽝꽝 언 상자를 내던지는 모습을 보며 단숨에 쓴 시였다. 가슴에 한을 품고 썼던 많은 시들. 지금은 자신의 시에 그런 분노는 사라져버렸다.

"이달과 허균 사이에 많은 얘기가 있을 것 같습니다. 다시 써보셔도 좋을 것 같습니다."

"하하, 사실 내가 이달을 쓰려고 했던 이유는 이달이 지금 시대의 비정규직을 닮아 있어서일세. 자본주의 사회에선 모든 국가가 자유와 평등을 보장한다고 강변하네. 모든 이들에게 동등한 권리도 보장돼 있다고 하지만 불평등을 합법적으로 만들어 놓고 있네. 노동자들을 보게. 그들은 똑같은 일을 하면서도 정규직, 비정규직, 계약직, 알바 등등으로 신분이 분리돼 있어. 그런 차별 때문에 노동자들은 서로 싸우기도 하네. 도대체 그런 비열한 차별을 누가 왜 만들었겠나? 그래서 이달을 소환해서 한 사회의 법과 제도가 인간을 얼마나 비참하게 만들 수도 있는지를 보여주고 싶었던 것일세. 인간을 불평등하게 옭아매는 법과 제도를 깨야 한다고 허균이 소리친 것처럼 현재를 사는 사람들에게 진정한 자유와 평등은 어떻게 얻을 수 있는지 묻고 싶었던 것일세."

해운은 오랜 지인을 만난 것처럼 마음속에 있는 말들을 구슬 꿰듯 이어가다가 화들짝 놀라며 전화기를 꺼냈다. 벨 소리를 꺼놓은 전화기에는 아내에게서 온 전화가 세 통이나 있었다.

"이거 참, 큰일 났네. 벌써 아홉 시가 넘었다니, 마누라에게 혼나게 생겼구먼. 자, 내가 먼저 일어나야 하겠네. 근데 혹시 시 써놓은 것 좀 볼 수 없을까?"

"창피해서 보여드리기 민망스럽습니다."

"그러지 마, 이 사람아."

원우는 쑥스럽게 웃다가 해운과 함께 밖으로 나갔다. 그는 차 안에 두었던 노트를 해운에게 건네줬다.

"나는 택시 타고 가네. 그리고 찬미 선생 아픔이 많은 사람이야. 많이 아껴주고 멋지게 사귀어 보게."

"그런 사이는 아닙니다."

"자네 눈을 보니 좋아하고 있는데 뭘. 다들 혼자인 사람들이 뭐가 걸릴 게 있다고 주춤거리나. 좋으면 좋다고 고백해 보시게. 자, 나는 가네."

해운은 택시가 있는 곳으로 걸어갔다. 원우는 술기운이 잔뜩 묻은 해운의 뒷모습을 지켜봤다. 편의점 불빛만 희멀겋게 밝혀 있는 부론 중심가의 거리에는 사람의 발걸음 소리도 없었다. 고요한 어둠 사이로 우울한 가랑비 같은 지난 시절이 흘러 다녔다. 비루먹은 개처럼 질척거리는 빗속을 힘겹게 비틀거리며 걷고 있는 모습들. 시를 쓰다가 구겨버린 종이처럼 머릿속에 박혀 있는 풍경들을 지워버리고 싶었으나 물속의 달처럼 지워지지 않았다. 끊어지지 않는 생각 사이로 어머니의 얼굴이 버스정류장 느티나무 가지 위에 희미하게 걸렸다. 스스로 자신의 삶을 꺾어버렸다는 해운의 말이 심장을 그어가며 어머니의 얼굴을 점점 뚜렷하게 살려내고 있었다. 처음 부론을 들어올 때 보았던 어미 고라니의 눈망울처럼 수심에 가득 찬 어머니의 눈빛이 자신을 쳐다보고 있었다. 불현듯 어머니의 애달픈 모습 위로 만해 선사의 시어들이 화르륵 쏟아져 나왔다.

> 바람도 없는 공중에 수직의 파문을 내이며
> 고요히 떨어지는 오동잎은 누구의 발자취입니까
> 지리한 장마 끝에 서풍에 몰려가는
> 무서운 검은 구름의 터진 틈으로
> 언뜻언뜻 보이는 푸른 하늘은 누구의 얼굴입니까
> 꽃도 없는 깊은 나무에 푸른 이끼를 거쳐서
> 옛 탑 위에 고요한 하늘을 스치는 알 수 없는 향기는
> 누구의 입김입니까.
> 근원은 알지도 못할 곳에서 나서
> 돌부리를 울리고 가늘게 흐르는 작은 시내는
> 굽이굽이 누구의 노래입니까

연꽃 같은 발꿈치로 가이없는 바다를 밟고
옥 같은 손으로 끝없는 하늘을 만지면서
떨어지는 해를 곱게 단장하는 저녁놀은
누구의 시입니까
타고 남은 재가 다시 기름이 됩니다
그칠 줄을 모르고 타는 나의 가슴은 누구의 밤을 지키는
약한 등불입니까

어둠 저 끝에서 눈물 같은 바람이 불어와 느티나무 잎들을 흔들어댔다. 원우는 울먹이며 속삭였다.
'저는 누구의 얼굴입니까.'

4.

똘똘 뭉친 생각은 바위처럼 앉아 꼼짝도 하지 않았다. 한 발자국도 떼지 못하는 생각을 끌고 원우는 강가에 앉았다. 어둠에 묻혀 소리도 없이 흐르는 강. 캄캄한 세상 안에서 모든 것은 사라지고 죽비 같은 소리만 꽉 들어찼다.
'저는 누구의 얼굴입니까.'
나무할아버지의 집에 돌아와서도 그 소리는 이명처럼 달

라붙어 있었다. 눈을 감고 누워도 떠나지 않는 물음에 잠은 달아났다. 길을 잃고 돌아다니는 자신의 어지러운 발걸음 소리가 밤새도록 방안을 떠돌았다.

어머니가 아침을 준비하는 달그락 소리처럼 새벽을 알리는 여명이 창문을 희미하게 밝혔다. 점점 밝아오는 빛줄기가 등을 쓰다듬는 어머니의 손길처럼 따뜻해지자 꿈속으로 강이 흘러들어왔다. 기척도 없이 들어와 가만히 흐르는 강. 원우는 강물 위로 몸을 눕혔다. 물결이 되어 몸이 흘러갔다. 비 그친 뒤에 산과 산 사이로 떠다니는 안개구름처럼 시 한 편이 강물을 따라서 펼쳐졌다.

내 안의 강

깊지도 빠르지도 않고
속삭이지 않아도 물결 일어
가까이, 가까이 서서 가는

바람에 흔들려도
길을 묻지 않고
앞으로, 앞으로 나아가는

채워도 넘치지 않고
큰소리 한 번 없이
천리만리에 이르는

낮은 꿈에 젖어
구름 흐르듯 흐르는
내 안의 강

오랫동안 갖지 않았던 작은 소망이 몸을 푸는 새벽강의 실오라기 같은 안개처럼 피어올랐다. 코끝에 마음을 환히 밝혔던 향기가 몰려와 앉고 가슴이 따뜻해졌다. 파리 한 마리가 들어왔는지 코와 이마와 뺨이 간질거렸지만 꿈에서 깨고 싶지 않았다. 그는 눈을 감은 채 손을 펴서 얼굴로 가져갔다. 바람을 일으키려고 손을 흔드는데 부드러운 물체가 잡혔다.

"전화를 다섯 번이나 해도 받지 않아서 왔다니까요!"

찬미의 검지손가락이었다. 그녀의 손가락이 이마와 뺨과 코를 살짝살짝 건드리며 다니고 있었다. 원우는 찬미의 손가락을 쥐고 있는 자신의 손을 보다가 슬그머니 풀었다.

"아니, 잘 때는 옷을 좀 벗고 몸을 가볍게 해줘야죠. 어제 입은 옷 그대로 입고 자면 어떡해요? 아휴, 홀아비 냄새! 참 이상해. 혼자된 남자들 보면 꾀죄죄한 냄새가 난다니까요. 밥 갖다 놨으니까, 씻고 식사하고 나오면서 문자 넣으세요."

방 한쪽에 큰 보온병과 김치, 그리고 빈 그릇 하나와 숟가락 젓가락이 함께 놓여 있었다. 찬미가 나가자 원우는 일어나 앉아 창문을 바라보았다. 중천으로 떠오르는 햇살이 눈부시게 쪽창을 달구고 있었다.

방안에는 찬미의 쾌활한 잔소리가 여전히 남아 있었다. 그녀의 체취도 곳곳에 묻어 있어 원우는 킁킁 냄새를 맡아보다가 쑥스럽게 웃었다. 보온병을 열어봤다. 뜨거운 김이 올라오면서 콩나물 해장국 냄새가 술에 찌든 신경을 건드려 땀구멍을 움찔움찔 트이게 했다. 그는 밥을 먹고 찬미에게 문자를 넣은 뒤 밖으로 나갔다.

"미안해요, 늦어서. 어제 우연히 꼬꼬네 닭집에서 박해운 선생님을 만났습니다."

"박 선생님 술이 부족했나 보네. 그 선생님 별명이 뭔지 알아요? 여덟 시의 남자예요. 사모님 때문에 여덟 시 전까지는 가능하면 들어가시거든요. 그때까지 술이 안 취하면 꼭 소주 한 병을 들고 가시는데, 분명히 어제 집으로 가다가 술이 부족해 거기 갔을 거예요."

운전대를 잡은 찬미가 킥킥대며 웃었다.

"손곡 이달에 대해서 재미난 얘기 많이 들었습니다."

"어머, 잘됐다. 손곡 이달 전문가는 박 선생님이시거든요.

그럼 오늘은 두 군데만 가면 되겠네요. 손곡 이달 얘기 어땠어요?"

"여러 가지 느낄 수 있는 시간이었습니다. 박 선생님 입에서 쉬지 않고 얘기가 흘러나오는데, 역시 소설가는 말이 많구나, 하는 것도 느꼈습니다."

"쓰레기통을 뒤지는 사람!"

"누가요?"

"박 선생님은 소설가를 쓰레기통을 뒤지는 사람이라고 하거든요. 그분 술 취하면 욕도 엄청 잘해요. 쓰레기통을 뒤지고 다니셔서 그런지 표정도 변화무쌍하거든요. 어떨 땐 신사 같았다가 건달처럼 보이기도 하고요. 근데 꼭 말을 하다 보면 도달하는 결론이 있어요. 사람이 만드는 사회는 사람이 변하지 않으면 좀 더 낫게 만들 수 없습니다, 그거요! 좋은 얘긴데 꼰대 소리처럼 들린다니까요."

두 사람이 합창을 하듯 소리 내서 웃었다.

"근데 오늘 이상하시네."

"뭐가요?"

"뭐라고 해야 되나, 뭔가 나사가 조여진 느낌이라고 할까. 아무튼 보기 좋다는 소리랍니다."

차는 알산골 위쪽 오리올 마을의 입구쯤에서 섰다. 마을 입구 옆에 세워진 김효원 비석의 글귀는 기나긴 세월의 흔적처럼 사라지고 없었다. 찬미는 비석 뒤 산등성이 위로 올라갔다. 마을을 감싸며 길게 이어진 능선은 조금 올라가자 길쭉한 평지로 다듬어져 있었다.

동인의 우두머리 김효원을 비롯한 그의 집안을 알리는 묘들이 모여 있었다. 멀리서도 묘가 있는 것을 잘 알 수 있도록 망주석들이 품위 있게 세워져 있었다. 그 옆으로 오랜 시간 동안 풍화돼서 여기저기 돌이 깎이고 뜯겨나간 문인석들이 서 있었다. 못자리는 훌륭했다. 북쪽으로 조성한 방풍림에 묘터가 등을 기대고 앉아서 해가 잘 들고 바람이 시원하게 통했다.

"동인과 서인으로 나뉘는 데 결정적인 역할을 한 사람이기도 했지만 학문과 교육에 뜻을 세워 후학 양성에 힘을 기울이기도 한 사람이라고 하대요. 이분은 허균의 형인 허봉과 친구였는데, 그의 아들이 허봉의 사위죠. 그런데 그의 여식 한 명도 허균의 둘째 부인이 됐어요. 겹사돈이니 두 집안의 사이가 보통은 아니었을 거예요."

찬미의 입에서 허균의 이름이 나오자 원우는 손곡 이달을 떠올렸다. 허균이 임진왜란 때 첫 부인과 딸을 잃어버린 것처럼 이달 역시 아내를 먼저 저세상으로 보내고 뒷날 시 한 편을 남겼다.

아내의 죽음을 슬퍼하며

화장대엔 거미줄, 거울엔 먼지
문 닫힌 뜨락 복사꽃, 봄 더욱 쓸쓸해라
작은 다락 옛 그대로 달빛 속에 있건만
주렴 걷는 이 누구인지 모르겠구나

 살아생전 가족을 제대로 돌보지 못한 이달은 형벌처럼 오래 살아남아 홀로 세상을 떠돌았다. 늘 누군가의 도움을 받으며 칠십 넘어서까지 구차하게 살다가 평양 어느 여관에서 객사했다. 불현듯 손곡의 무덤은 어디 있을까 하는 의문이 들었다. 어쩌면 그의 시신은 숲에 버려졌거나 누군가의 측은지심으로 이름 없이 흙에 묻혔을지도 모를 일이었다.
 '손곡 이달은 이 시대의 비정규직과 닮았네.'
 지난밤 해운의 목소리가 더위 속을 힘겹게 지나가고 있는 바람처럼 지나갔다. 늘 권력이 있는 사람과 힘이 없는 사람으로 나뉘어 흘러온 역사. 원우는 김효원의 무덤에서 내려오는 동안 역사에 기록도 되지 못하는 민초들의 삶을 떠올렸다. 길 아래로 쑥쑥 자라나 있는 벼이삭을 훨훨 태워버릴 듯이 맹렬하게 햇살이 쏟아지고 있었다.
 "이 동네 이름이 오리올이에요. 예전엔 숲이 많아서 오려

올이라고 불렸는데 오동나무가 많다 보니 오리올로 변한 거죠. 손곡이라는 지명도 그래요. 오리올 옆으로 개울이 흐르는데 부들꽃이 많이 펴서 부듯골이라고 불렀죠. 부들을 한문으로 옮기면 손곡이거든요. 손위실이라는 지명을 치욕스럽게 느낀 누군가가 마을 이름을 바꾼 게 아닌가 싶어요. 그렇잖아요. 왕위를 공손하게 이성계에게 내줬다는 뜻이니 얼마나 패배적이에요. 그렇게 이름을 바꿔서 그런지 지금의 손곡리는 비운의 이미지를 벗고 밝아요. 아무튼 마을 이름의 변천사도 들여다보면 참 재미있어요. 지금 가는 노림리도 예전에는 느섭이라고 하다가 노섭으로 변했는데, 한자어로 적으면서 노림으로 바뀐 거죠. 느티나무 숲이 울창한 곳이라서 느섭이라고 불렀다는데 구함 한백겸이 가져다 심었다는 전설이 있어요. 근데 지금은 별로 나무가 없어요. 전쟁 이후 토지개량이다 마을개량이다 해서 남벌했기 때문이죠."

찬미의 차는 부문재를 넘어 경동대학교 옆으로 꺾어져 노림으로 향했다. 노림리의 산 이곳저곳이 파헤쳐져 있었다.

"저 산들 좀 봐요. 흉측하죠? 산업단지 들어올 거라며 개발하다가 중단된 거예요. 입주할 업체가 많지 않아 사업이 중단된 거라네요. 왜 사전에 그런 판단도 제대로 못 하고 산부터 무너트렸는지 화가 나요."

찬미가 눈썹 사이로 주름살을 잡으며 인상을 찡그리고 있을 때 전화가 왔다. 동네 이장이었다.

"아, 찬미 선생. 나, 이장이야. 지금 어디에 있는 겨?"

"잠깐 밖에 나왔어요. 무슨 일이세요."

"아, 최 이장 땜에 그려. 지금 또 전화 와서 찬미 선생에게 가서 따지고 전기기사를 죽여 버리겠다고 난리네그려."

"아니, 도대체 최 이장님이 왜 그러시는 건데요? 왜 제 사생활에 간섭하시는 건데요?"

찬미가 손을 들어 신경질적으로 운전대를 탁탁 쳐댔다.

"자기 사랑을 도둑맞았다는 겨."

"아니, 기가 막혀서! 그분하고 내가 무슨 사랑을 했다고 그러는 건데요?"

"아, 그 썩을 놈이 혼자 좋아서 난리 치는 거 동네 사람도 다 알아. 하지만 어쩌나. 저렇게 미쳐서 술만 처먹고 있으니. 찬미 선생이 전기기사와도 별스럽지 않은 관계라고 하니 그냥 가서 좀 달래주면 안 되겠나?"

"아니, 그걸 제가 어떻게 달래요. 제발 이장님이 좀 말려주세요."

"거참, 나도 중간에서 답답혀. 일단 주점이나 집에도 가지 말고 어디 잠깐 피해 있는 게 좋겠어. 그놈이 옛날 버릇 나온 겨. 똥고집 부리면 정말 못 말린다니까."

"아, 몰라요. 죽이든지 말든지 맘대로 하라고 하세요. 전 이장님만 믿고 그냥 있을래요."

"허허, 이거 정말 환장하겠네. 아무튼 일단 내가 가서 달래 보겠지만 뭔 일이 터질까봐 걱정이여."

이장의 목소리에 먹구름이 잔뜩 끼어 있었다.

"죄송해요, 이장님. 끊겠습니다."

전화를 끊었으나 뜻하지 않은 곤혹스러운 상황이 마음을 들끓게 했다. 찬미는 오래전에 폐교된 노림초등학교 옆 주차장에 차를 세웠다. 예상하지 못했던 사태에 어떻게 대처해야 좋을지 알 수 없어 막막해졌다.

"내일 달집 태우는 것 보고 모레 아침 일찍 제가 떠나고 나면 모든 게 괜찮아질 겁니다."

체증을 쓰다듬는 약손처럼 원우의 한마디가 찬미의 마음을 풀어냈다. 그녀는 눈빛을 빛내며 원우의 얼굴을 이리저리 뜯어보다가 고개를 갸우뚱했다.

"이상한데요. 분명히 이상해."

"아까부터 왜 그러시는 겁니까?"

"저번처럼 '당장 제가 떠나야겠습니다'라고 말할 줄 알았거든요. 무슨 계시를 받았는지 모르지만 보기 좋아요. 그래요, 부딪쳐 보면 무슨 수도 생기고 어떻게든 문제는 풀릴 거예요."

칙칙하게 어두워져 있던 찬미의 얼굴이 밝아졌다. 그녀는 언제 그런 표정을 지었냐는 듯 활기차게 입을 열었다.

"저 느티나무들 좀 보세요."

도로 한가운데에 이백 년이 넘은 느티나무 두 그루가 마주 보고 서 있었다. 그런데 오른쪽 느티나무의 모습이 기이했다. 한 뿌리에서 갈라져 두 개의 몸통을 만들어 세운 나무 사이에 커다란 물체가 꽉 끼어 있었다. 검은 너럭바위처럼 신비한 모습을 한 선사시대의 고인돌이었다.

"학교 안에도 두 개의 고인돌이 있었대요. 공사하는 분들이 잘 모르고 학교를 지으면서 땅에 매립했다고 하더군요. 마을 사람들은 세 개의 고인돌을 합쳐서 형제바위로 불렀다고 하죠."

찬미는 한 씨 집성촌으로 차를 몰았다. 마을 안에 여기도 이백 년은 족히 넘었다는 두 그루의 느티나무가 서 있었다. 무성한 잎을 자랑하며 두 나무가 만들어놓은 그늘 밑에는 시멘트가 발라져 있었고 긴 나무 의자 두 개가 놓여 있었다. 할머니 한 분이 의자에 앉아 있다가 차 소리에 고개를 돌렸다.

"누구 찾아오셨나?"

"한백겸 선생님 신도비 좀 보러 왔어요."

"거기 숲이 우거져서 못 가. 근데 왜?"

"인사라도 드리려고요."

"인사는 무슨. 이제 여기 한 씨들도 다 늙어서 죽고 자손들 몇몇이 살 뿐이야. 숲에 뱀 나오니까 가지 말어."

찬미는 느티나무를 찍고 차에 올라탔다.

"노숲의 흔적을 저 느티나무들이 간직하고 있는 것 같네요. 신도비를 못 봐서 섭섭하지만 구암 선생님이 우리 발걸음 소리는 들으셨을 거예요."

성리학을 등에 업은 유교로 백성의 하늘을 가렸던 조선시대의 권력다툼에서 벗어나 한백겸은 학문에 많은 뜻을 두고 후학을 양성했다. 그는 예순넷의 나이에 병들어 죽어가면서도 『동국지리지』라는 저서를 남겼다. 역사지리학의 창시라고 말할 수 있는 그 책은 이후 많은 학자를 자극해 역사지리 연구에 크나큰 영향을 끼쳤으나 마을에서조차 그의 흔적은 지워지고 있었다.

"이제 이달의 비를 보러 갈까요? 이달의 비석은 두 군데 있어요."

손곡리로 들어가는 도로 옆에 이달의 비가 세워져 있었다. 해운이 낭송했던 「예맥요」가 시비에 적혀 있었으나 오랜 세월의 풍파에 글씨가 쓸려서 희미해져 있었다. 그 시비 옆에 임경업 장군 추모비도 서 있었다.

"저 시비는 60년대에 세워진 것이고 십여 년 전에 만들어 놓은 것들은 따로 있어요."

찬미는 손곡저수지로 차를 몰았다. 저수지 옆 작은 터에 큰 돌들 십여 개가 허물어져 가는 정자 옆으로 세워져 있었다. 소나무와 상수리나무들이 저수지 벼랑 위에 서서 돌비석에 그늘을 드리우고 있었다. 다섯 개의 돌에 새겨진 이달의 시는 허균, 삼당시인 중의 한 사람인 고죽 최경창, 김시습, 등등을 그리워하며 쓴 시들이었다. 모든 시가 손곡저수지처럼 아름다운 서정을 흠뻑 담고 있었으나 사람의 발자취는 끊긴 듯했다.

저수지 수면 위에서 흰 나비 떼 같은 햇살이 날아와 눈부시게 팔락거리는 걸 바라보다가 원우는 시비 쪽으로 걸어갔다. 울타리까지 설치돼 있어서 지나치다 보면 보이지도 못할 곳에 있는 시비들. 원우는 이달의 외로움처럼 덩그러니 서 있는 시비들을 쓰다듬으며 천천히 들여다봤다.

고죽의 산장을 찾아와서

여러 달 만나지 못했기에
오늘 기쁘게 찾아왔네
농가는 나무 아래에 있고
오이 덩굴이 가을 숲에 걸려 있네
주인은 탈 없이 지낸다며
가난을 마음에 꺼리지 않네

즐거운 낯빛으로 뜨락 풀 위에 앉아
나를 위해 거문고를 뜯어주네
거문고 끝나면 다시 헤어져야 하니
슬픔만 서러움만 가득해라

 모함으로 관직을 박탈당한 최경창을 만나러 갔다가 쓴, 두 사람의 깊은 우정을 엿볼 수 있는 시였다. 기생 홍랑과의 애절한 사랑으로 알려져 있는 고죽 최경창. 그는 45세라는 젊은 나이에 객사했다. 그의 죽음을 슬퍼한 홍랑은 삼 년 동안 그의 무덤가에서 시묘를 하고 임진왜란이 일어나자 최경창의 시를 모아두었다가 책으로 발간했다. 허균의 이달에 대한 존경심처럼 최경창을 향한 홍랑의 깊은 사랑이 없었다면 우리는 고죽의 시를 볼 수 없었을 것이다.
 시비와 나무들 사이로 흘러 다니는 고요에 잠겨 원우는 망부석처럼 서 있었다. 서로를 사랑하고 따뜻하게 품어준다는 것이 새삼 대단하게 느껴졌다. 그러자 나뭇가지 끝에 앉아 우짖는 새처럼 외로움이 밀려왔다. 비를 부르는 바람처럼 외로움은 그리움을 불러들였다. 오랫동안 무덤 속에 가둬뒀던 보고 싶은 사람들의 마음을 만져보고 싶었다.
 벗어버리고 싶었다. 낡고 무거운 외투도 훨훨 태워버리고 목적도 없이 걸어가는 발걸음도 멈추고 싶었다. 긴 시간 동안 상처로 똘똘 뭉쳐놓은 또 하나의 심장 속에 갇혀 있는 자신이 싫었다. 원우는 깊은 한숨을 토해냈다.

"부론을 돌아보길 잘했죠?"

찬미가 곁으로 다가왔다.

"네. 안 그랬으면 후회할 뻔했습니다."

"그렇다니까요! 나도 부론에 대해 알게 되면서 많이 반성했었거든요. 사람은 혼자가 아니구나. 수많은 사람의 발걸음이 뒤섞여가면서 오늘을 만들었구나. 그게 그냥 하는 말이 아니란 것이 뼈저리게 느껴지더라구요. 그리고 십 년을 넘게 아름다운 자연 속에서 살다 보니 나무 이름 새 이름도 저절로 알게 되었고요. 참, 우리 주점 곤줄박이 소리 못 들어보셨죠? 걘 정말 웃기는 아이예요. 하루도 빠짐없이 새벽마다 눈만 뜨면 주점 간판 위에 있는 오리 위에 올라서서 노래하는 거예요. 꼭 무슨 수호신 같다니까요. 그렇게 새소리에 아침을 열고 지내다 보면 문득 걔들이 얼마나 고마운지 몰라요. 두터운 외투 씨, 부론을 보면서 반성 좀 하셨나요?"

"조금 느끼고 있습니다. 고맙습니다, 찬미 선생님."

"찬미 선생? 이름까지 불러주시니 기분이 좋은데요? 아무튼 이 기사님 얼굴도 좋아 보여서 신나요. 참, 이 동네 문화예술인들 얼굴을 보고 느낀 점이 없나요?"

"좋은 분들처럼 보입니다."

"부탁이 있는데, 제발 그런 당연한 말 좀 하지 않을 수 없나요? 그것 말고 그분들이 비록 넉넉한 생활을 하진 못해도 얼굴들이 빛나 보이잖아요. 못 느끼셨어요?"

"네. 다들 마음이 넉넉해 보이시더군요."

"음, 아직 제대로 못 보셨구나. 잘 보시고 왜 빛나는지 맞춰보세요. 이건 숙제입니닷!"

찬미의 얼굴에서 퍼진 화사한 웃음이 따스한 햇살처럼 너울거렸다. 원우의 얼굴에도 그녀의 웃음이 내려앉아 있었다. 저수지 위를 가로질러 숲으로 날아간 샛노란 꾀꼬리 두 마리가 나무 사이를 유영하고 있었다.

"가요. 내일은 달집 태우는 날이라 지관 씨를 도와줘야 해요. 아, 기대된다. 달집이 훨훨 타오르면 사람의 마음까지 훨훨 불길이 인다니까요. 이상해요, 비가 오거나 불만 보면 내가 약간 맛이 가거든요. 이 기사님은 안 그래요?"

"누군가가 빗소리는 추억의 소리라고 하더군요. 찬미 선생님은 추억이 많으신 것 같습니다."

"어멋, 정말 반성 많이 하셨나 보네요. 그렇게 멋진 표현도 해주시고."

찬미는 뒤돌아서 원우를 향해 손가락 춤을 추다 엄지까지 치켜세웠다. 청명한 꾀꼬리 소리가 맑게 울려 퍼지며 더위를 몰아내고 있었다. 찬미의 뒷모습을 바라보던 원우의 가슴이 그윽해졌다.

다정하고 사랑스러운 사람.

한 번만이라도 꼭 안을 수 있으면 좋겠다는 마음이 뭉게구름처럼 피어났다. 한 송이 하얀 꽃 같은 뭉게구름 위로 또 다른 흰 꽃 같은 구름들이 겹겹이 피어나자 원우의 얼굴이 붉어졌다. 그는 속마음을 감추듯 고개를 숙인 채 찬미의 뒤를 쫓아갔다.

4부
노을 바다

1.

 산은 능선으로 말하고 강은 물살로 소리쳤다. 잔잔한 피리 소리처럼 부론 산의 능선들은 부드러웠고 강물은 생명의 길처럼 깊이 흘렀다. 산과 강의 품에 안겨 있는 부론. 지관은 달신을 불러내기 위해 경건한 몸으로 달집을 만들기 시작했다.
 부론엔 낙엽송들이 많았다. 지관은 곧게 쭉쭉 뻗은 낙엽송 세 그루를 모시고 왔다. 나무 끝에 하얀 지전을 꽃처럼 매달아 수확이 끝난 텅 빈 옥수수밭의 땅을 파고 단단히 심었다. 잡귀를 쫓는 무녀의 집에 꽂힌 흰 깃발처럼 펄럭이는 지전들. 지관은 밤새도록 탈 수 있는 참나무 같은 단단한 통나무들을 세 개의 나무 사이에 채워 넣었다.

점심때가 지나자 예술인들이 하나둘씩 나타났다. 그들은 지관의 지시에 따라서 뒷산으로 올라가 나무를 끌고 내려왔다. 지관은 그들이 가져온 나무들로 천지인을 가리키는 세 개의 낙엽송을 빙 둘러 지지대처럼 받쳐 세웠다. 또 그 사이사이로 마른 나뭇가지들을 꽉 채울 동안 예술인들은 다시 산으로 올라가 생솔가지들을 끊어왔다.

크리스마스트리처럼 달집을 생솔가지로 옷을 입히고 짚을 꼬아 새끼줄을 만들어 달집을 빙 둘러 묶었다. 지관이 그 중심에 큰 구멍을 내서 달집 대문을 만들고 마른 짚들을 넣어 꾹꾹 눌러가며 방을 만들었다. 마지막으로 새끼줄을 둥글게 엮어 핸드볼 공 크기의 달을 방 한가운데에 매달자 지켜보던 사람들이 탄성을 질렀다.

해가 서산으로 뉘엿뉘엿 넘어가면서 점점 많은 사람이 주점에 나타났다. 덤프트럭을 모는 석태와 목청이 큰 경상도 아줌마도 친구들과 함께 왔고 마을 주민들도 일손을 놓고 모여들었다. 부론 예술인들과 친한 원주 시내에 사는 예술인들도 오고 면사무소 직원들도 왔다. 예술인들은 주방의 일을 도와가며 자신과 친분이 있는 사람들을 맞이하느라고 정신이 없었다.

시원한 바람에 나뭇잎 출렁이듯 주점에 흥 바람이 불었다. 원우는 이방인처럼 달집 주변을 어슬렁거리며 오랜만에 사람들이 모여 있는 풍경을 즐겼다. 달집을 만드는 것도 신기했고 마을 사람들과 어울리며 사는 예술인들 모습을 훔쳐보는 것도 좋았다. 자연스럽고 꾸밈없는 그들의 모습이 마음을 훈훈하게 했다.

'빛나 보인다'라고 했던 찬미 씨의 말은 그런 의미였을까.

원우는 하늘을 올려다보았다. 해가 서산으로 넘어갔으나 날은 여전히 환했다. 사람들은 주점 안과 밖에서 끼리끼리 모여 담소를 즐겼다.

쾡쾡 쾌쾡 쾡쾡! 주점 문이 열리면서 정재호가 꽹과리를 치고 나왔다. 그 뒤로 사물놀이패들이 북과 장구를 치며 뒤따라 나왔다. 그들은 땅을 밟아가며 주점 밖의 악귀를 몰아내듯 한바탕 지신밟기를 하고 안으로 들어갔다. 원우도 주점 밖에 있던 사람들과 함께 사물놀이패들을 따라서 안으로 들어갔다.

주점 안 덱 위에서 지관이 마이크를 들고 서 있었다. 그의 뒤로 '신병철 할아버지의 칠순을 축하드립니다!'라는 플래카드가 붙어 있었다. 여덟 개의 탁자를 무대와 마주 보게 일직선으로 붙여놓고 나머지 탁자를 끝에 꺾어서 이어놓았다. 녹두전과 막걸리병 그리고 돼지고기볶음 같은 음식들이 올려 있는 탁자 중앙에 신병철 할아버지가 앉아 있었다.

지관이 할아버지의 칠순을 축하한다며 그분의 살아온 내

력을 이야기하듯 꺼내놓았다. 어릴 적에는 서리 대장이었고 전 이장이었던 장필이네 아저씨네 지붕을 쥐불놀이하다가 불태운 적도 있다고 너스레를 떨었다. 익살스럽게 현재까지의 할아버지의 삶을 사람들에게 들려준 지관이 다 함께 만수무강을 비는 절을 올리자고 제안했다.

"다 함께 절!"

지관의 말에 따라 사람들이 큰절을 올리거나 묵례를 했다. 지관이 만수무강을 비는 창을 목청을 돋워 뽑아냈다.

천세를 누리소서, 만세를 누리소서
무쇠 기둥에 꽃이 피고 열매가 열어 따들이도록 누리소서
그 위에다 억만세, 그 위에 또 만세를 누리소서

『청구영언』에 실린 작가 미상의 노래를 현재의 언어로 바꿔 만든 노래였다. 화통한 목소리로 지관이 간절하게 읊어대자 사물놀이패들이 장단을 맞춰가며 흥을 끌어올렸다. 그의 노래가 끝나자 할아버지가 오신 분들에게 고마운 인사를 전하며 본격적인 술판이 벌어졌다.

"잠깐 나 좀 보세."

원우는 사람들 사이에 앉아 술을 마시다가 누군가가 어깨를 건드리자 고개를 돌렸다.

"아, 선생님."

"잠깐 밖으로 나가세."

해운이 밖으로 나가자 원우가 뒤따라갔다. 해운은 나무할아버지가 늘 아침마다 쓰다듬는 감나무 그늘 아래로 갔다.

"시 잘 봤네. 개인적으로 작품에 간절함이 배어 있는 걸 좋아하는데, 그게 보여서 잘 읽었네."

"부끄럽습니다."

"무엇이 부끄러운가? 시가, 아니면 자네의 삶이?"

해운은 원우의 시가 담긴 봉투를 내밀었다. 매미들이 저물어가는 하루를 애타게 바라보듯 비명을 지르고 있었다.

"막힌 둑을 뚫어보시게. 자네가 막았으니 그걸 뚫을 방법도 자네가 알고 있을 걸세. 우리집 앞에 할머니 한 분이 살다가 돌아가셨는데, 그분은 서울을 딱 한 번 가봤다고 하더군. 원주는 대여섯 번 나가보셨다고 하고. 기가 막힌 일이지. 그분이 본 하늘의 평수는 얼마나 될까? 생각의 하늘을 가두지 마시게."

원우는 쑥스러운 웃음을 짓다가 해운을 쳐다봤다.

"그런데 왜 선생님은 지금까지 노동문제를 붙들고 있는지 여쭤보고 싶습니다."

"문학은 삶이라고 하지 않던가? 난 열네 살에 공장을 다니고 신문을 배달했던 가난을 겪었어. 내 삶터가 노동현장으로 쭉 이어져 왔는데 당연히 노동자 얘기를 쓸 수밖에 없지 않은가? 그리고 자본주의 사회가 얼마나 탐욕적이고 비정한가. 기후 위기, 환경파괴, 바이러스의 공격 같은 현상을 보게. 무기는 첨단을 넘어서 있는데 그런 문제에 대해서 준비된 게 별로 없어. 전 세계 기후 연구자들이 이삼십 년 안에 지구에 커다란 위기가 반드시 닥칠 거라고 경고를 해도 쳐다보지 않아. 돈이 안 되는 것에 관심이 없으니 당연한 일이지. 나는 노동문제를 붙들고 있는 게 아니라 공동체를 파괴하는 자본주의 사회를 비판하고 싶은 거야. 자본주의 체제에선 공존이 아니면 공멸이라는 인간의 과제를 해결할 수 없다고 보거든. 세상이 공존이라는 희망을 찾아서 나아가기를 바라며 글을 쓸 뿐이네."

원우는 감나무 잎들이 흔들고 있는 빛살을 쳐다봤다. 산동네까지 평등의 빛을 뿌리고 싶었던 젊은 날의 꿈이 해운의 목소리를 타고 윤슬 같은 햇살로 흘러나왔다. 오랫동안 사람들 사이에서 들어보지 못한 목소리였다. 식당에서 노동자들의 파업을 알리는 뉴스를 보거나 일꾼들끼리 푸념처럼 내뱉는 삶의 팍팍한 소리를 들어도 더이상 나와 상관없는 일이라며 지나쳐버렸던 순간들이 가슴에 저며 들었다.

"자네의 시는 어느 순간 급격하게 달라져 있더군. 희망과 절망이 극단적으로 나뉘어 있어. 아마 자네가 살아온 얘기를 듣지 못했다면 나는 자네 시를 이해할 수 없었을 걸세. 체념하면 뭐가 좋은가? 절망하면 마음이 편한가? 사실 희망과 절망이란 우리의 감정이지. 그것들은 모두 사람들 삶 속에 그냥 있는 거잖아. 나는 희망을 찾아가는 게 좋네."

원우가 고개를 끄덕이다 찬미의 말이 떠올라 해운을 쳐다봤다.

"좀 우스운 생각이 나서 그러는데 말씀드려도 됩니까?"

"해보시게."

"찬미 선생님이 부론 예술가들의 얼굴에서 빛이 난다고 하는데 혹시 선생님은 그 이유를 아십니까?"

원우의 말을 들으며 해운이 소리 내서 웃었다.

"찬미 선생은 가끔 예상치 못한 질문을 하지. 하하, 빛이 나는지 어떤지는 알 수 없지만 여기서 자네가 만난 사람들을 떠올려 보시게. 물론 그들의 삶을 모르니 이해하기 어려울 걸세. 찬미 선생부터 보시게. 그분은 유명한 사진작가였는데 사진작가 세계에 염증을 느껴 모든 것을 버리고 이곳으로 왔네. 서길노라는 음악 했던 친구는 건설업자로 잘 나가다가 돈을 벌기 위해 몸부림치는 삶이 싫어 여기에 주저앉았네. 농부가 주인 이인석 역시 유명한 학원 선생으로 돈을 긁어모으다가 삶이 망가지는 것을 느끼면서 다 버리고 왔어. 저 사물놀이패들은 대학 때부터 문화 운동을 하다가 이십 년 가까이 지역 문화를 살리는 일을 하고 싶어 여기에 있다가 이젠 주민이 돼버렸지. 그들 모두 공통점이 있어 보이지 않나? 돈과 명예를 좇지 않고 기득권을 놔버렸다는 걸세. 사물놀이 패들은 처음부터 기득권을 좇지 않았던 사람들이지. 술 앞에 장사 없다고 하지만 돈 앞에 무릎 꿇지 않는 사람도 보기 힘드네. 요즘은 그게 더 심해져서 자신의 이익을 챙기지 못하는 사람을 바보 취급하는 세상이란 말일세. 입으론 평등을 말하면서 자기 이익 앞에서는 안면을 바꾸는 세상이니 더불어 사는 삶, 개나 물어갈 소리 아니겠는가? 그런 이기적인 세상에서 더이상 물질에 종속당하지 않고 스스로가 기쁜 삶을 찾아간다고 빛나 보인다는 표현을 쓴 게 아닐까?"

더위를 쫓아낸 그늘 위에서 무성한 감잎들이 서걱거리는 소리가 무거운 외투를 벗어버리라던 찬미의 목소리처럼 들려왔다. 스스로 삶을 꺾어버렸다는 해운의 말도 나뭇잎 사이를 뚫고 들어온 따가운 햇살처럼 눈을 찔렀다. 원우는 무거워진 마음을 입안에 잔뜩 물고 먼 하늘을 올려다봤다.

"가세. 오늘 같은 날은 즐겁게 한잔하는 날. 말이 너무 무거워졌네."

"시도 읽어주시고 좋은 말씀도 고맙습니다."

"나 역시 자네 만나서 고맙네. 덧없으면 덧없는 대로 허망하면 허망한 대로 시를 이어가시게. 자네에게 하고 싶은 말은 그 봉투 안에 몇 자 써서 집어넣었으니 나중에 읽어보시고."

해운이 원우를 격려하듯 그의 어깨를 툭툭 칠 때 쿵, 하는 소리가 들려왔다. 두 사람이 동시에 소리가 나는 곳으로 고개를 돌렸다. 트랙터가 주점 앞 나무 간판에 부딪혀 크릉크릉 소리를 내고 있었다. 해운은 사고가 난 것 같아 뛰었다. 이미 주점 밖으로 사람들이 몰려나오고 있었다.

"최 이장, 뭐 하는 짓이여! 당장 시동 끄지 못해!"

성난 목소리로 핏대를 올리고 있는 동네 이장 옆에 석태가 서 있다가 트랙터 위로 올라섰다.

"야, 이 양반아! 시동 끄라는 소리 안 들려? 뭐야, 이거. 이 양반 완전 맛탱이가 갔네."

열린 창문으로 술 냄새가 진동했다. 운전석에 앉은 최 이장의 눈이 석태의 소리에 반응하듯 번뜩였다가 가물거려 술이 머리꼭지까지 올라온 게 느껴졌다. 석태는 트랙터에서 뛰어내려 주점 앞 수도가 있는 곳으로 달려갔다. 예술인들이 트랙터로 몰려가고 찬미는 아연실색한 표정으로 기울어지고 있는 주점 간판을 애타게 쳐다봤다.

석태는 수도 분사기를 들고 트랙터 운전석 쪽으로 달려갔다. 그는 달리던 속도 그대로 트랙터 발판을 밟고 올라서서 분사기를 들어 최 이장의 얼굴에 물을 뿌렸다. 갑작스러운 물벼락에 최 이장이 눈을 감고 핸들을 놓자 석태가 트랙터 안으로 고개를 들이밀어 차 키를 뽑아 창밖으로 던졌다.

"이런 미친놈. 나와, 이 새캬!"

석태는 한 손으로 최 이장의 멱살을 잡고 다른 손으로는 그의 머리카락을 움켜잡고 끌어당겼다.

"석태 씨, 사람 다치지 않게 조심하세요!"

지관이 예술인들과 함께 운전석 쪽으로 왔다. 석태의 완력에 못 이겨 최 이장이 끌려 나오자 예술인들이 그를 받아 안아 땅에 내려놓았다.

"놔, 씨발놈들아!"

최 이장이 눈을 부릅뜨며 휘청거렸다.

"야, 임찬미 나와 봐! 그 잘난 얼굴 좀 보이라구!"

"이 사람아, 정신 차려! 가세, 이게 뭔 꼴인가? 가자구!"

"내가 왜? 난 여기 토박이여! 어디서 개뼉다귀 같은 것들이 굴러 들어와서 주인 행세야! 저것들이 꺼져야지, 내가 왜 가!"

최 이장은 동네 이장의 손을 뿌리치며 바락바락 소리쳤다. 주점에 온 사람들은 영문도 모른 채 최 이장이 텃세를 부린다고 여겼다. 찬미는 가슴이 덜덜 떨려 파라솔 아래 몸을 웅크리고 앉아 있었다.

"가, 가자구. 나중에 술 깨고 와서 얘기하세!"

동네 이장이 최 이장의 어깨를 밀며 데리고 가려 하자 그가 또다시 손을 뿌리쳤다.

"임찬미 어디 갔어? 왜 얼굴을 내밀지 않는 겨! 죄진 건 아는가벼, 씨팔!"

"그만하라니까! 찬미 선생이 무슨 죄가 있어, 이 사람아! 가, 봉변당하기 전에!"

동네 이장이 최 이장의 등을 떠밀었다.

"밀지 마, 씨팔!"

최 이장이 가래침을 한 움큼 뱉어내며 비틀거렸다.

"나를 배신하고 어디 잘 사나 보자. 내가 절대 가만두지 않을 겨."

하얀 반팔 러닝셔츠에 반바지를 입은 최 이장이 꼬인 혀로 가만두지 않겠다는 말을 되풀이해가며 구불구불 위태로운 벼랑길을 걷듯이 내려갔다. 동네 이장이 걱정스러워 그의 뒤를 따라갔다.

"근데 누님, 아까 그 인간이 누님 좋아하는 거 아녀?"

"맞아, 환장하게 좋아하지."

파라솔 아래서 석태가 묻자 복실이 대신 대답했다.

"우리 누님이 야시시하게 생기긴 했지."

"그러지 마. 나 힘들단 말이야."

"누님, 살다 보면 거지깽깽이 같은 새끼들 많아. 그럴 땐 확 무시해버리면 되는 겨."

"저거 눈에 안 보이니? 주점 간판이 넘어갈 판인 거!"

"저거? 내가 내일 와서 다시 세워줄게. 우리 동네 어떤 새끼는 면사무소 여직원을 일방적으로 좋아한다면서 술 처먹고 꼬장을 부렸어. 남자 직원들이 막아서서 그놈을 좋게 달래서 보냈는데도 이놈이 다음 날 분통이 터진다면서 또 술 처먹고 승용차로 면사무소를 박아버린 겨. 이런 건 약과라니까!"

"아, 정말. 왜 자꾸 겁주고 그래!"

"하여튼 인간이 도움이 안 돼. 누가 양아치 아니라고 할까 봐, 말할 때 저 다리 흔드는 것 좀 봐."

석태가 오른쪽 발뒤꿈치를 들었다 놓으면서 다리를 탁탁 치듯 떨었다. 복실이 그의 다리를 손가락으로 가리키며 어이없다는 듯 헛웃음을 쳤다. 찬미는 문득 원우가 걱정돼 주변을 둘러보다가 주점 안으로 들어갔다. 술추렴 하는 사람들 사이에서도 그가 보이지 않았다.

"자, 여러분. 이제 삼십 분 정도 지나면 보름달이 뜹니다. 탁자 네 개만 달집 있는 곳으로 옮겨주시고 모두 밖으로 나와 주세요!"

지관의 목소리를 들으며 찬미는 밖으로 나왔다. 미풍에 실려 온 어둠이 조금씩 대지에 그늘을 드리우고 있었다. 어두워지는 하늘처럼 마음이 착잡했다. 원우에게 달집이 타는 모습을 보여주고 싶었으나 마음만 불편하게 만든 것 같았다.

그녀는 달집을 지나쳐 나무할아버지의 집으로 갔다.

"지금 뭐 하시는 거예요?"

방문을 열자 원우가 막걸리병 앞에 앉아 있었다. 안주도 없이 종이컵에 막걸리만 뿌옇게 담겨 있는 걸 보자 찬미는 속이 상했다.

"제가 거기 있으면 공연히 소리만 커질까 봐 먼저 들어왔습니다. 술을 안 마셨으면 그냥 떠날 수도 있었을 텐데……"

"반성한 줄 알았더니 아니었네요. 무슨 큰일이 났다고 이렇게 궁상을 떠는 거예요. 옆 동네 면사무소에서는 어떤 사람이 여직원을 일방적으로 좋아했다가 안 되니까 승용차로 면사무소 문을 박아버렸대요. 그런 거에 비하면 이건 아무것도 아니죠. 조금 지나면 다 그냥 해프닝으로 끝나는 일이잖아요. 가요. 조금 있으면 달이 떠오른단 말이에요. 달집 타는 거 보여주고 싶었다니까요."

"찬미 선생님 마음은 충분히 압니다. 그냥 여기 있겠습니다."

"그럼 나도 안 가요."

찬미는 원우 앞에 앉아 그가 따라놓은 막걸리를 단숨에 들이켰다. 잔을 내려놓은 그녀가 팔짱을 낀 채 원우를 똑바로 쳐다보며 입을 꾹 다물었다. 원우는 그녀를 마주 보기가 민망스러웠다. 그는 빨간 안경테를 쓴 것처럼 벌게진 눈을 어디에다 둘지 몰라 머리카락만 쓸어넘겼다. 그녀에게서 정신을 아득하게 만드는 향기가 흘러나왔다.

"어쩔 수가 없군요. 나가시죠."

"진즉에 백기를 들었어야죠. 내가 얼마나 쎈데요?"

찬미가 일어나서 두 손으로 원우의 팔뚝을 잡으며 그의 얼굴 앞으로 자신의 얼굴을 바짝 갖다 댔다.

"네. 저는 상대가 안 될 것 같습니다."

"늦게라도 아셨으니 다행이네요."

찬미는 손을 푼 뒤 방문을 열고 나갔다. 그녀의 지나간 자리에 꽃향기가 자국처럼 남았다. 원우는 그녀를 불러 세워 안고 싶은 충동에 휩싸였지만 서너 발자국 거리에 있는 그녀와의 사이가 너무도 멀게 느껴졌다. 그는 찬미를 쫓아서 달집이 있는 곳으로 갔다.

사람들이 연 꼬리처럼 긴 하얀 지전에 소망을 적어 달집을 둘러싼 새끼줄에 걸고 있었다. 달문 앞에 차려진 제사상 앞에서 사람들이 돈과 술을 올려놓고 절을 드리며 소원성취를 빌었다. 흰 저고리와 바지를 입은 재호가 옆에 서서 꽹과리를 두들기며 추임새를 놓았다.

"어허, 이 일을 어찌할꼬. 달빛 타고 올 노잣돈이 적어 못 온다고 하시는구나, 얼쑤!"

재호가 요란스럽게 꽹과리를 쳐대자 사람들이 박장대소를 하며 술을 나누고 지갑을 열었다.

"우리도 써요. 절도 드리고요."

찬미는 지전과 사인펜을 들고 와 원우에게 건넸다. 그녀는 미리 써 온 지전을 들고 새끼줄이 있는 곳으로 걸어갔다.

지전을 든 원우의 머릿속으로 어머니가 떠올랐다. 그는 무엇을 어떻게 적을지 몰라 막막해했다. 불현듯 꽹과리 소리가 자신을 원망하던 여동생의 울음소리처럼 달려들자 그의 가슴에 눈물이 차올랐다.

'어머니 용서하세요. 달신이시여 어머니를 부디 보살펴 주소서!'

원우는 지전을 새끼줄에 걸며 울먹였다. 꽹과리 소리가 등을 두들기며 하늘로 치솟고 있었다. 어둠이 점점 짙게 물들어갔다.

"자, 이제 절도 다 드렸으니 본격적으로 달신을 불러봅시다!"

재호의 꽹과리 소리에 맞춰 사물놀이가 어우러지기 시작했다. 복실이 달문 앞에 있는 제사상을 들어 십여 미터 떨어진 식탁 쪽으로 옮겼다. 재호가 앞서서 나가자 사물놀이가 그 뒤를 따랐다. 사람들이 점점 그들 뒤로 다가가 꼬리를 이어 붙였다.

"달아 달아 밝은 달아. 주태백이 놀던 달아!"

지관이 설소리를 느릿하게 선창하자 사물놀이패들이 뒷소

리로 강강술래, 강강술래를 외쳤다.

"달아 달아 밝은 달아. 부론 하늘의 밝은 달아!"

꼬리를 이으며 걷고 있던 사람들이 다 함께 강강술래를 외쳤다.

"산아 산아 봉명산아. 법천사지의 밝은 달아!"

소리가 점점 빨라지고 사람들의 발걸음도 바빠졌다.

"술래가 돈다, 술래가 돈다. 달빛처럼 술래가 돈다!"

텅 빈 옥수수밭을 둘러싼 어둠을 뚫고 신성한 기운이 몰려들기 시작했다. 새벽이슬 같은 물방울들이 모여 깊은 산 개울로 흐르듯 맑은 기운이 사람들 위로 내려앉았다. 사람들의 몸에서 점점 신명이 올라 목소리는 커지고 걸음걸이는 달리듯 부지런해졌다. 미처 속도를 못 따라가 줄이 끊겨도 사람들은 깔깔거리며 힘차게 달려 또다시 줄을 이었다. 그러다가 어느 순간 누가 소리쳤다.

"달이다! 달이야, 달!"

반가움에 숨넘어가는 소리가 들리자 모든 소리가 멈추고 사람들은 맞은편 산으로 고개를 돌렸다. 산 위로 손톱 끝만큼 기어 올라온 가느다란 달이 말 갈퀴 같은 능선 위의 나무들 사이로 은은하게 빛을 뿌리고 있었다. 달을 제일 먼저 본 사람은 목청 좋은 경상도 아줌마였다. 그녀는 덩실덩실 춤을 추며 아무도 곁에 오지 못하게 손을 휘저으면서 나뭇가지 끝에 지푸라기로 감싼 달집 점화봉을 들었다. 지관이 옆에서 라이터로 점화봉에 불을 붙여주자 그녀는 달문 앞에 무릎을 꿇고 앉았다.

"달신님예, 부디 자식들 건강하게 지켜주시고 돈 좀 많이 벌게 해주세예. 부탁드립니다예!"

아줌마는 달문 안으로 불길이 덩실덩실 춤추는 점화봉을 집어넣었다. 짚으로 만든 달덩이가 불길에 환하게 보이자 그녀는 달에 점화봉을 갖다 댔다. 화르르 옮겨붙은 붉은 불길로 달이 타올랐다.

"천지신명들이여 오소서! 달빛 타고 별빛 타고 바람 타고 강을 건너오셔서 부론의 하늘을 밝혀 주시옵소서. 여기 모인 모든 사람과 이 땅의 모든 사람의 하늘을 차별 없이 밝혀 주소서!"

지관이 하늘을 향해 소리치자 재호가 꽹과리를 두들겼다. 신호탄처럼 꽹과리가 울리자 사람들은 소원을 담은 점화봉에 불을 붙여 솔잎 사이로 집어넣었다. 징이 울리고 북이 울리고 장구가 춤을 추자 흥이 오른 불길은 천지인을 수호하는 사천왕의 부리부리한 눈빛처럼 무서운 기세로 치솟았다. 어둠에 숨어 있던 악귀들이 달아나자 달집 주변이 환하게 밝아졌다. 타닥타닥 불길이 소리를 내며 수만 개의 불티를 하늘로 올리며 달빛을 맞이하고 있었다. 사람들이 환호성을 지르며 사물놀이패들의 뒤를 따라가며 또다시 달집을 빙빙 돌기 시작했다.

"어때요? 신나죠?"

"네. 제가 불이 된 기분입니다."

찬미는 원우의 허리를 잡고 돌았다. 아직 식지 않은 지열과 불길로 인해 사람들의 이마와 등에서는 땀이 줄줄 흘렀다.

"가요. 술 한잔해요."

찬미는 원우를 데리고 음식이 차려진 곳으로 갔다. 복실을 비롯한 몇 사람들이 그곳에서 술추렴을 하고 있었다.

"언니, 땀 좀 식혀."

"이열치열! 땀으로 독이 다 빠져나가니까 시원해. 아, 달님이시여! 사랑하는 달님이시여!"

맞은편 산 위로 보름달이 휘영청 떠올라 있었다. 은은하고 따뜻한 빛이 달무리처럼 둥글게 달을 감싸며 지상으로 내려오고 있었다.

"언니, 그분이 오시고 있나 봐?"

"응, 바로 눈앞에까지 오신 것 같아. 아, 저 불 좀 봐. 너무 아름답다!"

"난리 났네. 난리 났어."

"그분이라뇨?"

원우가 복실에게 물었다.

"정열의 여신 광신녀라고 있어요."

달처럼 동글동글한 복실의 얼굴에 웃음이 만연했다.

"가요!"

"저는 여기 조금 있겠습니다."

찬미는 막걸리를 두 잔 마시고 다시 사람들 속으로 들어갔다.

"좌우당간 못 말려. 언니는 비가 오거나 불만 보면 미쳐요."

"그런다고 하시더군요."

"기사님이 고마워요."

"제가 뭘?"

"언니가 다시 사진을 찍게 만들어줬잖아요. 많은 예술인이 사진을 다시 찍으라고 해도 안 한다고 했거든요. 언니 사진 못 보셨죠? 언니 사진을 보면 저 불꽃처럼 열정이 느껴져요."

생솔가지가 옆으로 새는 불길을 막아 달집을 태우는 불길은 화로의 불처럼 하늘로 치솟았다. 모든 악귀를 잡아들이는 불의 정령들이 연꽃 모양의 불꽃처럼 날아올랐다. 어느 순간 달집의 한쪽 옆이 터지면서 천지인을 지지하고 있던 나무들이 와르르 무너졌다. 반딧불이가 달집 속에 숨어 있었던 것처럼 불티들이 훨훨 날아다니면서 불 그림을 허공에 그려놓았다. 사람들이 탄성을 지르며 환호했다.

대열을 이끌던 사물놀이패들이 멈춰 서서 판을 바꾸기 시작했다. 사람들이 사물놀이의 장단에 맞춰 박수를 치며 그들 앞에서 몸을 들썩였다. 지관이 꽹과리를 치며 사람들 앞으로 나가면서 목청을 높였다.

"달아 달아 밝은 달아!"

사물놀이패들이 장단을 맞추며 '쾌지나칭칭나네'를 외쳤다. 지관이 다시 사람들로부터 뒤로 물러나더니 꽹과리를 머리 위에 올려 쳐대면서 다시 앞으로 나아갔다.

"사람들아, 사람들아!"

"쾌지나칭칭나네."

지관이 뒤로 물러나자 사람들이 지관의 앞으로 나아가며 후렴을 외쳐댔다.

"못난 사람, 잘난 사람!"

"쾌지나칭칭나네!"

"여자, 남자 구별 말고!"

"쾌지나칭칭나네!"

타오르는 불길 앞에서 지관과 사람들은 줄다리기를 하듯 춤을 추며 소리를 이어갔다. 불길은 사람들의 목소리를 신고 악귀를 쫓으며 거세게 타오르고 달님은 점점 사람들 머리 위로 올라왔다. 지관은 눈을 부릅뜨며 펄펄 날았다. 지그재그로 몸을 휘날리며 꽹과리 소리로 사람들의 영혼을 끌어냈다. 그의 목소리가 하늘 신, 땅 신을 불러내고 있었다.

사물놀이 소리가 하늘을 찌르며 울려 퍼지자 복실이 막걸리와 김치를 채반에 담아 들고 놀이패 곁으로 다가갔다. 땀을 비 오듯 흘리고 있는 단원들에게 술을 한 잔씩 돌리는 동안 지친 사람들이 놀이판에서 빠져나갔다. 지관은 사람들이 힘에 부쳐 흩어지기 시작하자 마지막 한마디를 하늘에 올렸다.

"평등세상 살고지고, 평등세상 살고지고!"

지관은 허공 높이 뛰어올랐다가 땅을 내딛고 꽹과리를 두들겨가며 달집을 향해 절을 했다. 사람들이 지관을 따라서 달집을 향해 절을 올리자 사물놀이 소리가 모두 닫히고 불타오르는 소리만이 이글거렸다. 불길을 따라서 부처의 미소 같은 달빛이 땅에 내려와 사람들의 얼굴을 환하게 밝혀놓고 있었다.

땀이 식지 않은 사람들의 얼굴이 불빛에 반들거리며 빛났다. 그들은 식탁에 모여 술을 나누며 잘 놀았다면서 서로를 격려하고 웃음을 나눴다. 밤이 깊어지면서 사람들은 무리를 지어 떠났다. 술이 거나하게 오른 지관은 제사장처럼 달집을 돌면서 불꽃처럼 세상이 밝아지기를 기원했다. 찬미가 그의 뒤를 따라다니면서 꽹과리가 울릴 때마다 콩콩 뛰며 머리를 흔들었다.

"접신 중이구만. 좌우당간 못 말려."

"부럽죠. 저 나이에 저 열정이라니요. 저는 꿈도 못 꿉니다!"

길노가 복실의 말에 부럽다는 한마디를 얹으며 기타를 맸다. 밤이 깊어 스피커 소리를 조절하고 기타 음을 조율했다. 소리가 잡히자 그는 물 흐르듯이 기타 줄을 튕겼다. 에릭 클랩튼의 「Wonderful Tonight」이었다. 불길처럼 선율이 어둠을 긋자 찬미가 멈춰 서서 몸을 흔들었다. 물미역들이 맑은 바다 물살에 흔들리듯 양손을 하늘로 올린 그녀의 몸이 하늘거렸다.

달의 여신이라도 본 듯 원우는 넋을 뺐다. 사람들의 시선을 아랑곳하지 않고 춤을 추고 있는 그녀의 몸이 어둠을 사르는 불꽃처럼 보였다. 지관이 복실의 손을 잡고 찬미 곁으로 가자 재호가 아내인 명숙을 이끌고 합류했다.

"마누라 없는 놈만 불쌍하네, 염병할!"

양 박사의 한 마디에 사람들이 웃었다. 하지만 원우의 귀엔 아무 소리도 들리지 않았다. 찬미의 몸동작이 안개비 내리는 흐릿한 바닷가를 불러오며 합정동 그녀를 떠올리게 했다. 홀로 사는 것이 벅차고 허전함을 못 이겨 찾아갔던 어리석은 발걸음을 탓하면서 늦가을 새벽 바닷가를 찾아가 외로움만 붙들고 울었던 시간.

생각을 지우고 싶어 막걸리 한 잔을 훌쩍 마시자 광풍이 일었던 은섬포의 몸부림치던 강물의 모습도 떠올랐다. 그 사이로 그녀의 가슴에 얼굴을 파묻었던 기억이 생생하게 느껴지자 원우는 눈을 감았다. 도대체 왜 내가 그런 행동을 했을까. 가슴을 떠미는 찬미의 완강했던 손길이 부끄러움과 후회를 몰고 왔다. 원우는 사람들 사이에서 조용히 물러나 나무 할아버지 집으로 걸어갔다.

2.

할아버지의 방엔 불이 꺼져 있었다. 원우는 형광등 불빛 아래서 먹다 남은 막걸리를 조금씩 마셔가며 떠날 결심을 했다. 전선 교체도 다 해놨고 부론에 대한 기록은 정리해서 이메일로 보내주면 될 것 같았다. 찬미에 대한 감정 때문에 훌쩍 돌아서지 못했지만 찬미는 물론 부론 예술인과도 어울릴 수 없는 존재가 바로 자기인 것만 같았다. 잠시 문밖을 나왔으나 다시 문 안으로 돌아 들어가는 게 자신과 어울린다며 씁쓸하게 웃었다. 그렇게 마음에 상처를 입히는 상념에 사로잡혀 고요한 방안을 외롭게 떠다니고 있을 때 갑자기 문이 열렸다. 찬미가 방안으로 들어서서 우뚝 선 채로 원우를 쏘아봤다. 화가 잔뜩 난 찬미의 모습을 보며 원우는 머리카락을 쓸어넘겼다.

"말하지 않고 와서 미안합니다. 예술인들 속에 있으려니 민망했습니다."

"가요."

찬미는 원우에게 다가가 그의 팔을 잡아끌고 일으켜 세웠다.

"전 그냥 여기 있겠습니다."

"거기 안 가요. 그냥 따라와 주시면 안 돼요?"

원우는 일어났다. 찬미가 방문을 열고 나가며 형광등 불을 껐다. 밖으로 나가니 기타 소리가 끊길 듯 말 듯 가냘프게 들려왔다. 찬미는 달집이 타는 방향과 반대 방향으로 걸음을 옮겼다. 가로등 하나가 골목을 밝히고 있는 길 위로 달이 두 사람을 쫓아 왔다.

"들어오세요. 우리집이예요."

원우는 머뭇거리다가 허리 높이의 나무문을 밀치고 들어섰다. 찬미가 현관으로 올라서자 자동으로 불이 켜졌다. 원우는 그녀가 열어놓은 현관으로 들어섰다.

"후텁지근하죠? 조금 있으면 괜찮을 거예요. 소파에 조금만 앉아 계세요."

찬미는 벽에 걸린 에어컨을 틀었다.

집은 정사각형이었다. 집안에 들어가자 맞은편으로 주방이 길게 보였다. 그 옆으로 뒷문이 있었고 문에서부터 양쪽으로 두 개의 방과 한 개의 방 그리고 화장실이 있었다. 현관

옆으로는 밖이 환히 보이는 거실 창이 있었고 왼쪽 벽면에는 이층으로 올라가는 계단이 있었다. 찬미는 모든 창의 커튼을 촘촘히 채우고 주방으로 가서 프라이팬을 꺼냈다.

거실 창 앞에 놓인 긴 책상 앞에서 원우는 서성거렸다. 책상 위에는 컴퓨터와 사진기들이 올려 있었고 그 뒤로 액자 몇 개가 서 있었다. 액자 속에는 어머니로 보이는 얼굴과 칸도 들어 있었다.

"엄마하고 칸이에요. 우리 칸 멋있죠?"

"네. 늠름하게 보입니다."

찬미는 달걀을 젓가락으로 휘저어 팝콘처럼 만든 뒤 소파 앞에 놓인 탁자 위에 올렸다.

"지금 그 옆에 있는 사진 보시는 거죠?"

찬미는 냉장고에서 맥주와 마른안주를 꺼내와 식탁에 놓으며 물었다.

"삼십 대 중반쯤에 찍은 사진이에요. 괜찮나요?"

"사진 같지가 않고 그림 같습니다."

"빛을 조절해서 찍으면 그런 느낌이 나와요. 괜찮나니까요?"

익살스럽게 웃으며 찬미가 재차 물었다.

"네."

"차암, 솔직한 마음을 얘기해 보세요. 또 그렇게 단답형으로 가지 마시고."

"아름답습니다."

"구려요. 나쁜 마음을 먹으니까 표현이 자유롭지 못한 거예요. 전시회 때 사람들이 그 사진을 보면서 엄청 섹시하다고 얼마나 칭찬했는데요."

어두운 방에서 한 여인이 문밖으로 나오는 사진이었다. 아직 어둠이 여인의 몸 곳곳에 묻어 있어서 뚜렷하게 인물이 보이지 않았다. 얼굴은 찬미였지만 한쪽 얼굴이 그늘져 있었다. 어깨와 허리의 곡선을 따라서 그늘이 이어졌고 양발 발가락만 선명하게 보였다. 가슴 밑 배꼽도 흐릿하게 보이면서 봉숭아 꽃물을 들인 듯한 유두가 눈에 확 들어왔다. 하얀 허벅지 사이로 여인의 음부가 불빛의 실루엣처럼 흐릿하게 드러나 있었다.

"이 기사님을 그냥 보내면 내가 나쁜 사람이 되잖아요. 이별주라도 나누고 싶었는데 사라져버려서 아깐 화가 났다니까요. 그리고 최 이장님 일로 많이 당황하셨죠?"

"네. 공연히 나 때문에 그 사람이 상처를 입은 것 같았고 찬미 선생에게도 해를 끼친 것 같아서 미안했습니다."

"제발 그런 소리 좀 하지 마세요. 나 때문에, 나 때문에! 낡아 빠진 외투를 질질 끌고 다니는 소리 같다니까요. 아무튼 정말, 정말 고마웠습니다! 이 기사님 때문에 사진을 다시 찍을 수 있게 돼서 정말 기뻐요!"

두 사람은 맥주잔을 부딪치며 웃었다. 찬미는 술잔을 내려놓자마자 일어나서 책상 위에 있는 조명등을 켜고 다른 불들은 다 껐다. 환했던 거실이 불빛 하나만 찰랑거리는 작은 카페처럼 변했다.

"술 마실 때 환하면 술맛이 떨어진답니다."

능선을 타고 산을 오르는 바람처럼 찬미의 이야기가 이어졌다. 처음 원우가 주점에 나타났던 때부터 그녀의 기억에 새겨져 있는 풍경들이 새벽을 깨우는 새들의 소리처럼 다채롭게 이어졌다. 그러다가 시를 처음 봤을 때 받았던 감흥에 젖어 원우에게 시를 놓아서는 안 된다며 당부도 했다.

"참, 숙제는 하셨나요?"

"네, 했습니다."

"그래요? 대답해보세요."

"<u>스스로 살고 싶은 길을 걷고 있기 때문</u> 아닐까요?"

"땡입니다!"

원우는 자신만만하게 말했다가 민망스러워하며 소파에 등을 기댔다.

"제가 처음 이곳에 들어와서 많이 힘들었다고 했잖아요. 그때 복실 씨 부부의 도움을 받으면서 이곳 예술인들과 친하게 됐는데 십 년이 다되도록 사람들이 한결같이 따뜻한 거예요. 나는 누군가를 나보다도 먼저 따뜻하게 안아 본 적이 없었거든요. 정말 이분들을 보면서 많이 배웠어요. 아마도 이분들이 없었다면 오늘의 나도 없었을 거예요. 물론 사람이니 잘난 모습 못난 모습들 다 있어요. 하지만 이분들에게 공통점이 있어요. 그들의 몸에는 사람만이 아니라 생명이 있는 모든 것들을 존중하면서 나누려는 마음이 배어 있다는 거예요. 나눌 줄 아는 마음들이 얼굴에서 빛을 나게 해주는 거죠."

빈 맥주병이 탁자 밑으로 서너 개가 모였다. 찬미는 일어나서 책상으로 가더니 노래를 틀었다. 부론 예술인들의 이야기를 끝내자마자 그 남자가 불쑥 얼굴을 내밀고 들어왔다. 나직하게 흐르는 비발디의 『사계』를 들으며 고개를 저었으나 그와 보냈던 시간이 환영처럼 눈앞에서 너울거렸다.

"기분이 이상해져요. 왜 자꾸 원우 씨만 보면 어떤 사람이 떠오르는지 모르겠어요."

생각을 지우려는 듯 손바닥으로 이마를 쓸어가며 찬미는 맥주를 들이켰다. 술기운이 묻어나는 그녀의 목소리가 바람에 날아가는 나뭇잎 소리처럼 원우의 마음을 쓸고 지나갔다. 그는 잠시 망설이다가 물었다.

"어떤 사람입니까?"

"내가 사랑했던 사람요."

찬미는 뒷문으로 걸어가 문을 활짝 열고 방충망을 닫았다. 문에 기댄 채 문밖 뒷산에 웅크리고 있는 어둠을 보면서 담배를 태웠다. 시커먼 어둠 속에서 자신의 집 대문 옆에 서 있던 한 사내가 보였다. 뿌리가 거의 뽑힌 채 기울어져 있는 나무처럼 대문 옆 기둥에 의지해 쓰러질 듯이 서 있던 사내가 비틀거리며 남한강을 향해 걸어가고 있었다.

"미쳤죠. 왜 그렇게 미쳤었는지 모르겠어요."

찬미는 다시 소파로 와서 담배를 끄고 빈 맥주잔을 쥐었다. 원우가 그녀의 잔에 맥주를 채웠다. 하얗게 일어나는 거품 위로 전시장에서 꽃을 건네주던 사내의 얼굴이 떠올랐다. 고인이 된 국회의원 김은태 홍보담당자였던 사람. 김은태가 국회의원 출마할 때 친분이 있는 사람의 부탁으로 그의 사진을 찍어줬었다. 그에 대한 답례로 감사를 표시하기 위해 찾아왔던 그 사람. 인상이 좋아 한 번 더 쳐다봤을 뿐 그때까지만 해도 그를 다시 본다는 것은 상상도 못 했었다.

"어느 날 갑자기 사진 찍기가 싫은 거예요. 저는 그럴 때마다 어떤 식으로든 풀어야 했어요. 그런데 불현듯 동생이 보고 싶은 거예요. 그래서 무작정 이태리로 날아갔죠. 근데 거기서 그 사람을 만나게 된 거예요. 기분이 정말 묘하더라구요."

그 남자는 이태리에서 디자인을 공부하고 있던 동생의 친구 선배였다. 이태리에 도착하고 이틀 후 동생이 한국인 친구를 만나러 간다고 해서 따라갔다가 그 남자를 보게 되었다. 이국에서 한국인만 만나도 반가운데 안면이 있는 그 남자를 보자 단숨에 친밀해졌다. 그는 이태리 대사관에서 근무하고 있었다. 무슨 바람이 불었던 걸까? 그가 이태리의 명소인 꼬모호수를 구경시켜주겠다고 했을 때 선뜻 응하고 나섰다.

"날이 흐렸어요. 카페와 클럽들이 모여 있는 곳에 갔죠. 술과 음악에 취하고 사람들은 마당까지 나와 춤을 췄죠. 근데 거기서 미친 끼가 발동한 거예요. 그냥 음악을 따라 흐느적거리기도 하고 신나는 곡이 나오면 헤드뱅잉을 했죠. 제가 그때는 머리카락이 어깨까지 내려왔었거든요. 그 남자는 웃기만 했어요. 근데 참 멋있게 보이는 거예요. 제가 그 시절에는 잘생긴 남자만 좋아했는데, 딱 그런 스타일이었어요. 쭉 빠진 몸매에 이목구비가 뚜렷한 게 이태리 여자애들까지 힐끔거리게 했죠. 한 두어 시간 그렇게 놀고 나니까 비가 오더라고요. 그러자 그 남자가 우산을 들고 와 호숫가를 거닐게 됐죠."

조명의 그림자 아래에 앉아 이야기에 열중해 있던 찬미가 말을 멈추고 얼굴에 미소를 가득 담았다. 그녀는 맥주를 한 모금 들이켜며 잔을 내려놨다.

"왜 그런 거 있잖아요. 둘이 막 얘기하다가 어느 순간 서로 마주 봤을 때 뭔가 필이 팍 오는 거요. 에이, 이 기사님은 모를 것 같네. 아무튼 우산을 쥔 그 남자의 팔에 내 팔을 걸고

가다가 그런 순간이 온 거예요. 근데 이 남자가 갑자기 우산을 휙 던지면서 저를 끌어안대요. 뭐, 좋았어요. 그래서 키스를 했는데 사고가 터진 거죠."

작은 불씨 하나가 산을 태우듯 두 사람은 이박삼일 동안 호텔에서 나오지 않았다. 일 때문에 찬미가 한국으로 돌아오고 나서도 두 사람의 관계는 이어졌다. 그 남자는 틈만 나면 찬미에게 전화를 해서 보고 싶다고 했다. 찬미 역시 그 남자에게 매료돼 있었다. 그 바람에 찬미의 주변에 있는 사람들이 연애하는 거 아니냐는 의심의 눈초리도 보냈다. 그녀는 그 남자가 보고 싶으면 야간비행기를 타면서까지 그를 만났다. 그 남자 역시 한국 출장을 만들어서 찬미에게 날아왔다.

"그 시절 내가 사람을 만날 땐 사람만 봤어요. 그가 뭐 하는 사람인지 어떤 집안의 사람인지 그런 거에는 관심이 없었거든요. 세 번째 만났을 때 그 남자가 딸 하나를 둔 가장이라는 걸 알았죠. 그때 단호하게 헤어져야 했는데 그렇게 못 했어요. 아버지가 바람을 밥 먹듯이 피고 딴 살림 차리는 걸 보면서 증오했는데도 내가 불륜을 저지른 여자가 되고 만 거죠. 늘 등 뒤에 혹 하나 달고 지내면서 이러면 안 되는데 했지만 만나면 좋아서 헤어지지 못하고 있었어요."

비발디의 음악이 계속 이어졌다. 원우는 맥주를 조금씩 마셔가며 그녀의 말에 귀를 기울이고 있었다.

"일 년쯤 지났을 때 들통이 났어요. 어느 날 그 남자의 부인이 전화를 걸어왔죠. 임찬미 씨! 하고 저쪽에서 말하는데 가슴이 철렁하대요. 직감적으로 그 남자의 부인이라는 게 느껴졌죠. 전화선을 타고 오는 그녀 목소리가 강물을 꽝꽝 얼어 붙일 정도로 냉랭한 겨울바람 같았거든요. 첫마디가 굉장했어요. '야, 어디서 남의 남편 홀리고 다녀, 쌍년아!' 그 소리를 듣는데 정신이 어질어질하는 거예요."

그 남자의 아내는 찬미에 대한 모든 것을 알고 있다고 으름장을 놓았다. 한 번이라도 더 자신의 남편을 만나면 찬미를 사진계에서 매장시키겠다고 협박했다. 너 하나 파탄시키는 건 문제도 아니라고 하면서 찬미를 막다른 벽으로 몰아붙였다.

"그러고 나서 그 남자에게 전화가 왔어요. 미안하다고, 조만간 한국에 와서 자세한 말을 해주겠다고. 전 오지 말라고 했죠. 우리가 당해야 할 일을 당한 것뿐이니 여기서 멈추자고요. 하지만 석 달쯤 지나서 그 남자는 한국에 왔고 나는 마지막 마무리를 짓자는 마음으로 그를 만났어요. 그 남자를 만나서 얘기를 들으니 그가 너무도 불쌍하게 보이더군요. 가난한 집에서 태어나 돈을 벌어야겠다고 마음먹고 경영학과를 들어갔다가 학생운동을 하게 됐다고 하더군요. 이 기사님과 좀 비슷하죠? 나보다 다섯 살 많은 사람이었어요."

그 남자는 김은태가 만든 민주화운동청년연합 회원이었다. 그후 김은태가 민주화추진위원회 배후 조종자로 연행돼서 고문을 받고 죽을 고비를 넘기면서 국회의원이 될 때까지 그와 함께 한 사람이기도 했다. 김은태가 국회의원이 되고 얼마 지나지 않아 야당 중진의원의 초대를 받아 간 곳에서 아내를 만나게 됐다고 했다. 그녀는 중진의원의 딸이었다.

"아마 그 남자의 아내도 학벌도 좋은 남자가 잘생기기까지 해서 반했던 것 같아요. 키도 크고 정말 훈남이었죠. 근데 마음이 모질지 못한 사람이었어요. 여자에게 이끌려 다니다가 덜컥 임신이 됐다고 하니까 빼도 박도 못하고 결혼하게 된 거래요. 물론 본인도 아내의 부친을 배경으로 직접 정치인이 되고 싶은 욕심이 있었다고 부끄러워했지만 사람이면 누구나 그런 욕심이 생기는 거잖아요. 그래서 그의 인생이 힘들어진 거죠. 장인의 도움으로 영향력 있는 국회의원 보좌관도 했지만 스스로 물러났다고 하더군요. 김은태 씨는 기업자금이나 불순한 돈으로 정치하지 않아서 몸이 힘들긴 했어도 의미가 깊었는데, 막상 정치판 깊숙이 들어가니까 부패 구덩이 속에 자신이 있는 거 같아서 견딜 수가 없었다는 거예요. 의원이 누구 만나보라고 해서 가면 반드시 돈뭉치가 든 가방이 나온다는 거죠. 결국 그 물에서 견디지 못하고 나오니 처가에서 그 남자를 세상 물정 모르는 사람 취급한 거죠. 그래도 어쩌겠어요. 장인 마음엔 안 들어도 사위니까 자기 명예를 실추시키게 방치할 수는 없는 거잖아요. 그래서 대사관에서 일할 수 있는 자리를 마련해 줬다고 하더군요. 아무튼 그날 그 남자의 이야기를 들으면서 많이 속상했어요. 하지만 거기까지였어요. 서로 잘 살라고 하면서 좋게 헤어졌는데 우리가 만난 사실을 그 여자가 어떻게 알았는지 다음날 득달같이 전화가 오더군요. 그리고 대뜸 '너, 간이 배 밖으로 나왔구나!' 하는 거예요. 정말 벼랑 아래로 떨어져 내린 기분이었죠."

일주일도 지나지 않아 소문이 돌았다. 라인을 타고 움직이는 사진작가들 세계에서 비웃음이 떠다녔다. 잘난 척하더니 호박씨는 혼자 다 까고 있었다며 그들은 눈을 흘겨댔다.

찬미는 자유로운 영혼처럼 살고 싶어 고개를 숙이지 않고 살았었다. 술자리에 나오라 해도 자신이 가고 싶지 않은 자리는 가지 않았고 영향력 있는 누군가의 손길이 스치면 기분 나쁘다는 뜻을 노골적으로 피력했다. 그런 그녀에게 유부남과 연애해서 한 가정을 파괴하고 있다는 손가락질이 가깝게 지내던 사람들의 눈빛에서도 읽혔다. 찬미는 견뎠다. 자신이 저지른 행위의 대가이니 묵묵히 그 비난을 받아내야 한다고 여겼다. 하지만 남자들이 자신을 얕잡아 보고 함부로 대하는 행위를 눈 뜨고 볼 수가 없어 병이 났다. 입술이 부르트고 신경성 발진이 온몸에 돋아 간지러워 견디기 어려울 정도였다.

그녀는 모든 것을 정리하고 어머니 곁으로 갔다. 그런데 얼마 지나지 않아서 어머니까지 치매 증상이 있는 걸 확인하고 서울을 떠나기로 마음먹었다.

"정말 죽지 못해 부론으로 온 거였죠."

맥주가 떨어지자 찬미는 포도주 한 잔을 따라 마셨다.

"좀 슬퍼지네요."

"그럼 더 얘기하지 마세요."

찬미는 이마를 긁적이며 고개를 숙였다. 그 남자가 자신의 집 창문을 바라보던 모습이 눈에 아른거렸다.

"그 사람도 다 잊고 잘 사는 줄만 알았는데, 칠 년쯤 지났을 때 느닷없이 전화가 왔어요. 어떻게 알았는지 '잘 있었어?'라고 묻는데 그 남자 목소리더군요. 그때 딱 끊었어야 했는데 뭔 미련이 남았는지 그러지 못했죠. 말하긴 싫고 끊기는 더더욱 싫어서 그 남자 얘기만 들었어요. 긴 얘기도 아니었죠. 그냥 자기도 잘 있다면서 말을 잇지 못하대요. 그러다가 끊었는데 한 달에 한 번 정도 그렇게 전화를 한 것 같아요. 그런데 반년쯤 지났을 때 또 그 아내에게 전화가 온 거예요. 병신 같은 것들이 꼴값한다고 하면서 부론에서도 쫓겨나고 싶으냐고 윽박지르대요. 그녀의 집요함이 무섭기도 했지만 같은 여자로서 많이 미안하기도 했죠. 입장을 바꿔놓고 생각해보면 그녀가 화내는 게 충분히 이해도 됐으니까요. 그

다음부터는 그 남자의 전화를 받지 않았어요. 그러다가 몇 개월이 지났는데 그 남자가 지금 우리집에 불쑥 나타난 거예요. 오후 서너 시쯤 현관문을 여는데 그 남자가 대문 옆에 서 있질 않겠어요. 까무러칠 정도로 놀랐죠. 나도 모르게 문을 닫았어요. 가슴이 뛰고 많은 생각이 들었지만 문은 열 수 없었죠. 무섭고 싫었어요. 한 시간쯤 지나서 이층으로 올라가 창문 밖을 내다봤죠. 여전히 거기 있는 거예요. 도대체 어쩌자고 여기까지 와서 저러는가 싶어 나중엔 화도 났어요. 무시하자, 무시하면 그냥 가겠지, 했죠. 날이 어두워지기 시작해서 다시 이층 밖을 내다봤어요. 근데 나와 눈이 마주친 거예요. 웃고 있더라고요. 가만히 보니 온몸이 부서질 것처럼 말라보였어요. 그런데도 나는 화가 나서 커튼을 닫아버리고 생각하기 싫어 술을 마셨죠. 그러다가 다시 창밖으로 보니 그가 없더군요. 다행이다, 생각했는데 다음 날 아침 이장님이 찾아온 거예요."

갑자기 찬미의 눈에 눈물이 맺히며 말이 끊겼다. 그녀는 담배를 다시 물고 연신 연기를 흘려내다가 말을 이었다.

"누군가가 남한강 다리 위에서 투신했다고 하대요. 그 말을 듣는 순간 심장이 멎는 듯했죠. 이장님이 네모반듯하게 접은 쪽지를 건네주는데 '임찬미에게'라고 쓰여 있는 거예요. 다리를 후들후들 떨면서 물었죠. 사람은 어떻게 됐냐고요. 그랬더니 부론에서 고기잡이하시는 분이 뒤지고 있고 소방대에도 알렸다고 하대요. 저녁 무렵에 그를 건졌어요. 물길을 잘 아는 고기잡이 아저씨가 발견한 거죠. 시신을 확인하라는데 못 하겠더라고요. 확인이 안 되면 신원미상 처리가 된다고 해서 할 수 없이 고개를 돌렸죠. 아, 근데 정말 그 사람인 거예요. 그 순간 왜 그렇게 눈물이 나오는지 미친년처럼 비명을 질렀어요."

찬미는 두 손으로 얼굴을 가리며 고개를 숙였다. 그녀의 등 위에 쌓인 슬픔이 들썩거렸다. 원우는 영안실에서 어머니의 시신을 확인하던 순간을 떠올리며 찬미의 고통을 고스란히 느꼈다. 그는 찬미의 눈물을 닦아주고 싶었지만 어떻게 해야 좋을지 몰라 술잔만 기울였다.

"정신을 차리고 사방으로 연락을 했죠. 다행히 그 남자의 집 전화번호를 알아내서 전화를 했어요. 그랬더니 그 여자가 그 미친놈이 췌장암으로 다 죽어가면서 너를 찾아갔으니 니가 알아서 처리하라고 하면서 전화를 딱 끊더군요. 멍했어요. 그가 죽음이 임박해서 나를 찾아왔다는 사실이 나를 미치게 만들더군요. 나는 그가 병든 것도 모르고 그를 내쳤잖아요. 얼마나 외로웠을까요? 편지에 뭐라고 썼는지 알아요? '사랑했다. 고마웠어.' 뭐가 고마웠는데요? 도대체 뭐가 고마웠을까요. 에이, 왜 자꾸 눈물이 나는 거야. 다 지나간 일이잖아.

그렇죠? 다 지나간 일이잖아요?"

찬미의 눈에 눈물이 쏟아질 듯이 고여 있었다. 한동안 고개를 수그린 그녀는 눈물을 손가락으로 흩트리며 포도주를 마셨다.

"이 기사님은 초승달을 보면 무슨 생각이 드나요?"

"글쎄요……."

"시인이 그것도 모르고. 난 초승달만 보면 미친년 눈썹이 떠올라요."

느닷없는 찬미의 말에 원우가 멋쩍게 웃었다.

"그 사람을 마지막으로 보낼 때 부론 사람들과 특히 복실 씨 부부의 도움을 많이 받았어요. 내가 어떡해야 할지 몰라 하니까 지관 씨가 죽은 자리로 보내드리자고 하데요. 그래서 복실 씨 부부랑 남한강대교 밑으로 가서 그 사람의 유해를 뿌렸어요. 그 사람의 운동화와 옷가지들, 그리고 내 마음에서도 보내고 싶어 편지까지 강 옆에서 태웠죠. 그날 그 두 사람과 강가에서 술 많이 마셨어요. 근데 어느 순간 산 위로 초승달이 보이는 거예요. 밝지 않은 낮달 같은 모습이었는데 참 처연하게 보이더라구요. 이리 와 보세요. 제가 웃기는 거 보여드릴게요."

찬미는 다소 휘청거리며 일어서서 안방으로 향했다. 문을 열고 불을 켜자 그녀의 침대가 눈에 들어왔다.

"이게 뭔지 아세요?"

찬미는 왼쪽 구석에 있는 침대 다리 밑에 묶여 있는 노끈을 꺼냈다. 노끈 끝이 고리처럼 여며져 있었다.

"그 사람이 떠나고 한 달쯤 지났을 때였어요. 어둑한 새벽에 내가 자다가 일어나서 발가벗고 강가로 나간 거예요."

"왜? ……."

"그러게요. 왜 그런지를 모르니까 문제죠. 창피했지만 동네 아저씨가 데려다줘서 집으로 돌아왔거든요. 근데 그다음에도 또 그런 일이 벌어진 거예요. 미치겠더라고요. 그래서 왜 그런지 샅샅이 뒤져보다가 그날이 초승달이 떠오르는 시기와 맞아떨어지는 걸 알게 됐죠. 기가 막히대요. 그날 강가에서 초승달 보면서 많이 울었거든요. 그 사람도 불쌍하고 나도 불쌍해서요. 미신 같지만 아무래도 초승달 귀신이 달라붙은 것 같았어요."

원우는 웃음이 나왔지만 웃지 못했다. 그는 머리를 쓰다듬으며 밧줄을 쥐고 있는 찬미를 내려다봤다. 그녀가 일어나서 벽에 기댔다.

"할 수 없이 그때쯤 되면 복실 씨와 함께 잤죠. 근데 정말로 그 시기에 내가 그런 행동을 하는 거예요. 그래서 초승달이 떠오를 때가 되면 발목에 올가미를 걸었죠. 한 일 년 조금 지나니까 사라지긴 했는데 그때부터 초승달만 떠오르면 발가볍고 강가를 걷는 내가 떠올라 창피해 죽겠는 거예요. 그래서 혼자 미친년이라고 중얼거렸더니 초승달만 보면 미친년 눈썹처럼 보이는 거 있죠?"

원우는 알 것도 같다는 듯이 고개를 끄덕였다. 어머니의 기일이 다가올 때마다 몸이 아픈 것처럼 찬미의 행동도 그와 비슷한 이유로 생겼던 게 아닐까 싶었다.

"원우 씨가 어머니 얘기하면서 어떤 기억은 형벌이라고 했죠. 엄마와 칸까지 떠났을 때 몇 번이나 죽으려고 한 적도 있었죠. 그러다가 그 남자까지 보내고 나니 미치겠더군요. 정말 그 힘든 시간을 이겨낼 수 있게 해준 사람들이 복실 씨 부부고 부론 예술인들이에요. 그들 때문에 다 잊고 평온해졌다고 생각했는데 오늘 보니 나 역시 아직도 그 형벌에서 벗어나지 못하고 있는 것 같네요."

"괜찮을 겁니다. 제가 볼 때 찬미 선생은 사람을 기분 좋게 만드는 힘이 있으세요. 사람들도 찬미 선생만 보면 좋아하잖아요."

"그런 판에 박힌 말 말고 다른 말은 없나요?"

"솔직한 말입니다."

"아, 됐다 그래요. 그냥 다른 사람들 얘기 말고 자신의 감정을 표현해야죠. 자기는 쑥 빠지고 남의 얘기만 잔뜩 하고. 시인이잖아요. 왜 평론가처럼 말해요. 그거 엄청 재수 없거든요."

찬미가 원우를 지나쳐 방 밖으로 나왔다. 원우가 뒤따라 나오자 찬미가 휙 돌아섰다. 원우가 멈칫하며 발걸음을 멈췄다.

"내가 솔직한 말 한번 해볼까요?"

술기운에 침울해 있던 찬미의 눈에 불꽃이 일었다. 일 미터도 안 되는 거리에서 찬미의 눈빛이 자신에게 쏟아지자 원우는 긴장했다.

"그날, 비 오는 모래밭에서 난 정말 좋았어요. 다시는 그런 일이 없을 줄 알았는데 한 남자의 뜨거운 마음을 만진 거죠. 아마 기사님이 조금 더 나를 몰아쳤으면 난 그 마음에 휩쓸렸을 거예요. 그런데 내가 왜 기사님을 밀어낸 줄 아세요? 그건 우산 손잡이 때문이었죠. 하필이면 나를 위해 기사님이 갖고 나왔던 우산이 그 순간 내 눈에 들어왔던 거예요. 그러자 그 남자가 첫 키스를 하면서 내던졌던 우산 손잡이가 연상되었고, 그 남자의 모습이 떠오른 거죠. 그날 집에 와서 기사님이 했던 말을 수없이 반복하며 아파했었죠. 나 역시 그 기억에서 벗어나지 못하는 형벌을 받고 있다고 말이에요. 난 이제 그 형틀 벗고 싶어요. 어떡할래요?"

음악 소리는 꺼져 있었다. 어두운 방에서 나오던 액자 속의 사진처럼 찬미의 발가벗은 마음이 원우를 정면으로 쳐다봤다. 전기를 잘못 만졌을 때처럼 원우의 심장에서 아찔한 경련이 일어났다. 쇠꼬챙이 같이 날아온 그녀의 마지막 질문이 원우의 뇌리에 꽂혀 바위처럼 똘똘 뭉쳐 있는 생각을 산산조각냈다. 온몸이 열기로 가득 차올라 그의 얼굴은 붉은빛으로 터질 것 같이 부풀어 올랐다.

"마음이 시키는 대로 말해보세요. 오 초가 지나면 내가 한 모든 말은 취소예요!"

찬미의 목소리가 폭우 속의 번개처럼 번뜩였다. 원우의 낡고 칙칙한 외투가 찬미의 목소리에 찢겨 먼지처럼 날아갔다. 그의 얼굴 구석구석에 들어차 있던 어두운 그늘도 지워지고 있었다. 등을 쓰다듬는 어머니의 손길처럼, 늪에 빠진 손을 잡아주는 누군가의 손처럼 마음이 따뜻해지자 열기가 내려앉았다. 더께처럼 쌓인 상처 속에 감춰 있던 원우의 눈빛이 찬미를 그윽하게 바라봤다. 그는 찬미를 향해 반걸음 내디뎠다. 삶을 빛나게 만드는 순간을 만났을 때의 환희가 마음을 들뜨게 했다. 그의 눈빛이 찬미의 눈빛으로 물들어갔다. 그는 두 팔을 들어 그녀의 어깨를 끌어당기며 품에 안고 나직이 속삭였다.

"고마워요."

계곡을 얼어 붙이며 쩡쩡 울어대던 얼음이 봄 햇살에 녹아내리고 있었다. 힘에 겨워 눈을 틔우지 못한 새순이 뒤늦게 올라오는 것을 보며 안도의 한숨을 내쉴 때처럼 찬미의 무거운 마음이 나뭇잎 위의 햇살같이 가벼워졌다. 그녀는 원우의 품속으로 깊숙이 들어가며 따뜻한 숨결을 불어넣었다.

"나도 고마워요."

마음의 둑이 무너지자 물결이 몰아쳤다. 섬강이 남한강을 만나듯 남한강이 북한강을 만나듯 서로 다른 먼 길을 걸어온 두 사람이 오롯이 만났다. 그 밤 강물 위로 수많은 별이 떨어졌다. 바람도 없이 예솔암 위의 나무들도 몸부림쳤다. 밤새도록 출렁거리는 사랑의 물결 속을 헤집고 다니던 두 사람은 새벽 여명의 빛을 품고서야 잠이 들었다.

"찬미 선생! 찬미 선생!"

집을 흔드는 고함에 놀라 두 사람이 동시에 눈을 떴다. 찬미가 이불을 둘둘 말고 일어나 거실 커튼 사이로 밖을 내다보았다. 술기운에 붉으락푸르락해진 얼굴로 최 이장이 눈을 부라리며 문 앞에 서 있었다. 찬미는 심장이 툭 떨어지는 소리를 들으며 두려움에 휩싸였다.

"문 좀 열라고. 안 열면 부숴서라도 들어갈 테니까 문 좀 열라고요!"

공포심을 일으키는 최 이장의 목소리에 쫓겨 찬미는 원우에게 다가갔다.

"안 되겠어요. 뒷문으로 나가면 주점으로 갈 수 있으니 아

쉽지만 떠나는 게 좋겠어요."

두 사람은 옷을 챙겨 입고 뒷문 쪽으로 갔다.

"너무 속상해요. 이렇게 보내면 어떡하죠?"

사색이 된 낯빛으로 찬미가 원우의 눈을 안타깝게 들여다봤다. 속눈썹이 불안하게 떨고 있는 찬미를 원우가 가만히 끌어안았다.

"괜찮아요. 나중에 연락해서 보면 됩니다. 당신, 정말 사랑합니다."

"나도, 나도 사랑해요!"

지난밤 충만했던 시간이 눈앞에서 너울거렸다. 서로의 몸을 쓰다듬고 끌어안고 한몸이 되었던 순간을 부둥켜안듯 찬미의 두 손이 원우의 등을 움켜쥐었다. 그녀는 원우의 몸속으로 깊이 파고들다가 고개를 들었다. 눈에 고인 눈물로 그녀의 눈동자가 반짝거렸다. 그녀는 애타는 눈길로 원우를 쳐다보다가 발뒤꿈치를 들고 그의 뺨에, 입술에 키스를 했다.

"가요. 그리고 서로 연락해요."

최 이장의 목소리가 점점 험악해지고 있었다. 뒷문으로 나가는 원우의 모습을 찬미는 지켜봤다. 숲으로 모습을 감추던 원우가 뒤돌아보며 손을 흔들자 찬미는 울컥거리는 마음을 붙들고 빨리 가라는 손짓을 보냈다. 그녀는 원우가 떠날 때까지 최 이장을 붙잡아 놓을 계산을 하고 현관문을 열었다.

"최 이장님, 정말 왜 이러시는 거예요!"

현관문 앞에 서서 찬미가 야멸차게 소리쳤다. 부론면 산 위로 올라온 해가 뜨겁게 몸을 달구고 눈이 부셔 찬미는 어지러웠다.

"왜 나를 무시하는 거요. 내가 뭘 잘못했다고 나를 무시하는 거냐고? 난 찬미 선생에게 잘하려고 술도 끊었던 사람이야. 주점 만들 때 포크레인 갖고 와서 길도 만들어주고 주점 입간판도 내가 세워준 거요. 매번 행사할 때마다 후원금도 넉넉히 냈고 찬미 선생의 일이라면 내 일처럼 했단 말이지. 그런 나를 왜 무시하냐고요?"

"제가 언제 최 이장님을 무시했다고 그러세요. 나도 늘 고맙게 생각하고 있어요."

"근데 왜 어디서 온지도 모르는 전기기사만 감싸고 왜 나는 거들떠도 안 보는 건데요?"

최 이장은 찬미가 곁을 주지 않아도 짝사랑을 멈추지 않았다. 태어나서 누군가를 무조건 좋아해 본 적이 없었기에 언젠가는 찬미가 마음을 열어주기만을 간절히 기다려왔었다. 그런데 강변에서 두 사람을 보는 순간 모든 기대는 헛된 꿈으로 무너져내렸다.

"전기기사님이 글 쓰는 분이라 제 작업을 도와준 것뿐이에요. 그리고 제가 언제 최 이장님을 거들떠보지도 않았다고 하세요. 난 그런 적 없어요."

"환장하겠네. 내가 비 오는 날 강가에서 두 사람을 똑똑히 봤소. 그런데도 두 사람이 별 관계가 없다고? 나를 이제 장님 취급까지 하는구먼. 좋수다. 정말 아무 관계가 없다면 나 좀 좋아해 봐요. 난 정말 찬미 선생이 좋다고. 사랑한다고요! 나 땅도 많고 농사도 잘 짓는 거 알죠? 아 그래, 여기 동네 분들 앞에서 맹세할게요. 찬미 선생이 하자는 대로 하면서 내가 정말 잘 거라니까요!"

최 이장은 찬미의 마음에 걸어놓은 빗장을 풀고 싶었다. 그녀가 자신을 향해 마음의 문만 열어준다면 그 속이 불길이라도 달려들고 싶은 심정이었다. 그는 울상을 지으며 호소하듯 말했다. 소란스러운 소리에 모여든 마을 노인들 몇 분이 혀끝을 찼고 몇몇 분들은 재미있다는 듯이 킥킥거리며 웃어댔으나 최 이장의 귀엔 들리지도 않았다.

"최 이장님 마음은 고맙지만 전 누굴 사랑하고 같이 살고 싶지 않아요. 지금처럼 그냥 여기서 사람들과 즐겁게 살고 싶으니 더이상 제 사생활에 간섭하지 말아주세요."

"아, 진짜 환장하겠네. 정말 끝까지 사람 무시할 거요?"

최 이장이 소리를 빽 지르며 대문을 발로 찼다. 대문이 확 열어젖혀졌다가 다시 닫히며 부르르 떨었다.

"이 사람아, 이제 그만하고 가라고, 제발!"

동네 이장이 최 이장의 어깨를 잡았으나 휙 뿌리쳤다.

"오늘 나 건드리는 사람은 누구를 막론하고 가만두지 않을 겨. 이미 내 얼굴에 똥칠 다 했으니 나도 눈에 보이는 거 없거든! 찬미 선생 말해보슈. 그놈 사랑하니까, 나 보고 꺼지라고 말해보슈. 내가 그러면 꺼져줄 테니 말해보라고!"

최 이장이 말을 마치는 순간 그의 머리 위로 둔탁한 소리를 내며 무엇인가가 떨어졌다.

"악! 뭐야 씨팔!"

최 이장이 외마디 비명을 지르며 머리를 감싸고 뒤돌아서다가 손을 내린 채 뒤로 물러섰다. 나무할아버지가 지팡이를 든 채 최 이장을 쏘아보고 있었다. 최 이장은 눈알을 굴리며 당혹스러워했다. 나무할아버지는 부론면 사람들이 모두 존경하고 있어 그 누구도 함부로 대하지 못했다. 최 이장이 본능적으로 뒷걸음질 치다가 자신의 차가 있는 곳으로 허겁지겁 도망을 쳤다.

"어르신, 고맙습니다."

동네 이장이 나무할아버지에게 인사를 하자 할아버지는 아무 말 없이 돌아서서 집으로 향했다. 차로 다가간 최 이장은 화를 참지 못하고 자신의 차를 발로 쳐대다가 올라탔다.

최 이장이 떠나자 마을 사람들도 집으로 돌아갔다. 한바탕 소란이 끝난 마을 지붕들 위로 햇살만 요란하게 내리쬐고 있었다. 거실로 돌아온 찬미는 맥이 풀렸다. 지난밤 사랑이 꿈결처럼 밀려왔다. 마법에 걸린 듯 젊은 날로 되돌아가 온몸에 짓눌러놨던 사랑의 미로를 찾아다녔던 시간. 여전히 원우의 손길이 뜨겁게 남아 있는데 그를 도망치듯 쫓아 보냈다는 사실이 속상했다. 상한 마음 한구석으로 지난밤의 시간이 추억의 한 페이지로만 갈무리될 것 같은 두려움도 일었다. 그녀는 마음이 답답해져서 거실 커튼을 다 젖히고 문도 활짝 열었다. 그가 잘 가고 있는지 목소리라도 듣고 싶었다. 찬물을 한 컵 단숨에 들이켠 뒤 핸드폰을 찾을 때 전화벨이 울렸다. 가방 속에 있는 핸드폰을 열자 원우의 이름이 떴다.

"잘 가고 있어요? 이렇게 헤어져서 너무 속상해요!"

찬미가 안타까운 심정을 내비치며 소리쳤다.

"우리 바다 보러 갈까요?"

핸드폰을 든 채 거실을 부산스럽게 서성이던 찬미가 걸음을 멈췄다. 원우의 부드러운 목소리가 심란하게 와글거리던 그녀의 마음을 가라앉혔다. 결핍된 시간의 틈을 메우며 원우의 마음이 찬미의 마음으로 흘러들어왔다. 무더웠던 여름날의 끝에서 문득 가을의 푸르고 깊은 하늘을 올려다볼 때처럼 찬미의 가슴이 벅차올랐다. 일그러졌던 얼굴이 환하게 밝아지면서 눈시울까지 붉어졌다. 뒷문을 통해 산에서 불어

온 맑은 바람이 눅눅해진 그녀의 마음을 쓸고 창밖으로 빠져나갔다.

3.

시간의 흐름과 상관없이 늘 그 자리에 산이 있었던 것처럼 바다도 변함없이 그곳에 있었다. 열병에 걸린 뜨거운 모래밭 위를 달리는 수영복 차림의 젊은이들처럼 두 사람은 호텔에서 사랑을 불태웠다. 그러다가 배가 고프면 나와서 음식점을 찾았고 7번 국도를 타며 드라이브를 했다. 이틀은 그렇게 눈 깜박할 사이에 흘러갔다. 두 사람은 실눈을 뜨듯 새벽빛이 수평선에서 일어나는 해변에 앉았다. 간밤에 흥청거리던 사람들의 발걸음이 사라진 모래밭. 바다의 날갯짓처럼 파도가 하얗게 펄럭거리며 소리를 냈다. 검푸른 바다와 검푸른 하늘 사이의 경계선이 조금씩 분명해지며 헤어질 시간을 불러오고 있었다.

"같이 있는 깃도 좋네요."

나뭇가지 위의 새처럼 원우의 어깨에 기대고 있던 머리를 들며 찬미가 웃었다.

"더 있다가 갈까요?"

"안 돼요. 복실 씨에게 너무 미안해서 안 돼요. 그리고 함께 오래 있으면 싸워요. 안 싸우는 부부 본 적 있어요?"

"그토록 기다려온 사람을 만났는데 왜 싸웁니까. 전 찬미 씨하고 안 싸울 겁니다."

"새빨간 거짓말."

"정말입니다."

"좋아요. 삼 년 동안 지켜볼 거예요. 삼 년 후에도 그 마음이 변하지 않으면 또 삼 년 연장해 보고, 그다음은 또 그때 가서 생각해볼게요."

득의에 찬 웃음을 흘리며 찬미가 다시 원우의 어깨에 머리를 묻었다. 꼼지락거릴 때마다 발가락 사이로 느껴지는 모래의 감촉이 좋았다. 그녀는 불현듯 최 이장을 나무라던 나무 할아버지의 지팡이가 떠올랐다.

"그날, 나무할아버지 아니었으면 낭패 볼 뻔했어요. 지팡이로 최 이장의 머리를 탁 내리치는데 가슴이 철렁했어요. 할아버지가 화내는 모습을 본 적이 없었거든요. 근데 우리가 왜 그분을 나무할아버지라고 부르는지 모르죠?"

"나무를 많이 아끼는 분이라서 그렇게 부른 게 아닙니까?"

"나무를 사랑하시는 건 맞지만 사연이 있어요."

찬미는 고개를 들고 원우를 빤히 쳐다보았다.

"아침마다 쓰다듬으시는 감나무 알죠? 사실 그 나무는 나무할아버지가 산 아래를 개간할 때 실수로 남은 나무래요. 언젠가 할아버지가 그러시대요. 자긴 가난한 집에 태어나 아홉 살 때부터 종살이를 하면서 자랐다고. 그래서 악착같이 돈을 벌기 위해 잠도 줄여가며 일했다는 거예요. 돈이 생기면 아주 싼 땅을 무조건 사들여 죽을힘을 다해 나무를 베어내고 손바닥이 짓무르도록 땅을 파서 돌을 들어내고 밭을 만들었다는 거예요. 그렇게 만든 밭으로 농사를 짓고 돈이 생기면 또 땅을 사는 일을 오십 년 가까이 되풀이한 거죠. 홍호리의 많은 땅이 할아버지의 소유예요. 다 그분이 산 밑을 개간해 놓은 땅이라는 거죠. 대단하죠?"

"그러네요. 가난에 한이 맺히셨던 것 같군요."

"그런데 그게 잘못 산 거란 걸 나이 팔십이 넘어 깨달았다고 하시는 거예요. 할머니가 치매에 걸려 정신을 잃어갈 때 '돈 귀신에 사로잡혀 평생 종처럼 자신을 부려먹었다'고 할아버지에게 온갖 욕설과 폭언을 퍼부었대요. 그런데 신기한 건 할머니가 꽃만 보면 화를 펄펄 내다가도 아이처럼 웃어가며 좋아했다는 거예요. 그래서 가만히 둘러보니 집 주위에 유난히 꽃이 많이 있더래요. 평소에는 전혀 눈에 들어오지도 않았던 꽃이 그 순간 할아버지의 눈에 보인 거죠. 그 꽃들이 보이는 순간 놀랍게도, '아, 나에게 못 받은 사랑을 아내가 이 꽃들에게서 받았구나!' 하는 탄성을 자신도 모르게 흘렸다는 거예요. 할아버지는 할머니가 돌아가신 뒤 그 깨달음을 가슴에 간직하며 많이 우셨대요. 그래서 지금까지 매일 할머니 무덤에 꽃을 바치는 거죠. 그리고 실수로 남았지만 건강하게 자라고 있는 감나무를 쓰다듬으며 자신이 쓰러트린 나무들에게 미안해하시는 거예요. 사랑은 정말 위대하지 않아요? 모든 생명의 뿌리가 사랑 같아요. 할아버지의 모습도 백팔십도로 바꿔놓았잖아요. 할머니가 돌아가시고 난 뒤부터 오히려 할아버지의 얼굴이 맑아지고 빛난다니까요. 생명의 뿌리가 되살아났기 때문이잖아요?"

찬미의 눈동자가 밝아오는 아침 햇살처럼 반짝였다. 원우는 그녀의 어깨를 감싸고 자신의 품으로 끌어들였다. 바다가 푸르른 빛으로 살아나고 하늘이 환하게 열리고 있었다.

보고 싶으면 언제든지 감정을 숨기지 말고 만나자고 했다. 목소리가 듣고 싶으면 전화를 하고 멀리 떨어져 있어도 서로를 지켜보며 사랑하자고 했다. 서로를 구속하지 않으면서 자유롭고 풍요롭게 살도록 아껴주자고 했다.

두 사람은 해변을 걷다가 아침을 먹고 나서 헤어졌다. 깊은 포옹으로 서로에게 온기를 남겨놓고 서로의 삶터로 돌아섰다. 돌아오는 길에 찬미는 휴게소 한쪽에 차를 세워놓고 많은 눈물을 흘렸다. 바닥을 보여주지 않는 강물 속처럼 더께로 쌓여 감춰져 있던 상처가 하염없이 눈물로 흘러나왔다.

하늘이 파란 가을빛으로 깊어지고 있었다. 창문을 열고 고속도로를 달리며 노래를 틀었다. 오래된 기억들이 바람에 나부끼며 머리카락을 헝클어댔다. 몸 안에까지 들어온 바람이 머릿속에서 소용돌이치다가 회한의 찌꺼기를 쓸고 허공으로 빠져나갔다. 노래의 선율이 몸을 흔들며 먼지처럼 쌓여 있던 슬픔의 잔상도 툭툭 털어냈다. 흘러가는 것은 흘러가게 두고 싶었다. 다 흘러가고 나서 텅 비워지면 몸 안에 따뜻한 것들을 채우며 살고 싶었다. 차가 문막을 거쳐 부론면으로 접어들자 마음이 평온해지고 어떤 충만감이 차올랐다.

"언니야!"

길가에 주차해 놓고 주점으로 향하자 문밖에 있던 복실이 반갑게 소리쳤다. 복실의 얼굴에는 의미심장한 웃음이 터질 것처럼 부풀어 있었다.

"좋았어?"

"비밀이야."

"어? 치사하게 그럴 거야? 아휴, 깨 볶던 냄새가 아직까지 진동하네. 언제 뭉칠 거야?"

"안 뭉쳐. 이 나이에 뭉쳐서 뭘 해? 그냥 연애만 할 거야."

"오! 연애는 하시기로 했군."

"아, 몰라! 모른다니까!"

얼굴이 붉어진 찬미는 주점 안으로 쪼르르 들어갔다.

모든 것이 일상으로 돌아왔다. 현태는 아침마다 인상을 쓰며 다리를 건너왔고 나무할아버지는 꽃 한 송이를 할머니의 품에 안겨드린 뒤 감나무를 끌어안고 쓰다듬으셨다. 원우가 떠났다는 사실을 안 최 이장도 더이상 찬미를 괴롭히지 않았다. 곤줄박이는 새벽마다 간판 꼭대기 오리나무 위에 앉아 노래 불렀고 칸나는 여전히 열정적으로 붉었다.

원우는 저녁마다 그날의 마음을 짧은 시로 만들어 카톡으로 보내며 안부를 전했다. 부론에 대한 기록도 하나씩 보내왔다. 잠자리에 들 때마다 마음을 따뜻하게 덮어주는 이불처럼 다가온 그녀. 그가 긴긴 어둠의 시간을 걷어내고 빛을 찾아 나서고 있었다.

사람들

손이 안 닿는 곳에
보이지 않는 곳에
한 번도 멀어지지 않았던
네가 살고 있다는 걸 잊고 있었다

등으로 먹고 사는 사람들은
자신의 등이 얼마나 크고 대단한지 몰라

얼굴을 묻고 절망할 때도
등은 꿋꿋하게 너를 일으켜 세웠어

소멸하는 순간까지
끝내 남아 뒤를 지키는
묵묵한 사람들의 등이 모여 사는 곳

얼굴보다 등이 아름다운 사람들

  시에 스며 있는 원우의 마음을 보며 찬미는 뜨겁게 이글거리며 다가왔던 그와의 여름날을 기억했다. 이제 그의 노트 안에 가득 들어 있던 칙칙한 절망과 체념의 언어는 지워지고 있었다. 어머니의 죽음 이후에 쓰인 시에 묻어 있던 죄책감과 눈물들도 가라앉고 있었다. 그의 시가 따뜻한 온기를 품고 다시 태어나는 게 느껴져 찬미는 몇 번을 다시 읽었다.
  사랑을 품은 찬미의 얼굴에서 빛이 피어났다. 주점에서 만나는 예술가마다 찬미의 얼굴이 달라졌다며 짓궂게 들여다봤다. 단골손님들도 더 예뻐졌다며 무슨 좋은 일이 있냐고 물어왔다. 숲속을 가득 채운 햇살처럼 삶이 벅차올랐다. 그녀는 일을 끝내고 주점 밖으로 나왔다. 흥원창 건너편 산 위에 몰려 있는 구름 사이로 석양이 산을 넘어가고 있었다.

강에서 불어오는 실바람이 황금빛으로 여물어 가는 벼이삭 사이를 흔들며 지나갔다. 도로 건너편 산의 적송들이 석양빛으로 한층 더 붉게 물이 올랐다. 찬미는 서산 너머로 기울어지는 붉은 해를 바라보며 마을길을 지나갔다.

원우와 함께 별을 보던 자전거도로 위에 서자 강바람이 몸에 감겼다. 붉게 물든 해가 수면 위에서 파동을 일으키며 강을 건너오고 있었다. 많은 슬픔과 아픔이 새겨져 있는 부론강. 은섬포로 모여든 두 강의 물줄기가 하나의 거대한 물줄기를 만들어 흐르고 있었다.

찬미는 강변으로 내려섰다. 해가 순식간에 넘어가면서 붉은빛을 하늘로 뿌려댔다. 회색 구름 사이로 빛이 번지면서 하늘은 노을 바다로 변해갔다. 물에 비친 산 그림자처럼 부론강도 붉은 노을로 뒤덮이고 있었다. 찬미는 원우와의 추억이 맴돌고 있는 모래밭에 발자국을 새기며 강물로 다가갔다. 하늘과 숲, 강물과 바람까지 온통 붉어지고 있는 강가에서 신발을 벗고 발끝을 강물에 담갔다. 발목을 적시는 물처럼 그녀의 얼굴도 붉게 젖어 들었다.

작가의 말

부론면으로 삶터를 옮긴 지 십일 년이 됐습니다. 부론면에 와서 많은 것들을 배우고 얻었죠. 오랫동안 병마에 시달리던 아내의 병도 나았고 다시는 못 쓸 줄 알았던 소설도 쓰게 된 겁니다. 부론은 내게 치유의 고향이고 새롭게 작가로서 태어나게 해준 곳입니다.

새벽에 마당에 나가면 여명을 흔드는 새들의 소리, 어둠을 뚫고 일어나는 산의 능선들, 몽롱한 꿈에 젖은 부론강을 따뜻하게 덮어주고 있는 안개구름, 그리고 풀과 나뭇잎들이 잠에서 깨어 서걱거리며 전해주는 생명의 소리들.

걸을 때도 차를 타고 나가다가도 부론이 아름다워 감탄합니다. 흐르는 강물에, 길가의 나무들에게, 초록 숲속에, 하늘 위의 구름바다를 향해 저절로 흥흥거리는 눈길로 고마운 인사를 전하게 되는 거죠. 그러다 보니 자연스럽게 그들의 마음이 조금씩 보이게 되더군요.

생명이란 얼마나 아름다운가!
생명의 뿌리가 사랑이라는 것을 깨달아가게 된 겁니다. 생명이 생명을 존중하는 사랑이 슬그머니 몸에 생긴 거지요. 어쩌면 생긴 게 아니라 자연의 뭇 생명이 내게 사랑을 가르쳐 준 것이겠지요.

산과 강의 품에 안겨 있는 부론.
태초에 강을 따라서 사람들이 집을 짓고 생명을 이어온 흔적이 깊고 진하게 스며 있는 곳. 천년고찰 법천사지와 거돈사지가 있고, 석기시대의 유물들이 묻혀 있는 곳. 부론은 아름다운 풍경과 더불어 우리 역사의 숨결 또한 깊게 간직하고 있는 곳이기도 했습니다.

강원도 원주 역사 문화의 대표적인 얼굴, 부론. 전국 어디를 둘러봐도 일개 면에 이토록 역사의 숨결이 대단하게 묻어 있는 곳은 볼 수가 없었습니다. 그러나 많은 사람이 부론의 아름다운 모습에 대해서도 역사가 가르쳐주고 있는 소리도 못 듣는 것 같아 안타까웠습니다.

언젠가는 부론을 소설로 담아보고 싶다는 마음을 지니고 살아왔습니다. 그러던 어느 날 동네 예술인 한 분이 연애 이야기를 써보라고 하더군요. 저는 픽 웃고 말았죠. 그런데 며칠 지나지 않아 오랜 옛 문우가 느닷없이 나타났습니다. 전기기사로 떠돌아다닌다고 하면서 십 년 동안 모아놓은 시 뭉치를 읽어보라고 하더군요. 그 시를 읽는데 부론 예술인 중의 한 명인 사진작가의 얼굴이 떠오르더군요.

참으로 인연이란 기이하게 다가옵니다. 그렇게 스치듯 다가온 이야기와 만남이 묘하게 얽히고 섞이면서 이번 소설이 시작된 겁니다.

여기 나온 부론면 예술인들은 모두 실존 인물입니다. 놀랍게도 부론면에는 이십여 명의 예술가들이 있습니다. 소설가도 네 명이나 있고 오랫동안 사물놀이로 문화운동을 해온 놀이패들도 있습니다. 소설 속 여주인공의 모델이 된 사진작가도 있고 조각가 서예가들도 있습니다. 그렇지만 실제로 그들이 살아온 과거와 현재의 모습은 각색된 것임을 밝혀놓습니다.

이 소설은 상처를 입은 두 남녀가 사랑을 만들어가는 이야기입니다. 그 이야기의 흐름 속에서 인간이 무엇을 잃어버리고 있는지를 되돌아보고 싶어 쓴 소설이죠.

부론이 내게 준 사랑에 고마움을 전하고 싶어서 쓴 소설, 누군가의 마음에 따뜻하게 다가가기를 소망해 봅니다.

마지막으로 이 소설을 쓰는 데 도움을 준 부론 예술인들과 원주역사박물관 박종수 관장님께 고마운 마음을 전합니다.

법천사지 내에 있는 '손곡이달 창작실'에서
2020년 가을 초입에

이인휘

덧붙이는 말: 소설에 나오는 두 편의 시 「전봇대」와 「동태」는 박상화 시인의 시집 『동태』에서 발췌한 것입니다. 또 한 편의 시 「내 안의 강」은 부론에 사는 용환신 시인의 시집 『부론, 그곳에서 읊다』에서 차용한 것입니다. 그리고 마지막 「사람들」이라는 시는 박상화 시인의 시 「등」을 개작한 것임을 알려놓습니다.

부론강
이인휘 장편소설

초판발행 2020년 10월 30일

지은이   이인휘
펴낸이   윤중목
펴낸곳   ㈜도서출판 목선재

책임편집   흰눈이
편집   이종수
디자인   이창욱

등록   제2014-000192호 (2014년 12월 26일)
주소   서울시 중구 필동2가 25 중앙빌딩 401호
        문화법인 목선재

전화   02-2266-2296
팩스   02-6499-2209
홈페이지   www.msj.kr
이메일   coopmsj@naver.com

ISBN   979-11-955075-7-3   03810

- 이 책의 판권은 ㈜도서출판 목선재에 있습니다.
- 본사의 허락이나 동의 없이 무단 전재 및 복제를 금합니다.
- 잘못 만들어진 책은 바꾸어드립니다.